初恋
选我
我超甜

2022.08.01.

我都听你的

我都听你的

睡芒 / 著

廣東旅游出版社
GUANGDONG TRAVEL & TOURISM PRESS
悦读书·悦旅行·悦享人生

中国·广州

图书在版编目（CIP）数据

我都听你的 / 睡芒著．—广州：广东旅游出版社，2020.5（2021.12 重印）
ISBN 978-7-5570-2136-8

Ⅰ．①我… Ⅱ．①睡… Ⅲ．①长篇小说－中国－当代 Ⅳ．① I247.5

中国版本图书馆 CIP 数据核字 (2020) 第 028505 号

我都听你的
WO DOU TING NI DE

出 版 人：刘志松
责任编辑：梅哲坤
责任校对：李瑞苑
责任技编：冼志良

广东旅游出版社出版发行
地址：广州市荔湾区沙面北街 71 号首、二层
邮编：510130
电话：020-87347732
印刷：湖南天闻新华印务有限公司
（地址：湖南省望城湖南出版科技园　电话：0731-88387578）
开本：880 毫米 ×1230 毫米　1/32
字数：286 千字
印张：9.5
版次：2020 年 5 月第 1 版
印次：2021 年 12 月第 3 次印刷
定价：38.00 元

CONTENTS

目录

番外

Chapter 01

同桌的你

“尊敬的老师、领导：我已经深刻地认识到了自己错误的严重性……我保证！坚决不会再犯！我……”

楼珹的检讨书正念到高潮之处，校长办公室半掩着的门突然被推开了。

“校长，转学生的档案我都看了，这犯的事儿性质有点恶劣了吧？又分到我们四班，这……”说话的中年人声音嘶哑，像个残破的风箱。

窦老师年轻时候工作太拼命，喉咙长息肉，后来做了手术，就变成了这样，说话不仅声音沙哑，还总夹着卡痰的咳声。

进来后，他才注意到校长办公室里的穿着球衣、拄着拐杖的高大少年。

而校长的黑色办公椅上，空无一人。

“你在这儿干吗？周校长呢？”窦老师背着档案走到楼珹面前。

“哦，刚刚主任来了，他就出去了，让我在这儿念检讨书呢，说念完我就可以走了。”楼珹单手拄着拐杖，回答得漫不经心，脸上是那种最惹老师讨厌的玩世不恭。

他的黑色球衣有些湿润地贴着肉，手上戴着红色护腕，小麦色的手臂肌肉反射着光泽，那副明显流过汗的模样，让窦老师眉心一皱，望向他露出来的修长小腿、裹着一圈绷带的脚踝，最后落在他无辜的表情上。

窦老师严肃地问道：“你校服呢？”

“教室里。”

楼珹是来学校打球的，方才天上突然飘起了小雨，体育馆也被社团的人占用了，他就没继续了，于是顺便来校长办公室做检讨。

他开学犯了一次事，每周都要来校长这里念一次检讨书。

窦老师突然嗅到了什么，又狐疑道：“你身上怎么有烟味？”

“有吗？”他表情非常无辜。

刚打完球，嫌热，加上更衣室里烟雾缭绕的，还夹杂着臭汗味，那味儿别提多冲了，于是他把校服丢在了更衣室里。

窦老师怀疑他抽烟不是一天两天了，但从没逮到过，仅仅凭借一点点微不足道的烟味，的确不能给他定罪。

他扫了楼珹几眼：“那正好，你检讨书念完了吧？念完了回教室去待着，等下我给你拿套月考卷子，你拿回去写，写完明天上课订正。”

楼珹哑口无言。

窦志伟看了他一眼：“没听清楚么？”

楼珹耸了耸肩，又笑了一声，说“清楚了”，接着一瘸一拐地从校长办公室出去。

正好，周校长迎面走来，楼珹跟他打了声招呼，礼貌地说：“校长，检讨书我念完啦。”

周校长点点头，一边打发他走，一边展颜对办公室门口的老窦道：“窦老师来得正好。”

两人进入办公室并关上门前，竖着耳朵的楼珹听见了几句对话。

“来问转学生的问题？我正好也要跟你说说他的情况，坐吧……”

说话声被关在门内，楼珹完全听不见，瘸着腿离开了。演戏演全套，他走了老远才丢开拐杖，健步如飞。

校长办公室内。

周校长拉开抽屉，拿出几张写得满满当当的试卷，推到窦老师面前。

“这是？”窦老师翻开一份数学试卷，他刚改了一大堆试卷，所以不必仔细看就能看出，这是一份非常优秀的答卷，字迹漂亮而工整，粗略看去似乎全对。

不知道是哪个学生的。

“白天我拿了上周的考卷给他，他刚转学过来，先摸个底。语数外三门三张试卷，数学是满分，英语是一百四十八分，语文也有一百三十九分。”

说到这里周校长露出了笑意，这个成绩在六中，也算是尖子生了。

“这套考卷是咱们校内自己出的，难度中上，语文是超纲了的，但他思维很敏捷，坐在我这里平静地做了三个多小时就做完了三科试卷。”

“三个小时？！”窦老师惊声道。

楼珹下了楼梯，看见教室门开着的，里面一个人也没有，他没回教室，直接去了一楼的男厕。

一进去，他就闻到一股很臭的烟味。

他讨厌烟，烟味在他这里是臭不可闻的。

今天是周末，他们六中周末有一节晚自习，从六点五十上到九点钟。现在不过下午三点，学生通常不会来这么早，这个时间的校园人烟稀少。

楼珹瞥见一个没有穿校服的男生，在最内侧的隔间里，半垂着头静默地抽着烟。

下午的光线柔软而朦胧，那个人站在逆光处，一张脸笼罩在氤氲的烟雾里，映衬着灰蒙蒙的结了蜘蛛网的磨砂窗户，身影瘦削，夹着香烟的手指白生生的修长。

楼珹把自己的道具拐杖靠在洗手台边的墙壁上，走到便池旁。而那个抽烟的男生也注意到了这个不速之客，在哗啦啦的水声里沉默地掐灭了烟，接着掏出一包面巾纸，用纸巾把烟蒂揉成一团，丢进了垃圾桶。

楼珹有些不悦地扭过头去看这个二手烟制造者。

楼珹第一眼就注意到了他脸上那些明显的斗殴伤痕，青紫和红肿交错着印在他白得有些病态的脸上，像刮刀一笔一笔在雪白画布上抹出来的痕迹，生硬又扎眼。哪怕他戴着又大又厚的圆片眼镜，也遮不住脸上那些伤。

楼珹提上球裤，心里立马就联想到了——转学生。

方才窦老师所说的“恶劣”当事人，恐怕就是眼前这一位了，看这伤口的严重程度……啧，是挺恶劣的。

难怪气得老窦去质问校长。

转学生根本没看他，拧开水龙头洗手、漱口，还往嘴里喷了些什么，估计是消除烟味的。

对方如此娴熟，越发让楼珹肯定，这是个其貌不扬的“狠角色”。

这时，男厕忽地进了人，伴随一声含着老痰的干咳。

“楼珹。”窦老师严肃地喊了一声。

楼珹转身见到老窦东闻西闻的模样。

烟味还没散去，老窦盯着楼珹，一副肯定但又苦于抓不到他小辫子的模样：“是不是你？”

楼珹说：“不是。”

老窦冷哼了一声：“不管是不是你，明天交一份八百字的检讨书上来！”

一口大锅从天降！楼珹脸一黑：“我不抽烟，还要我说几次？”他直接翻出自己的裤兜，本想证明自己的清白，没想到直接掉出一把钱和一个打火机。

老窦眼睛倏地一亮，简直有种得来全不费工夫的感觉，得意地笑道：“好哇你，楼珹！人赃俱获，你还有什么好说的？！”

楼珹没想到会这样，他更是说不清，嘴一抿，解释道：“打火机是我点蚊香才买的。”

“点蚊香，”老窦阴阳怪气地冷哼，“来我办公室。”

窦老师是本校监考最严的老师之一，每次他监考，总能抓到作弊的学生，他和其他三位监考老师被称为“四大名捕”，他不仅抓学生作弊，还喜欢抓学生谈恋爱、抽烟。不是他班上的学生也都听过他的事迹，说起他就咬牙切齿。

楼珹当然不可能替转学生背这个锅。

转学生人还没走，就站在洗手台旁，但是没有说话，只是冷眼旁观这场“人赃俱获”的闹剧，脸上甚至没有一丝的愧疚或者心虚。

这让楼珹更是窝火，笑容完全冷下来，“那我抽烟，总得有烟吧？打火机能说明什么？烟呢？”他提着自己干干净净的裤兜，“证据呢？”

“证据！味道就是证据！这么重的烟味，这里只有你一个人，不是你是谁？”

楼珹简直要气笑了，抱着手臂说道：“窦老师，我提醒你一下，这里三个大活人呢。”

他不屑于指认别人为自己“脱罪”，言语之间有种清者自清的意思。

老窦显然也注意到了这里还有个人，但跟校长的对话过后，他现在对这个学生充满了同情和惋惜，这是个好孩子，所以他丝毫没有怀疑丁雪润的意思。

但楼珹既然这么说了，窦老师便扭头问了丁雪润，语气温和："你看见是谁抽烟的吗？"

丁雪润犹豫了一下，先是摇头，再是点头："应该不是这位同学，刚刚有个男老师进来的时候好像在抽烟，您……误会他了。"

老窦审视着他，扭头又看了一眼楼珹。

一楼办公室有个老师是老烟枪，走到哪里抽到哪里，今天他正好提前来批改试卷了，老窦自然而然地猜想是他。

难道他真冤枉楼珹了？

于是，他没再坚持，"这样，楼珹。"窦老师下令道，"你等下跟我去办公室拿试卷，然后你带新同学去男生宿舍，他刚转学来六中，你带他熟悉一下校园。"

扶着拐杖的楼珹哭笑不得。

窦老师云淡风轻地就把这项任务交给了他，没给他拒绝的机会就转身走了。

楼珹郁闷地跟着进了办公室，从窦老师那里拿了几张雪白的月考试卷捏在手里，听着老窦和颜悦色地跟转学生交代一些重要的事。

"四班是重点班，每周小考一次，每月大考一次，每次期中考试和期末考试后都会综合你们的平时成绩还有竞赛成绩调整班级。

"平行班的学生有机会考到我们重点班来，同样的，班上同学如果成绩一落千丈，就可能掉到平行班。

"六中竞争是很激烈的。

"每次考试成绩都占一定的比重，所以千万不能在高二这个当口掉链子。迟到、旷课都是不允许的，打架斗殴更是不允许，轻者记大过，重者开除，你的情况……

"你是个聪明的学生，好好学，一定能为校争光。"他敲打道，拍了拍丁雪润的胳膊，语气温和。他脸上的笑容楼城非常熟悉，他对着班上的得意门生，会露出类似的笑。

楼城懒散地拄着拐杖站立，想到自己高一刚入学时，老窦也对他特别关注，也经常跟他说一句话：“你这么聪明，怎么不好好学呢？你要是好好学，肯定能……”

他扭头看向那位被人揍得鼻青脸肿的转学生。

转学生神色平静而乖巧，一口一个“嗯”“好的窦老师”“知道了窦老师”。他声音很轻，这种声音给人一种懂事听话的感觉。

实在太过无聊，又懒得听老窦那破锣嗓子念经，楼城手里玩着月考试卷，懒洋洋地上下打量着他。

转学生不仅脸上有伤，手上也有伤，手指关节满是血痂，乌青一片。雪白脖子上，青绿色血管和几条暗红伤疤交相辉映。

他皮肤这样白，令楼城联想到自己一个得了白化病的远房表妹，皮肤白得近乎透明，能清晰看见血管的那种白。而且他头发颜色偏浅，是一种有些飘金的棕色，发质看着非常柔软。

如果不是他脸上有伤，他身上这股温和无害的气质，看起来简直像个优等生。

转学生还非常瘦。打眼望去，他起码比楼城矮一个头——当然，以楼城一米八八的身高，在六中是相当鹤立鸡群的，俯视众生。

窦老师没说太多，转过头交代楼城：“楼城，你带他熟悉一下校园。五点钟的时候可以充值校园卡，顺便带新同学去办一张饭卡。”

楼城有气无力地“嗯”了一声。新同学转头来看他，说了句：“那麻烦同学了。”楼城刚替他背了一锅，很不屑地别过头去：“不用谢。”

两人走出办公室，同时离对方远了几步。

楼城盯着他，似笑非笑地垂头，压低声音：“你还挺会装的。”

他的声音像是自带低音炮，声音刻意压低时像在人心上挠痒痒。

楼城凑近他的时候，能闻到一股很淡的草莓味，那是口气清新剂的味，而且很奇怪，楼城闻不到什么烟味。

丁雪润面不改色，看向他道："刚刚谢谢你。"

楼珹"嗯"了一声，脸色稍霁，但丝毫没有带他逛校园的意思。他转身想走，可发现，刚停的太阳雨，这会儿又下了起来。

阳光依旧明媚，但雨声淅沥，空气里弥漫着一股潮湿的青草香。

楼珹盯着这突如其来的雨，皱了皱眉。注意到转学生进了教室，半晌，他看雨没有停下来的意思，只好也跟着转身。雨虽然不大，但他不想弄得满身湿透。

只是……楼珹站在门口，看见新同学的位置正好在自己的后面。

他一直是一个人单独坐一个座位，因为高，所以在最后面。他正好是班上多出的那个奇数，大概老师怕他影响其他同学，就没给他安排同桌。

新同学的座位靠着阳台的门。

楼珹没有进去，两条长腿交叠着斜倚在教室门口。他看见转学生摸出一把伞，背着书包朝自己走来。

走到他旁边时，转学生停了一下，把伞放在了第一排的桌上。楼珹愣了一下，接着他从自己身旁一言不发地走了过去，脸上什么表情都没有，满身清冷不近人情。

楼珹看了一眼桌上那把伞，又看了一眼转学生，正在想转学生要怎么办，便看见转校生从书包侧袋又摸出一把轻巧的五折伞。

他在雨幕前撑开了伞，没有回头地走下台阶。

那把撑开的漂亮花伞冷漠地渐行渐远，楼珹摸着下巴盯着他的背影看了一会儿，心想，什么人会带两把伞出门，难道专门备着借给别人吗？

怎么会有这样的人？

他把桌上那把更大的伞握在手里，伞折得很整齐，折痕很深，看起来很旧了。

楼珹心情好了一点，他一手夹着拐杖，一手打开伞走进雨中，抬头便看见伞上有个脱色的红色爱心标志，红心上印着一只白色的手，下面还有一行黑色的字。

他好奇地定睛一看，等分辨出字的内容，脸上的笑容渐渐消失。

"关爱残障人士，传递城市关怀。"

丁雪润昨天深夜抵达，今天上午来学校报到，在校长办公室做了一套试卷，刚才又在学校传达室拿了一个快递。

快递是一个原创文具品牌寄给他的，里面东西种类很多，书包、书皮、笔袋、笔以及手账本，甚至有伞。

伞上面印着穆夏的画，伞柄是金属的，质感很好。丁雪润本来不打算用，但正好下了雨，他不想欠人情，于是把自己的旧伞给别人用。

坐了一天一夜的火车从老家来到这个北方城市，他有些疲惫了，去男生宿舍取到自己的行李箱，宿管已经给他安排好了宿舍，拿了把钥匙给他："你的宿舍在五楼。"

行李真的不多，一个人提着一个行李箱外加一个大包就上去了，进宿舍前，丁雪润先敲门，再开门进去。

宿舍里有一个人在，正在收拾行李。

看见丁雪润的行李箱，那人还有点意外，一边收拾一边道："你是506新来的？"

丁雪润"嗯"了一声，礼貌地说了声"同学你好"，然后推着箱子进去。

宿舍条件比他之前的高中要好上不少，有阳台，卫生间和洗手台也都在阳台上，上床下桌，一共四个床位，有中央空调。

他扫了一眼，有两个床铺是空的。

室友道："我是高三的，刚签了免责协议要出去租房住，"他指了指一个床位，"这个位置是我同学的，他也搬走了，但有点东西留在这里，你住另一个吧。"

丁雪润点点头，抬头看见属于自己的床位是靠着另一个床位的，这个床位应该属于现在宿舍唯一住着的人。

即将搬走的室友把一摞书放进纸箱里，又道："那你以后就一个人使用这间宿舍了。"

丁雪润打湿了毛巾，扭头指了指那个唯一有人气的床位道："这个室友呢？也搬出去了？"

"嗯，他在外面住，一周就回来住一晚，我们宿管查寝不严，就周四晚上查，平时偶尔突击检查。”

丁雪润把这件事记了下来。高三学长很快就收拾好走人了，宿舍空了下来。

他上去把床铺好，顺便洗了点衣服，晾在阳台。

男生宿舍和女生宿舍在两个地方，女生宿舍离食堂比较近，而男生宿舍在另一边，离体育馆和教学楼更近。

从阳台往外望去，能看见操场。

他还注意到旁边室友的桌上放着很多书，都是教科书，看起来非常新，像是没有使用过，桌上还有几只不知道穿没穿过的袜子、一件校服、几个做工非常精致的摩托车模型，墙上贴着湖人队明星球员的照片。

六点，丁雪润去办了饭卡，在食堂一楼吃了一顿，六中的食堂价格比他想象中的要贵，他点了两个素菜就要十块钱。

吃完饭再去教室，教室已经坐满了人，丁雪润没有穿校服，他坐在最后一排靠阳台小门的位置，一些同学窃窃私语，扭头以一种有些怪异的眼神偷偷看他。

大概是在猜他脸上的伤是怎么回事。

或许他的伤势过于严重，一时间没有人敢跟他说话，他便坐在自己的座位上，整理着书籍和新文具。

课代表站在讲台上说话，让同学们交作业，然后走到丁雪润面前，轻声问他：“同学，你有‘星火英语’的练习册吗？”

她扎着高高的马尾，抱着刚收的练习册：“就是这个。”

丁雪润摇摇头道：“没有，我以前用《高考必刷卷》和《五年高考三年模拟》。”

“这两个我们也用，大家刷题，会买几套不同练习册。星火的《巅峰训练》是 Miss 狄要求买的……”课代表一边说，一边不由自主地看向他桌上摆出来的文具，“你的书皮和笔袋还有你书包都是一套的吧？真漂亮。”

“你喜欢我可以送给你，我还有很多书皮没有用。”丁雪润从书包里拿了几张崭新的书皮出来，直接递给了她。

“真的啊？”课代表脸一下有些红，非常意外也不敢去接，拒绝道，“不用不用，这个是皮的，肯定很贵的……”

“不要钱。”是真的不要钱，那些文具商抢着给他送文具，他家里堆着很多。

“怎么可能不要钱，我不能要……”

“拿着吧，我还有几个问题要请教你呢，”丁雪润不由分说地给了她，“同学,能告诉我都要买哪些练习册吗？这附近有书店吗？如果我要出去买，什么时候才能出去呢？”

英语课代表收了他的礼物，不好意思地回答道：“英语老师要求用的就是星火的一套，数学是……等下我写张字条给你，你去学校对面的书店买，我有书店的卡，可以借你。至于出校……你是住校生吗？”

“是。”

“住校的话，平时是不能随便出去的。

“九点下晚自习，你们住校的得上到十点钟。但是九点钟下晚自习后，其实是可以跟着通校生一起出去的，不过九点半之前你必须回来，因为会有学生会的来点名，他们发现人数不够，就会记上我们班的名字，在年级群里通报。

“中午你也可以出去，学校宿管查午休查得不严，中午不回去都行。”

课代表又道：“对了，同学，我们每周周末晚自习都是要小考的，今天是考物理，你做一下准备哦。”

“好的，谢谢你了。”

课代表心想，虽然他鼻青脸肿得有点可怕，但好像为人并不是他们想的那样。

她知无不言，直到打铃了，才回自己座位去。

丁雪润做完一张物理试卷，前面座位上的人还没来——这是班上唯一缺席的学生。

九点下晚自习，丁雪润看见了班主任窦志伟，他跟窦老师请了个假，说自己出去买练习册，窦老师对他的学习态度很满意，批了假。

因为他没有校服，窦老师还专门给他写了一张签了名的字条，让他回校的时候拿给门卫看，叮嘱道：“注意安全，早点回学校知道吗？宿舍有门禁的。”

夜晚下课，六中外面停着非常多私家车，还有许多流动商贩在卖小吃，香味飘过。

书店还没关门，这个时间点人很多。他进去照着英语课代表写的单子，很快就挑好了练习册，又买了几本作业本，只是结账的学生太多了，他排了十分钟的队。

付款后，他又接到父亲丁兆文的电话：“报到了吗？见到周校长了吗？”

“嗯，下晚自习了。”丁雪润歪着头夹着电话，把买的一大堆教辅练习册往书包里塞，书包顿时胀得像一块发酵过度的面包。

“学校怎么样？老师怎么样？钱够不够？”

“都挺好的。”他顿了一下，“钱够的。”

丁雪润第一次离家这么远，父子俩的对话十分疏远，一场通话结束，不到一分钟。

他和父亲的关系，从小就比较淡薄。丁兆文因为丁雪润母亲在生理上的一些缺陷，从相识以来，便待她非常好，后来结婚了，对她更加好。丁兆文从小教儿子孝顺母亲。

或许因为他一个人的精力有限，花了太多的心思和时间在妻子身上，就忽视了儿子。等他意识到时，儿子已经大了、懂事了，什么都不需要人操心，自律得近乎可怕。

这时候他再想去弥补，却跟儿子无论如何都亲不起来。

丁雪润妈妈去世后，父子俩关系一度跌到冰点。

没多久就出了事，丁雪润只好转学到 D 市的六中。周校长和丁兆文是大学同学，两人都是师范专业出身。

从书店出去，看见外面打着伞的人，丁雪润意识到又下雨了。

因为要购买大量练习册，所以丁雪润专门背着空书包，没想到雨说下就下。

站在书店门口，他一手提着书包装不下的作业本，一手伸出去试探了一下雨下得大不大。

这场雨比下午那几场大得多，真是一场瓢泼大雨，淋着雨冲到对面恐怕全身湿透。

丁雪润看了一眼时间，十点住校生下晚自习，那么他十点必须回去。

现在不过九点二十。

回到书店，在阅读区坐下，丁雪润拿了一支笔出来，随手掏了本练习册出来做。

他频繁地出去看雨势，到了九点五十分，雨还在继续，但小了一些，这次丁雪润没有犹豫就迈开步伐，沿着有屋檐的街边走到了学校对门。雨刮器的声音、车轮碾过积水的声音以及汽车的鸣笛声在夜色中交织。他看见绿灯亮了，汽车在人行道前停下，才冲进雨幕。

南方潮湿，爱下雨，他不知道受大陆高压控制的北方居然也会这样。

丁雪润从人行道跑过去，刚到对面，背后呼啸而过一辆摩托车，激起地上低洼里的泥水，瞬间溅在丁雪润的整个后背上。

他停住了脚步，摩托车也在前面不远忽然刹车，戴着黑色机车头盔、身材高大的车手回过头来，似乎意识到自己酿成了“事故”。

他人没下车，连头盔也没取，在雨中喊了一声：“喂，你没事吧？”

丁雪润浑身被雨淋得湿透了，从头到脚都是湿的——幸好书包是防水的。

他的眼镜也湿了，上面沾满水珠，完全看不清。他也顾不上雨了，把眼镜摘下来，擦了擦上面的水。

楼珹见他没有伞，还站在原地，就双脚踏在地上，把摩托车倒回人行道。

他戴着头盔，还穿了一身皮衣，对雨没感觉。他见这位同学后背全是泥点，有些不好意思，摸出一把伞来给他撑开：“抱歉，弄脏你衣服了，我赔你干洗费吧。”

“没关系。”丁雪润手上衣服上全是水，眼镜越擦越湿，他一边拿纸巾出来，一边扭头看了一眼造成事故的罪魁祸首。

他近视不算特别严重，但是戴着黑色头盔的车手在他眼前，就是一团模糊的马赛克。

楼珹这才看清楚他的脸。

他这人不太记别人长相，但是……转学生的长相让人印象深刻，因为脸上都是伤，说鼻青脸肿倒不至于，但嘴角和脸颊都有点乌青。

楼珹上高中后就不跟人打架了，但他从小在武力方面就没有输过，所以从来没有伤得这么严重过。

或许是转学生戴眼镜的缘故，眼睛四周竟然一点伤痕都没有，两只眼睛又黑又大，和其他近视的人一样，眼睛有一点无神，没有焦距。

那黑漆漆的瞳仁望了楼珹一眼，接着垂了下去，擦他的眼镜，低垂着的浓长睫毛湿漉漉的，淋雨过后的头发贴着额头，看起来怪可怜的。

楼珹隔着摩托车头盔的挡风玻璃，直视他的大黑眼睛，低声问他："真的没事？"

他的低音炮让人难忘，下午才听过，不至于忘记，丁雪润顿了一下，说"没事"，然后低头戴上了眼镜。

楼珹"哦"了一声，把伞塞到他的手心里："还你了。"

戴着皮手套的手握着摩托车把手，楼珹轰了一下油门，发动机车。

摩托车的声音嘈杂又有些悦耳，在学校最后的下课铃声中，丁雪润站在原地，撑着自己那把用了几年的旧伞，望着摩托车朦胧的车灯拐进六中隔壁的高档小区。

丁雪润离家仓促，从南到北，好多东西没带，衣服也带得少。丁兆文说等他到了，把冬天的衣服给他快递过来。

至于药，就更没带了。

他回到新宿舍，果然是空的。如那位刚刚搬走的学长所说，这间宿舍恐怕要成为他的私人宿舍了。

他冲了个热水澡，出来时头发还没擦干，宿舍就倏地断电了。

丁雪润记得宿管跟他说的——十一点的门禁，十一点半会断电。写作业的，来一楼写，一楼有个自习室，彻夜供电的。

他换了衣服，去了一楼自习室，没想到不大的自习室里，坐了不少人。里面安安静静，笔尖沙沙地摩挲着纸张。

零点过了宿管来自习室门口，提醒大家注意时间："同学们早点休息，写不完的明天早点去教室写。"

丁雪润平日一般最迟十二点睡，但他还没写完四班的六科老师上周五布置的作业。

他从前都是自学，早就学完了高三的课程，做起高二的题来是非常轻松的，所以他草稿打得很少，寥寥算几笔就能得出答案来。事实上，做这些题对他的作用不大，而且他有些困了，写到后面眼皮开始打架，头还有些晕，也不知道是不是淋了雨的缘故。

所以丁雪润不想浪费时间，索性翻出练习册的答案，除了“略”字，他把其他的答案都抄了上去。

一点半，自习室大半同学走了，丁雪润已经困了，半眯着眼，单手托腮，另一只手飞快地抄着答案。

一个男同学忽然走到他旁边来。

“抄答案你还不如不写呢。”

丁雪润抬头望向他。

男同学也戴眼镜，额头长了几颗青春痘，一张斯文的学霸脸。

“我是四班的学习委员,你是转学生丁雪润对吧？”学委认真地劝道,“抄答案真的不好，应付老师没意思的。”

丁雪润微微笑了，继续抄，他抄的速度很快，但字写得漂亮，“嗯，我知道的，谢谢你的提醒。”

见他一面应和自己，一面还冥顽不灵，学委脸色一僵，“应付老师同时是骗自己，同学，你这样不好。”

他是真的看不起这样的学生，不会写抄什么答案！不会写就别写，像楼城那样，别写也别交。

丁雪润不再看他，他喝了口水，声音有点含糊，“这些我都会写，谢谢学委，我没关系的。”

学委嘴角一撇，摇了摇头道：“你不听就算了。”

四班固然是重点班，但他们班上恰好就有个例外，那就是楼城。

楼城是学校里的风云人物，虽然他看起来是那种典型的坏学生，但他在班里人缘很不错。因为楼城爱请客，人很大方，加上他成绩特烂，不仅上课睡觉，而且考试交白卷，跟班上人没有竞争，所以男生跟他的关系都不错。

楼城这样的学生都能进他们四班，再来个类似的转学生，又有什么不可能呢？

丁雪润醒来时，头昏昏沉沉的，他意识到自己可能是生病了，想喝点热水，却发现饮水机里一滴水也不剩了。

他拿着保温杯去了教室，已经有很多人在自习。

他接了点水喝下，但没起什么作用。

各科课代表开始收作业了，丁雪润也交了作业。没想到昨天晚上才来的转学生，竟然交了上周五布置的作业，课代表们都有些诧异，翻开他的作业一看，顿时涌上一股危机感。

“转学生是个学霸？”

昨天收了丁雪润书皮的英语课黄丹露代表感叹道：“你好用功，而且英文写得好漂亮。”

丁雪润嘴唇惨白，说了声“谢谢”。

黄丹露又低声说：“书皮我换上了，我室友都说很好看，问我在哪里买的。”她抿唇，“同学，你在哪里买的啊？”

“网上有卖，书皮后面应该印了品牌的，你搜索就是。”

他脸色太糟糕了，黄丹露本来想关心一句，又不知怎的停住了，没问出来。

很快，班主任来了，赶大家去外面集合：“升旗了！快点，快点行动。”

丁雪润站起来时有点摇晃，他不太生小病，但每年都会莫名其妙来一场大病，他其实身体不太好，这是娘胎里带来的毛病。

他最后一个走出教室，老窦对他说：“今天你就不用去升旗了，你没有校服，就留在教室吧。”

丁雪润点点头，昨天窦老师跟他说了，校服要在教育处买，两百块钱买一套秋季校服，一般至少备两套才够。

北方冬天冷，六中的校服一共分为三套不同季节的；一套夏服，是纯棉短袖的；一套秋服，正是目前这个季节穿；很快就要穿冬服了，那是加厚的棉服棉裤，外套还是加长款，得三百八一套。

教室人都走了，他趴在课桌上，头沉得仿佛灌了铅。

楼珹进来的时候，看见他趴着睡觉，心里嘀咕这转学生还挺牛的，转学第一天就这么“拽”，不升旗趴着睡大觉。

他今天之所以来这么早，是因为周校长给他打了个电话，估计是早就看出他脚是装的，让他适可而止。

楼珹也有点尴尬，不好意思再装，今天就早点来上课了。

他平时不犯大错，顶多上课迟到，有时候实在有事，他会随便编个理由向老窦请假，不管准不准假，反正假他请了，就不会去了。

所以也不怪班主任对他有偏见，但好在楼珹不是个让人头疼的学生，成绩虽然不好但也不会惹是生非。

背后的转学生正在睡觉，楼珹也趴着，趴着玩游戏。

一把没打完，背后一只手轻轻地拍了拍他。

楼珹扭头：“干什么？”

丁雪润一张脸毫无血色：“同学，你知道……校医室在哪儿吗？”

楼珹看他脸色居然这么差，本来就白，现在更是一副病容，联想到昨晚的雨，回道：“在那边教学楼，你感冒了？”

“不知道，”他声音哑着，舔了舔干得起皮的嘴唇，“可能是发烧了。”

“发烧不是脸会红吗？你怎么脸白成这样？”

丁雪润摇头，他摸了摸自己的额头，很烫。

他的声音有气无力：“校医室在哪里？”

“在一楼，”楼珹补充道，“高三教学楼的一楼。”

“噢。”丁雪润站了起来，双手撑着桌面，看着人都要倒下去了，“高三是哪一栋？”

“这一栋，就是……”他大概解释了一遍，丁雪润道了声谢，走出了教室。

楼珹不常乐于助人，但转学生看着好像快要病死了，太惨了，他都觉得同情，所以叫住了他：“哎，你等会儿。”

丁雪润回头。

楼珹的眼睛是那种狭长形的，不笑的时候会显出一丝凶相，看着不是善茬。他扫了眼转学生，顿了一下说：“算了，我去校医室买点东西，你跟着我。”

教学区就这么大，校医室又在一楼，所以很快就找到了。丁雪润坐下，校医探了一下他的额头，“这么烫，昨天是淋雨了？”

丁雪润点头，声音已经是沙哑的了，“淋了点。”

校医甩了甩体温计，递给他：“夹腋窝。”

量体温的时候，楼珹坐在旁边玩手机，丁雪润听见音效，是一款热门的“消消乐”。

他夹着体温计，扭头看向楼珹。

楼珹也许很喜欢这种游戏，玩得很认真，一双深邃的眼睛执着地盯着屏幕，高挺的鼻梁下，薄唇微微抿着。

他人很高，穿着限量版球鞋，和其他学生一样穿一身秋季校服，校服外套拉链拉到胸口，他里面穿得单薄，但是很壮实，哪怕校服宽松也掩盖不住他那优于同龄人的健硕体魄。

昨天丁雪润就发现了，他身上有肌肉，还有腹肌，只是不知道有几块。

体温计取出来，校医凝重地道：“得去外面医院输液才行，快四十度了。”

丁雪润一听要出校输液就摇头：“吃药行吗？”

校医摇头道：“吃药退不了高烧，你哪班的？你们班主任谁？”

丁雪润坚持：“我吃药就行了。”

“你这同学，怎么这么犟呢！你这个是高烧，退不了烧等会儿晕过去麻烦就大了。”校医觉得奇怪，一般学生听见去校外，可高兴了，就差放鞭炮了，这个怎么这样？

“老师，我上午有课。”

楼珹听得扑哧笑了，学渣还听什么课？你听得懂吗？

校医无奈地说：“上课是重要，但也不能耽误身体啊，你带着病怎么能好好听讲？脑子烧坏了怎么学习？”

楼珹又乐了，不生病也听不懂啊，脑子不坏也不能学习啊，不然为什么叫学渣呢？

校医直接提笔开始写诊断书，问他：“名字？”

丁雪润静默几秒，正在玩消消乐的楼珹忽然拍了一下他：“问你名字呢，快点说。”

丁雪润看他一眼。

楼珹冲他眨了眨眼："同学，我陪你去医院啊。"

丁雪润知道他是想出学校玩，加上他身体确实难受，可能还有水土不服，所以才这样。

他报了自己的名字，"丁雪润，春飞雪粉如毫润的雪和润。"

楼珹啧了一声："这么装，还'拽'诗。"

丁雪润看了他一眼，没说什么，校医把诊断书给他，表情严肃地道："去给你们班主任请个假，四十度可不能马虎，一定得打车去医院，记住了吗？"

要出校，楼珹特别积极，说实话他待在教室里是真的不自在，有时候他实在太无聊，也会听一点课，他觉得不难，也能听懂，但是没那个耐心去补之前的内容。

两人回到教室，升旗仪式结束了，楼珹拽着他去了办公室，很主动地跟窦老师说："他生病了，高烧四十几度！校医说必须输液，不然要出大事！"他说话时表情太认真了，认真地夸大其词，不仅如此，他还一把搂上丁雪润的肩膀，"窦老师，我看小丁已经走不动路了，我必须扶着他去医院才行。"

他的手臂忽然环上来，丁雪润浑身不自然地一僵。

窦老师看向他一双闷骚过一双的球鞋，没看见绷带，说："你脚这就没事了？"

楼珹心虚地抓了抓头，嘿嘿了两声："我身体好，好得快。"

窦老师没作声，扫了他一眼，又看了一眼丁雪润，发现他看起来确实非常糟糕，脸上又白又红的，病气浓重得空气都变得有些黏稠了。

丁雪润把校医开的诊断书给窦老师，说："昨天晚上我出去买练习册，结果下雨了，我没带伞，回来的时候淋了雨，今天就有点不舒服。"他轻咳了一声，脸上是令人动容的坚持，"老师，我也可以不去校外的，我吃点退烧药应该就没事了。"

老窦看了校医的诊断书，对待楼珹那副常年刻薄的脸色一下变得宽容起来："没事的，今天上午的内容都是订正月考试卷，你用不着听这个课了。"

楼珹心里结结实实地震惊了一把。

老窦昨天让他做试卷，今天让他来学校订正，但是对待这个新来的学渣，老窦居然说学渣用不着听订正月考试卷的课！妈呀！这是比他还无药可救？

那这转学生成绩得烂到什么地步？负分吗？他还这么和颜悦色，转学生是家里有矿还是说他其实是老窦的亲戚？

楼城不着边际地想着，拿到了假条后，还很乐于助人扶着丁雪润的肩膀，把他扶了出去，但是一出办公室门就把他松开了。

楼城是有点洁癖的，不过转学生这个人吧，看起来倒是很白净，脸上这么多伤，身上却有种干净的气息，让人觉得舒服。楼城闻到他身上没有半点烟臭味，才勉为其难碰上去。

他一松开，丁雪润也松了口气，垂着头说："我去拿下钱包。"

他跟楼城一块消失，班上同学开始讨论是不是出了什么事。

"我看见他俩被老窦叫进办公室了，不会是惹了什么事吧？"

"我觉得很有可能……"

"转学生怎么样啊，成绩好不好？能进我们班，应该不错的吧？"

"我早上收了他的作业，我翻开一看，我滴个天，几乎全对啊……"

"厉害什么！"学委忍无可忍了。

"学委怎么这么说？学委认识他吗？"

"呵呵，我昨天在自习室看见他了，他是在'用功'，不过是在埋头苦抄答案呢！"

听见学委的话，同学们都嘘了一声："那他怎么进我们班的啊……"

出了学校，楼城问他要了电话号码，然后说："你今天都别回学校了，你回去我就穿帮啦。你要是赶着回去就给我发个短信，知道了吗？"

"嗯，我输完液就会回去。"他刚才脸色还是惨白的，现在却是潮红的，红得不太正常，加上伤，瞧着太可怜了。

"别太早，或者你回宿舍睡觉吧，躺着睡比趴着睡舒服。反正你上课也听不懂，去了也没用。"楼城帮丁雪润拦了一辆车，还好心告诉司机送病人去最近的医院。

丁雪润去了医院，医生问他打针还是输液，他选择了打针，因为打针快。

楼珹没想到丁雪润四十分钟不到就给自己发来了短信："我打完针了，现在回学校。"

这是提醒他也快点回去。

楼珹过了会儿给他回复："别去教室啊！校医让你输液你打针，你这人怎么不听医嘱呢？我还不想这么早回去呢，我离学校远着呢！你回宿舍去睡觉知道不？"

丁雪润没理他了。大概是打针的缘故，他上课有点不在状态，但老师提问题抽了他一次，他站起来回答对了。

下午有班主任窦老师的数学课，他看见楼珹没在，就问丁雪润："你们俩一块去的医院，他人呢？他是不是没跟你去医院？"

"他跟我一起去的，陪了我一上午，医院病床紧张，他一直坐在椅子上。刚才说自己太困了，他回家了。"

老窦还真信了，无奈地摇头："这个楼珹。"

丁雪润方才看见了他崭新的书，知道了他的名字怎么写，王字旁的"珹"，意为美玉，难得一见的字。

丁雪润跟老窦请假，说："窦老师，这是我的病历，我还要打两针，明天和后天都得去医院，我可以在下午第三节下课的时候离校吗？"

老窦同意了，还关怀道："注意身体，身体是革命的本钱，有个健康的身体才能好好学习。"

丁雪润点头，过后把这件事跟楼珹说了，没过多久，收到一条微信好友申请，是楼珹。

他刚同意，那边就发来一条语音。

丁雪润对他的嗓音有些着迷。他听歌喜欢听男低音，听 BBC 广播也喜欢听低音炮，但是他们的声音似乎都没有楼珹的好听。丁雪润小心地摸出耳机戴上，点了那条未读语音。

楼珹或许在户外，声音伴随着呼呼的风声，很凶地道："你怎么不听我话？

"你上什么课？你又听不懂，听天书吗？

"没用的，我们班老师早晚会知道你是什么水平，没用的，我跟你说别装了。

“你退烧了吗？退了吗就去上课！”

楼珹有点暴躁，这是他个这年纪的高中生的通病，不过他的暴躁程度，最多也就止步于此。

丁雪润性子很温和，他父亲丁兆文是高中语文老师，从小言传身教。

他非常非常讨厌“校霸”，因为这类人恃强凌弱、蛮不讲理。他以前的高中有个特殊班，这个班里的学生都是在某些方面有缺陷的，或是智力上的缺陷，或是生理上的缺陷……他们经常会受到嘲笑、欺辱。

其中以他父亲丁兆文的一个学生为首。

因为一些事，丁雪润遭受了类似的暴力，他不是逆来顺受的人，报复了回去，让对方永远记住了他这个人非常不好惹后，借此机会转了学。

当然，他并不能确定楼珹是不是那样的学生，只是校园暴力让他对这类校霸款男生产生了很深的偏见，以至于他不能以平和的心态去面对对方。

他听完那条语音，没有回复，却又听了一遍。

楼珹的声音很有磁性，正常音色就是低音，好听得一塌糊涂。

因为他的静默，楼珹还以为伤到丁雪润的自尊了。可是他觉得好无辜，自己又没说错什么，本来就是个学渣嘛……装啥呢。

没两分钟，楼珹又给他发了一条过来，这次是文字消息：“小丁，读书这种事呢，不必为难自己，有些人读书不行，但是干别的在行呀，说不定你就是这种人才呢。”

紧接着又是一条消息：“如果老窦再问起我，就说我腿伤复发去治疗了。”

丁雪润不知道他误会了什么，不由自主地勾了一下嘴唇，最后只言简意赅地回复了一个“嗯”字。

他老老实实吃了药，晚上睡觉出了汗，第二天就退烧了，但感冒症状还没下去，一天到晚都离不开卫生纸和热水。

他在新学校适应得很快，但刚刚转学，交朋友是一件比较困难的事。不过他并不着急，因为他觉得一个人过更好。

学校勒令学生不能用手机，丁雪润没有管，每当上自习课时，他就戴着一只蓝牙耳机，用头发半遮住，作业写完后他会把手机放在桌上玩。

四班毕竟是重点班，学生之间竞争激烈，所以都很自觉，老师基本上不会太严格地监督他们，而是放任他们去自习。

哪怕丁雪润就把手机放在桌上玩，也不会被人注意到。不过他拿出手机来并不是玩，他手机里有大量的刷题App，没事的时候他要么刷题，要么直播。

丁雪润正在“猿题库”上大量地刷选择题，屏幕上方跳出了一条消息。

“X神最近不直播吗？”

这是一家原创文具品牌商，丁雪润一年多以前开始直播刷题、写作业以及高效复习重点。刚开始他的直播无人问津，但慢慢地，他变得越来越有名气，百万浏览量让他成了一个直播从来只露手和声音的清新脱俗的小“网红”。

像他这样正能量的主播，还是直播平台头一份，平台经常推他上首页。

因此，很多文具品牌找上他，请他帮忙打广告，还会寄大量的学习用品给他，请他试用。

丁雪润以前基本每天都会开一个小时甚至更长时间的直播，但是最近，他快半个月没有消息了。

所以才会有人特地来问他什么情况。

丁雪润低头看了一眼自己伤痕累累的手背。

他本无意和人斗殴，因为他并不是冲动的性格，可拳头到了眼前来，他不可能无动于衷地承受着，所以他反击了。最后被学校保安制止时，他的拳头是赤红的，浓稠的血从握紧的指节上往下滴，他的眼镜碎了，可是眼神是平静的，平静得近乎可怕。

保安本来要大声呵斥他，但忽然看见他校服上的一团血，看见他捂着腹部的手指边缘，有血珠不断涌出，就吓到了。

完了，这回出大事了。

最让保安头皮发麻的是，这个年级第一的好学生，从衣兜里掏出了塑料袋，弯腰把地上的一把红色水果刀捡起来，装进袋子里，说道：“报警，叫救护车。”

地上躺着的男同学是个大高个，他惊恐地盯着语文老师家那个平时看起来很怯弱、很好欺负，但现在让他打心底觉得惧怕的学霸儿子，声音发抖道：“姓丁的……你故意的！你陷害我！”

丁雪润的运动鞋踩在血泊里，他冷静地捂着伤口，低头盯着这个男生，平和声音里有一丝温柔："知道故意伤害罪要进去几年吗？"

他腹部的伤不深，而且正好避开了要害。所以腹部的伤差不多养好后，脸上和手上仍旧青紫一片。

丁雪润点进消息，回复说清楚自己的情况："我右手被玻璃划了，有伤口，医生说要休养一段时日。"

对方表示理解，关心了几句，又问对他们品牌的文具感觉怎么样。

下午第三节课下课，丁雪润还要去医院打针，楼城也正好出去，两人一前一后出了校门，楼城看他这么光明正大翘课，心说这转学生看着文弱，胆子贼大。

他去了医院打完针就回学校了，晚自习还没开始，一点没有耽误上课。

晚上下了晚自习，丁雪润出校去药店买药膏，等待红灯时看见一辆非常拉风的摩托车停在隔壁小区外面。楼城一条胳膊抱着头盔，慵懒散漫地倚在车座上讲电话。他穿着皮靴，本就修长的腿显得更长了，眉眼在夜色下褪去凌厉，身上有种介于少年与青年之间的特殊气质。

大概因为刚下晚自习，一批又一批学生陆陆续续地涌出来，丁雪润的目光只是投向他的所有目光中，最微不足道的那一道。

楼城完全没有发觉，自顾自地讲着电话。

楼城基本每天都会来上课，不过吧，经常上着上着，人就不见踪影了。而且他上课从来都是趴着，不知道是在玩消消乐还是在睡觉，他睡觉没声音，不会影响到班上同学。

他偶尔也会坐直一点，拿着一支笔在书本上写写画画，或是支着下巴发呆、玩手机。

他朋友很多，一到课间就来呼唤他，叫嚷着"城哥打球去"。一打球，楼城就会翘课，大半天看不见人。

他从来不上晚自习，下午第四节自习课前就会消失，但是老师从来不过问，不知道什么原因。

周四，第三节课课间操后，有人跟窦老师打报告，说新同学的位置有点挡着阳台门了，出入不方便。

老窦趁着同学们上课，在后门站着研究了一下。

楼珹睡觉，丁雪润不知是在记笔记还是做题，挺认真的。

老窦心想，嗯，应该不会互相影响。

下午第一节课下课，老窦走下讲台，跟丁雪润说："你位置太靠后了，你视力行不行？"

"没事的窦老师，我近视只有两百度，戴着眼镜没问题的。"

老窦假装思考了一下，说："你把座位挪到这儿来。"

他指了一下楼珹旁边的空位。

丁雪润没说话，大概两秒，才点头说"好"。

楼珹还在睡觉，丁雪润搬动桌子的时候，把他闹醒了。

他一脸被打扰到了的倦容，一抬头看见丁雪润在他身旁安家了。丁雪润脸上的伤好了一些，看着正常多了，楼珹蒙了一瞬，因为刚睡醒，嗓子哑着道："你怎么坐这儿来了？"

"班主任调的，说我挡着门了。"

"那这也……"楼珹一个人坐惯了，不习惯突然有了一个同桌。

他觉着，没准因为丁雪润实在是太垃圾了，窦老师想让他俩互相伤害。

他蒙了一会儿，抓了一下头，最后选择趴下继续睡觉。

楼珹身材高大，他位置占得宽敞，前后桌的时候还不觉得，但是做了同桌，丁雪润明显感觉到和以前同桌的不同。

他以前的同桌是个女孩儿，特别娇小，楼珹特别大个儿，感觉……靠得特别近。

近到可以闻到楼珹身上淡淡的汗水味，还能感觉到一股温度，他身上的青春气息，像是在燃烧一样发着烫。

丁雪润中午回宿舍睡觉的时候看见楼珹在篮球场跟一群人打球。他视力虽然不太好，但透过阳台窗户，还是能看见和其他同学明显不同的高大少年，夕阳镀在他的身上，飞扬挺拔，青春洋溢。

他不看篮球赛，高中男生大多喜欢 NBA，他不感兴趣，但在夕阳余晖下，丁雪润站在阳台眺望着篮球场，看了良久。

十点下了晚自习，丁雪润回了宿舍，他还没推门就看见宿舍亮着灯，这才忆起一件事来。

他们宿舍其实还有一个人住，只是这个人平日里不回宿舍住，只有周四在，因为周四会查寝，人不在的话后果会很严重。

丁雪润拿钥匙开了门，但是没有看见人，只听见卫生间里传来淅淅沥沥的水声。

室友在洗澡。

丁雪润回宿舍后第一件事通常是洗漱，作业在自习课上就做完了，所以洗漱后可以直接躺上床，听一会儿歌便睡觉了。

他本来想直接洗脸漱口，但是在看见一双脱掉的限量版 AJ 时忽然改变了主意。

这双鞋他在楼城脚上见过。他不懂鞋，但是知道这种鞋不是所有学生都买得起的，所以有很大的概率是楼城的。

丁雪润没有出声，他轻轻走过去，坐在自己的位置上。他那个床位和卫生间只一墙之隔，椅子离阳台和卫生间的门很近。

楼城是真的没听见任何声音，外面太安静了，他不知道有人回来了，出来时手上抓了条毛巾擦身上的水，脚上趿的拖鞋发出呱唧呱唧的水声。

丁雪润扭头看去，楼城身材非常好，宽肩窄臀，六块腹肌。他注意到楼城身上还有一小块文身，但他只看了一眼就迅速扭回头，所以没能看清楚那块文身到底是什么。

楼城这下才看见了他，下意识遮裆，嘴里骂了句脏话。

“小丁！”在这里看见自己的新同桌，楼城很意外，抹了把脸上的水珠道，“你居然住 506？”

丁雪润没有看他，说：“我也不知道我的室友是你。”

水珠顺着他的头发流到脸上，再从下巴滴落，水落在地面的声音很轻。

楼城很快平静了下来：“是你我就放心了，你爱干净，你知道，我有洁癖的。”

虽然跟丁雪润做同桌是今天才发生的事，但他这人对其他人的卫生情况是非常在意的，尤其是和他位置靠得近的。

一个不爱干净的人他是不乐意去近距离接触的。

丁雪润坐他后面，他的桌上非常整洁，他穿着也很整洁，鞋面和鞋带永远是干净的，指甲也修得圆润干净。

他刚开门进来的时候就观察过了，宿舍打扫得干干净净，墙壁上的陈年污渍都擦干净了，新室友的桌上放着几本书，一盏学习台灯，东西很少，过于整洁了。

床铺叠得很整齐不说，还没有臭汗味，隐隐有一种说不出的香味。

所以楼珹觉得，这个室友肯定是个爱干净的人，但他没想到是丁雪润。

楼珹本来很反感他抽烟这件事，但是后来没在他身上闻到味道，也就不觉得有什么了。

他边说边擦身上的水，也没有要遮掩的意思。他的身材堪比篮球运动员，四肢修长且肌肉紧实，肌肤是性感的麦色，沾着水珠，像一只蓄势待发的猎豹。

对于楼珹的“洁癖”，丁雪润不置可否，楼珹桌上的袜子他都看见了，堆了好几双。

他在以前的县城，从没见过楼珹这么帅的男孩子，剑眉修目，浑身上下散发着热量和魅力。楼珹在打篮球的时候，非常多女生给他加油、为他尖叫，简直太疯狂了，像日漫里的情节。

下课的时候，高一的女孩子会专门过来看他，问：“你们班楼珹坐哪里啊？”

“那个啊？在睡觉啊……什么时候醒啊？”

“醒了醒了！我的妈呀他好帅……”有的女孩子看着他就张开嘴，最后嘴也合不上了，眼睛也发直。

他课桌里每天都会塞满情书，还有人给他送早餐，丁雪润从没见过这么多的女生追一个男孩子，倒是见过很多男生给同一个女孩子送情书。

楼珹擦干了身上的水，拉开衣柜拿了件睡衣出来，就在丁雪润以为他穿好了衣服的时候，楼珹突然又大骂了一声：“谁把我丢掉的袜子捡回来放桌上了？”

丁雪润一扭头就看见他捏着鼻子，嫌弃地用纸巾把他桌上放着的那几双袜子捏进垃圾桶，而且，楼珹只穿了睡衣，没有穿睡裤，两条长腿肌肉流畅，有种年轻蓬勃的爆发力。

丁雪润再一次别过头去。

楼城看他那副模样，忽然明白了什么，哈哈大笑："小丁你怎么了？怎么都不敢看我，你是不是觉得自卑了？"

丁雪润摘了眼镜，起身走到阳台的洗手台，挤了洗面奶在手心里，埋头就开始搓脸，根本不理会他。

楼城又一副没见过世面的模样："怎么还用洗面奶啊，你好爱美，洗面奶能消肿吗？"

他叨叨得丁雪润有点受不了了，掬了一捧水洗脸，眼睛正好能睁开了，扭头瞪向他："你够了啊楼城。"

他近视，没戴眼镜的时候，眼大无神，楼城在他面前是有些模糊的，不知道是不是因为瞪人，眼睛忽然有了一点神采。

楼城数了数，发现丁雪润的眼睛有三层眼皮，是非常好看的一双眼睛，很清澈。

他脸上的泡沫还没洗干净，额头、鼻子和下巴上都沾着一点，脸已经消肿，依稀能看见正常的模样了。

楼城以为自己数落他用洗面奶这件事又伤到他自尊了，他的自尊心应当非常强，一般学渣就是这样，自尊心会特别强……但楼城无意伤害人，所以又补充："我说你用洗面奶，你真可爱。"

丁雪润眼睛又睁大了一点，楼城忍不住笑了，眼睛一弯，指着他的脸说："小丁，你脸没洗干净。"

Chapter 02

//////////////

东北小王子

丁雪润洗漱过后，爬上床躺着了。

因为怕楼珹看见后又大惊小怪地哈哈大笑，丁雪润是躲着他涂了一层药膏，吸收过后又加了一层护手霜。

他冬天容易生冻疮，北方比南方冷，加上他手上有好多伤，所以这个时候他就开始涂护手霜预防了。

楼珹就在他旁边的床铺，正在换被套。

他似乎没有这方面的天赋，快一米九的大个子在床上笨拙地套着被子，人都钻进去了，丁雪润感觉那床都快放不下他了。

楼珹好不容易把被子全塞进去，人钻在被子里找不到出口了，大喊道："小丁、小丁，你起来，你会套被子不？我被子塞进去可是揉成了一团该怎么办啊……"

丁雪润已经躺下了，不想理他，只是躺着告诉他："棉胎的四个角塞到被套的四个角上，再抖一抖就好了。"

楼珹"哦"了一声，过了不到十秒又说："我不会弄，你起来一下。"说完他便奋力钻了出来。

丁雪润是那种躺下就不会动的人。

他已经把自己一天要做的事情全部做完了，到了休息时间，他就会好好休息。楼珹吵得他没法好好听歌，虽然楼珹的声音好听，但这么叨叨他也受不了，"你为什么非要现在换被子？"

"因为被子我上周四盖过，这都一周了，肯定很多灰尘和螨虫，我当然要换掉了……不然多脏啊。"

丁雪润算是信了，楼珹好像……是真的有点洁癖。

他没动静，楼城就走了过来，楼城太高了，在上铺走需要深深地躬着腰，不然头就会碰到天花板。

楼城没有踩到丁雪润床上来，就站在交界处，说道：“你起来，别这样睡，我的头对着你的脚，你换个方向，我们头对头，或者脚对脚，我不想睡觉的时候闻到你的脚臭味。”

丁雪润懒得解释自己根本没有脚臭，他很注意这方面的。

楼城隔着被子晃了一下丁雪润的脚，“喂、喂，小丁啊，你帮我换一下，我明天中午请你吃饭啊。啊，好不好啊？”他喋喋不休，“你要是不说话我就一直烦你、烦你。”

丁雪润从没见过楼城这种性格的人。

他原以为楼城是个校霸款男生，可他居然会撒娇，丁雪润很快就被他弄得有点烦了，只好起来，忍不住说：“你好笨啊。”

他坐起身，但是没有到他床上去，而是问他：“你有洁癖，我到你床上去你不嫌弃吗？”

楼城果然犹豫了。

他这种洁癖就是假洁癖，但他也是真挺爱干净的，他最讨厌的味道是烟味。他是容易出汗的体质，打球要流很多汗，不打球的时候也会出汗，睡个觉起来手心就湿了——他是个汗手。

他流汗不会有那种体育生的臭味，这和他注意自己形象是有很大关系的。楼城一天要洗三次澡。

楼城犹豫了一下，在心里权衡了一下得失。丁雪润刚才也洗过澡了，但楼城知道他抽烟，说实话他真特别讨厌烟味，他的兄弟都知道他这个毛病，所以很少在他面前抽烟，怕他开启“BB 机模式”。

所以楼城做了个丁雪润想不到的举动。

他跪在床上，脑袋凑过来，抓着丁雪润的睡衣闻了一下。

丁雪润看见胸口的那颗大脑袋，有些动弹不得的感觉，但不过几秒，他就平复了下来，把楼城的脑袋推开，平静地盯着他，“你干什么？”

“你身上好像没有烟味，你没穿着睡衣抽烟吧？”楼城看着他。

丁雪润脸色不变，“我抽了又如何，你还套不套被子了？”

“套、套。”楼城确认了一下，是真的没有烟味，就迅速下了床，让他过去给自己套被子。

丁雪润很小就生活自理，他动作麻利，很快就给楼城弄好了。

楼城解决了大麻烦，在下面说：“谢谢你，你把枕头换个方向吧。”

他人很高，站着头就超过床的高度了，丁雪润跪在床上，旁边就是探头探脑的楼城。

丁雪润把枕头换了过去，楼城关了灯，爬上床来，他窸窸窣窣地躺好了，礼貌周到地夸道：“小丁，你被子套得真好。”又问丁雪润，“你睡觉梦游吗？”

“不会。”

“那就好，这层楼有个傻子梦游，有次半夜敲我们宿舍门，吓死我了。”楼城睡在这张小床上，感觉非常不舒服，不停地动弹，“结果我们宿舍高三那俩傻子，睡得跟猪一样，我以为他们死了。”

他人太高了，睡觉也总不踏实，喜欢在床上翻来覆去乱滚，有一次睡梦中从床上掉下去了，好在身体素质好，皮糙肉厚的没出什么大事。

按照校规，只有高三学生才能搬走，所以楼城每周四还是会回学校住，以免查寝人不在，半夜接到班主任电话——惹出被全校通报的丑事。

他太爱说话了，一直说，丁雪润刚开始还回应，慢慢就不理了，假装睡觉。

这时，宿管进来查寝，开了灯，确认是两个人而且脸都对得上人，才关门走了。

楼城白天运动，所以晚上睡眠好，躺下没一会儿就睡着了。

丁雪润听他没说话了，把英语广播关掉，摘了耳机，闭上眼睡觉。

第二天，楼城要跟丁雪润一起去教室。

丁雪润看他还没起床，说自己要去食堂吃早饭。

楼城人是醒了，可是他赖床，不肯起来，“我不，我还要睡，我困。”他把头蒙在被子里瓮声瓮气地抱怨，“去食堂干什么啊？我们去教室，我好多早餐的。”

丁雪润默然，他知道那是楼城的追求者送的，楼城会吃，吃不完就分给周围的人。但是来历不明的东西，丁雪润是不敢吃的，他怕。

楼珹蒙在被子里，又迷迷糊糊地问他时间："现在几点了？"

"七点钟。"

"七点？！"楼珹心里又记了他一笔，看来这是个不输那两个高三傻子舍友的，正常人谁这么早起来？那两个高三的才七点起床。

"你闹铃几点的？"

"六点。"

楼珹气死了，"你调那么早做什么……"

丁雪润答非所问："我去食堂了。"

楼珹还在叨叨："调这么早的闹铃做什么？你又不读书，那么早起来你要上天吗？啊！"

没人理他。

半睁开眼，往下面看了一眼，面对空荡荡没有声响的宿舍，楼珹后知后觉，丁雪润真是说走就走——

他觉得小丁这人有点冷。

睡了个回笼觉，起来晚了，去教室第一节课已经上了一半。

他进去前刚好看见丁雪润在回答问题，老师让他坐下。楼珹若无其事地走进去坐好，老师看了他一眼，什么也没说，继续用"小蜜蜂"讲课。

楼珹桌上有很多份早餐，女生送的早餐总是特别精致可爱，小瓶酸奶、小瓶牛奶、扎上蝴蝶结的小饼干、洗得干干净净的草莓什么的。

他看见桌上的包子时，还有点发愣。

哪个女孩子送的包子这么实在！

楼珹有点没睡醒的样子，他插上酸奶的吸管，问丁雪润："你刚才被Miss狄抽起来回答问题了？"

"嗯。"

"回答上没？"

丁雪润又"嗯"了一声。他在玩笔，其他人在记笔记，就他在玩，也不写东西，看起来像是在听课，又不像。

"问的选择题你蒙对了？"

丁雪润嘴唇一抿，嘴角有一点不明显的笑意，又"嗯"了一声。

楼珹露出牙齿笑了："你吃早餐没有？"

丁雪润说吃了，楼珹推给他一瓶奶："再吃点吗？我这儿一大堆呢，还有包子，这谁买的……"

"我买的。"

"那你放我桌上做什么？"楼珹反应过来，"你给我买的呀？"

丁雪润脸对着黑板，面不改色地一边听课一边回答："我吃不完，就给你了。"

"你……"楼珹又觉得小丁人太好了，主要小丁是个学渣，上课可以陪自己说话，其他人就不行了，他们上课从来不开小差，因为他们一开小差就跟不上了。

所以他顿了一下后问道："你买的什么馅？"

"素的。"

"我喜欢肉包子，不过素的也能吃。"他低头试着咬了一口，包子还没冷，楼珹大概是饿了，几口就给吃完了。

丁雪润侧头看了看他，他吃东西很快，吃得嗷呜嗷呜的，但吃相是顶好看的。

他吃完包子，又吃别的，还要跟丁雪润分享水果，丁雪润不吃。

"你怎么不吃，我看你不是还要带水果来教室吃吗？"

丁雪润摇头："我不吃来历不明的东西。"自从吃过一次这方面的亏，他就再也不吃不知道来路的东西了。比如在超市买，是随机的，所以可以吃；比如在食堂点菜，也是随机的，有毒的危险也很小。

当然了，他也不是什么重要人物，不会有人想害他，可楼珹不一样，谁能保证他没有树敌？他的敌人如果知道他会随便吃桌上来历不明的食物，是非常危险的。别人吃中毒了跟他没关系，但他吃过亏神经敏感，所以不会栽在同一件事上。

"你有被害妄想症啊！"楼珹觉得他不是一般的有病，"她们那么喜欢我怎么会下毒害我？我是校草，你知道校草是什么意思不？"

丁雪润没有回答，楼珹继续唠叨："校草就是全校最帅的男人。"

不知道他是不是声音太大了，被英语老师听见了，英语老师戴着麦大声说："楼珹，知道你帅，别瞎吵吵，吵到你同桌学习了。"

班上同学笑出了声。

楼珹虽然成绩不太好，各种小毛病很多，而且整天小错误不断，但很招老师喜欢，在班上人缘也好。

英语老师一说话，他立马就坐直了，很无辜的样子。

说实话楼珹也想笑。

所以英语老师重新开始讲课后，他就又压低了声音，这次凑近了丁雪润的耳朵，说道："她说我吵你学习了，她好不好笑啊？你学什么学，她是不是不知道你是文盲啊？"

丁雪润被他这样吹气，半边身子都有点麻，过电似的，楼珹的声音太……好听了。

楼珹说："如果她抽你回答翻译题，小老弟，你就完犊子了。"

丁雪润本来没想搭理他，这次真忍不住了："楼珹，我问你个问题。"

"你说。"

他声音很轻："你老家哪里的？东北？"

楼珹瞪大眼睛，"我说的是明明是普通话好不好！"

丁雪润似乎觉得就这么让他误会也挺好玩的，所以上课只要楼珹在，就看心情回答问题。

楼珹经常说："你运气这么好，怎么都回答对了？"

丁雪润说："抄的。"

楼珹"哦"了一声，摸着下巴道："破案了。"

丁雪润脸上的伤口差不多好了，只有脖子和手背还有一点痕迹。穿校服的时候他把拉链拉到最高，就完全遮住了脖子。

丁雪润恢复了原本的面貌，楼珹一看，觉得还挺清秀一小伙，青涩洁净，皮肤又白，就是有点瘦。小丁人不高，眼睛挺大挺黑的，就是近视眼，戴着眼镜，把那么漂亮的眼睛都遮住了，可惜了。

丁雪润看着待人挺温和，其实是有些冷漠的一个人。楼珹跟他变得熟悉之后，又觉得他逗起来特别好玩，太有意思了简直——除了抽烟之外其他都挺好的。

楼城想到自己的那些个朋友，几乎都抽烟，而且抽得比小丁厉害多了，这么想想也就释然了。至少丁雪润不会满身烟臭，他抽完就消灭证据，嘴里会喷草莓味的口气清新剂，喷完就是香的。

他会劝丁雪润：“你少抽一点，真的对身体不好。”

丁雪润每次就点头，也不听，我行我素。

而且不知道他哪里来的那么多文具，总是送人文具，给这个送橡皮，给那个送笔，还都是学校文具店见不到的款式，很漂亮的文具，女孩子非常喜欢。

楼城不用这些东西，但还是收集了几样。

不过吧，班上还是在传一点消息，因为大家都不知道转学生的底，但有证据表明，他上课答得出来，那是因为他有答案，他每天作业都是抄答案来着。

至于他的试卷——学校老师自己出的测试卷，他又是怎么答对的，就没人知道了。

楼城考试的时候从来不来，也不上晚自习，所以更不可能知道。

楼城每周也就周四在学校住一晚，每次都要带一床新的三件套换上。丁雪润帮楼城换，楼城每次说请他出去吃饭，他每次都谢绝。楼城问：“请你吃你还不乐意啊，你是就喜欢吃食堂吗？”

丁雪润便点头道：“对，我喜欢食堂。”

丁雪润太自律了，他的生活轨道一旦确定，就不会轻易改变。他每天早上起床的时间都是一致的，睡觉的时间也基本不变，吃饭口味也是，只吃那几种。他从来都是今日事今日毕，从不把今天的事堆积到明天去。

楼城觉得食堂难吃，但知道食堂顶楼的露天阳台有个“小食堂”，和外面的中档餐厅差不多，点餐式，环境也好一些。学生过生日或者班上聚餐，会在那里。

楼城已经好久没有去过食堂，饭卡也找不到了。楼城打定主意要请丁雪润吃饭，但是懒得去跟人挤着补办饭卡，所以他一下课就去了高二楼上，随便拽了个朋友：“东东，把你饭卡给哥用用！不，你直接给我，你里面多少钱？我给你发红包。”

李东蒙了，楼城从来不去食堂吃饭的，居然问他要饭卡？

“不是啊城哥，饭卡给你我怎么办呢？我吃什么？”

“我中午要请人吃饭。我不想去挤着排队补办饭卡，你去挤。”

楼城非常不喜欢“挤”，因为感觉各种人往他身上凑，什么味儿都有，而且真有人趁乱揩他油。

他的假洁癖犯起来和真洁癖差不多，讲究太多了。

李东立马把卡给了他，然后好奇地问：“城哥交女朋友了吗？可以啊，比校花还漂亮吗？是高一学妹？哪个班的？”

“不是，就我同桌。”他把饭卡揣在校服兜里，嘴里嫌弃得不要不要的，“那家伙真有毛病，只吃食堂，食堂有什么好吃的。”

楼城有了同桌这件事，很多朋友都知道，因为他们来四班门口找他玩的时候看见过。

李东诧异道：“可城哥你的同桌不是男的吗？又换新的了？”

“我就是请他吃饭。”

李东非常好奇，“城哥为什么请同桌吃饭？他给你写作业了？”

“怎么可能？那傻子就是个学渣！文盲！我实话跟你说，比我还不如，我好歹会背乘法表。”楼城不好意思说人家给他套被子，更不好意思说同桌每天早上给他买包子。

“当真？”李东感慨道，“他什么来头？难不成跟你一样？你可是东北小王子。”

“应该也不是，”说起这个外号，楼城脸色就微微发黑，“我也不太清楚，可能是我们老窦的亲戚，老窦挺疼他的。”他皱了一下眉，接着道：“太奇怪了，老窦不是一向只喜欢好学生的吗？”

他刷饭卡请丁雪润上食堂顶楼吃“小食堂”，丁雪润瞥见他饭卡上贴了个卡贴，那卡贴上面是个女孩，不是明星，像是同龄人。

他以为是楼城的女朋友。

丁雪润拿着菜单翻了翻，只点了一个菜一个汤，“你再点一个菜，我们两个人吃，够了。”

“你多点两个，哎，你怎么点了个青菜还点了个素汤啊？吃这么点怎么够，喂猫呢？”楼珹数落道，“你这么瘦是有原因的知道吗小丁？”

“点多了吃不完，浪费。”

“你过来小丁。”楼珹勾了勾手指。

丁雪润手肘撑在桌上，凑过头去听他要说什么。

“小丁啊，”楼珹说话时嘴里吐出热气吹拂着他的耳朵，“吃得多可以长个子的，你多吃点肉，吃补一点的，就可以变得像我一样了懂不懂？”说着他还笑了两声。

楼珹荤段子特别多，但又不会让人觉得猥琐，可能真是长相的缘故。丁雪润不知道该接什么话，他不是故意吃那么少的，不过是习惯了吃饭只吃七八分饱，加上生活费有限，他不愿开口问丁兆文要零花钱，就只能省吃俭用了。

原本用不着这么惨的，但他刚开学就病了一场，还买校服，秋服和冬服各两套。他暂时没有买夏服，想等明年热起来了再买。

楼珹大概是少爷胃，点了很多菜，拦都拦不住，又是清蒸鱼又是红焖羊肉的，他平时运动量大，得吃大量的肉才能维持体能。

对比起来，丁雪润吃得非常少，楼珹让他多吃点肉，“你瘦得好可怜，我那天看你洗澡出来，又白又瘦的，太惨了，你家里人是不是虐待你啊？”他顺手用公筷给丁雪润夹了块很大很肥的红焖羊肉。

他跟朋友出去吃饭也有这个怪毛病，不用公筷就不肯吃，宁愿一个人坐在旁边吃，大家都说他这是少爷病。

丁雪润面对这个问题，选择沉默不语，低头一口一口把肉吃了。

楼珹看他的吃相，点评道：“斯文人。”

楼珹对吃的挺挑剔的，觉得食堂的小炒味道一般，但他胃口大，挑剔说味道不行，这个咸了这个淡了，结果都吃完了。

今天天晴，出大太阳，露台上热，他吃出了一身的汗，热得把校服脱了。

他住不惯宿舍，而住不惯最大的原因是他不习惯跟人合住一间房。而且跟他住一间的两个高三的，都有点楼珹受不了的毛病，一个把垃圾丢地上不收拾，另一个袜子内裤穿了不洗，攒着等周末拿回家洗。

楼城不会洗衣服，也不想洗，所以穿过就丢。

而如今，住宿舍对他而言最大的问题就是床小，其次就是花洒小，他喜欢泡澡，喜欢瀑布型的花洒，所以能不住就不住，他想洗澡，也得憋到回家舒舒服服地洗。

两人从食堂出去，丁雪润问他："你家就住在隔壁小区吗？"

"对，我住不惯宿舍，成年了就在旁边买了套房子自住，其实就在男生宿舍后面，我翻个墙就到了。"

"你怎么能翻墙？学校不是有铁丝网吗？而且有监控啊……"

楼城满不在乎地说道："铁丝网被我剪坏啦，监控也被我移开了，我弄了个死角出来，平时也没人往那边去。体育馆后面那边有个旧的宿舍楼你知道吧？前几年很邪乎的，都说那里阴气重，闹鬼不吉利啥的，连保安都不去那里。"他还有些得意，剑眉挑起来，"不过我平时也用不着翻墙，我都正大光明地进来。"

"你晚上不上晚自习，为什么？"

"因为我去上托福课啦。"

"托福？"丁雪润一脸意外地看着他。

"是啊，不过名我倒是报了，就是一次都没去过。我拿这个理由跑出去玩，老师都以为我要出国留学，所以你看他们现在不管我，也不会生我气，我只要上课不给他们惹麻烦，不影响其他同学，他们就当我不存在。"

丁雪润笑了一下，说道："你跟我做同桌，你只跟我说话，当然不影响别人，你只影响我。"

"你又不算，"楼城耸肩道，"在老师眼里，你跟我是同一种人，区别就是我上课睡觉，你上课发梦。"

楼城跟班上学生不怎么合得来，因为那些都是好学生，他不和那种优等生玩，优等生玩的东西跟他不一样。

丁雪润还好，虽然爱装成好学生，看起来好像很喜欢学习的模样，但本质上和他是一路货色。

从食堂走到男生宿舍，要穿过操场，楼城路过篮球场，正好有人招呼他，他飞奔过去抓起篮球就是一个三分，引起附近一些女生的连片尖叫声。

楼城投了个球就跑了，拒绝挽留："我赶着回家洗澡睡午觉呢。"他跑到丁雪润旁边，汗涔涔地问他，"小丁，你是不是第一次看我打球？哥帅吧？"

丁雪润点点头说："帅。宿舍的阳台上能看见篮球场，我见过几次你打球。"

校门和男生宿舍在两个方向，两个人分道扬镳，丁雪润没有回宿舍，反而走向人少的旧宿舍。

就是楼城嘴里说的那个"不吉利"的宿舍楼，这么一走，才发现六中占地面积居然这么大。

他之前选择这里，除了因为父亲丁兆文和周校长的那一层许多年都未曾联系的同学关系以外，还因为这所高中确实很牛。

六中的绿化和环境在全省的高中里都是排第一的，升学率也是拔尖的，每年都为清华北大输送了不少人才。

所以家长挤破头把自家孩子送进来。

班上同学一个赛一个地认真，在楼城看来，整个班里就丁雪润一个人上课摸鱼。

就他一个人不记笔记，别人都记，就他那学渣样好还意思理直气壮地说因为都会了所以不记，拉倒吧吹牛可不是这么吹的……

楼城不信，丁雪润脾气挺好，或者说随和，也从不解释。

丁雪润一路走到楼城说的那面墙下，这边确实有几个监控，上面很厚一层灰，看着特别脏，也确实没有人往这边走，看来六中的学生，或多或少都避开这里。

丁雪润胆子大。他顺着墙边一路找，很快就找到了楼城说的那个死角。

他抬头看见被剪开的绿色铁丝网，旁边堆着一些乱七八糟的体育器材箱子，可以移过来方便翻墙，墙头的玻璃也被换成了塑料的，连塑料边角都磨成了圆角。丁雪润抬头扫了一眼那个挂在树干上的监控摄像头，算出了死角的角度和尺寸——还挺大的。

至少楼城翻墙的话，是不会被监控逮到证据的。

他觉得楼城在某些方面很聪明，因为监控角度移得恰到好处，普通人才不可能算得这么精准，而且普通坏学生哪里知道翻墙还要移动监控啊，没准还会冲着监控竖中指。

丁雪润就站在死角处，静静地站在那里抽了一支烟。

他想得太多的时候，就需要抽一支烟清醒一下，他对这个不怎么上瘾，买的也是最便宜的烟，抽得不多，所以嗓子不会疼。

第二天是周四，楼城晚上回了宿舍，还买了一盒巧克力草莓。草莓又红又大，看起来很甜的样子。

楼城招呼道："快来吃，这个甜。"

丁雪润走过去，看见草莓盒子上的价格，一小盒一百块钱的样子，也不知道什么草莓能卖这么贵的价格。

"你吃吧，我不吃。这里有盐吗？草莓吃之前要用盐水泡一泡。"

楼城愣了一下，"你不吃吗？"

"不吃。"

"你不喜欢吃吗？"

"你哪里看出来我喜欢吃草莓？"

"你……你不喜欢那你干什么买草莓味的口气清新剂？整天喷，闻着好香。"楼城好生气啊，"我今天在生鲜超市看见这个草莓好大，闻起来很香，就买了一盒。我是特意、特意给你买的！"他强调道。

楼城觉得小丁这人不错，拿他当朋友才对他好的。

丁雪润看他难得正经，忽然笑了一下："我买草莓味只是因为草莓味的当时在打折，比薄荷味便宜了一半。"

楼城有点气，又不好发作，最后愤恨地盯着他说："你惹我生气了哦。"

丁雪润说："我不喜欢，但也不讨厌吃，我拿去洗吧。"说起来，他这人没什么喜好，没什么特别喜欢的东西，要说爱好，他喜欢分析，分析各种事情。

他第一次去老窦办公室就看出老窦办公桌对面坐着的数学老师是个烟鬼，时时刻刻都要抽烟的那种，一天至少三包烟。

他看见这些不是偶然，他能记住看见过的每一个人，记住每一个细枝末节，那些信息会在他的脑子里串联成片。

把一件事或一个人分析彻底，这是他的乐趣。

丁雪润去其他宿舍借了点盐，把草莓泡上了。

楼城伸手拔了一个绿色的草莓蒂丢掉，“要泡多久？”

“泡十分钟吧。”丁雪润说着，先把眼镜摘了，再校服外套脱了，他背对着楼城把里面的衣服褪去，楼城盯着他的背看了一眼，再次感叹“好瘦，好白”。

丁雪润往身上套了一件单薄的中袖睡衣。他只带了一套比较厚实的睡衣，洗了还没晾干，就只能穿这件薄的了。

草莓泡了一会儿，楼城兴高采烈地把水倒了，单手轻松拎起一把椅子，放在自己的桌旁，招呼丁雪润吃。

但楼城没吃两个就不动了，他好像不喜欢吃这些，把玻璃碗往丁雪润那边推了一点，说道：“你多吃点，别浪费。”

丁雪润本就没洗几个，他原本算好只吃两三个，但楼城吃得太少了，他只好负责把剩下的解决掉。这个季节的草莓又大又红，味道很甜。

他的嘴唇被草莓汁水染红，楼城盯着他的嘴唇看了一眼，心说小丁眼睛好看，嘴唇也怪好看的。他不知道丁雪润这种唇形叫作菱唇，只觉得好看。

楼城心想如果小丁是个学霸，那他这么好看，足以弥补他在身高上的缺陷了，至少不缺女生喜欢。

他觉得小丁矮，那也是跟他比，但要跟学校里其他男生比，小丁的身高在平均线以上了。

但小丁不仅不是学霸，还是个不学无术的小学渣！楼城跟他做同桌后，经常看见他上课玩手机。

窗户半开着，一阵风吹进来，从四面八方钻进丁雪润的睡衣里，他像一片风中枯叶般打了个哆嗦，搓了搓手臂。

楼城见了说道：“冷啊？你怎么就穿这么点？”

刚十一月，D 市已经降温了，但学校的中央空调一般立冬过后才会开启。

很多学校还在用暖气，六中已经装上了中央空调。

丁雪润摇头道："睡衣洗了，还没干。"

"那你披个外套呗。"楼珹盯着他露出来的锁骨，丁雪润这么白的男生，楼珹还是第一次见。虽然瘦弱，但他身上有种苍白单薄的斯文气，看着就像个三好学生。

说实话，班上学霸都没丁雪润这种清冷高傲的气质。年级第一都没他"拽"。

楼珹见他不动，又说："你穿个外套，我去洗澡了。"

楼珹脱掉外套，穿条内裤大摇大摆从丁雪润旁边走过去。

他走到阳台，头不小心碰到丁雪润晾晒的衣服。楼珹伸手拉上窗帘，忽的闻到一股很舒服的皂香，这股香气有几分雨季的湿润，楼珹抬头，上面晾着丁雪润的校服、睡衣、内裤，还有袜子。

他恍然大悟，原来小丁身上那种若隐若现的香气是洗衣皂的味道。

楼珹出来的时候，看见丁雪润坐得很端正，背挺得笔直，微微垂着头在写作业，他身材单薄，穿着有些许宽松的校服外套，右手上戴着一只黑色的半截手套。

楼珹浑身水汽地走到他旁边看了一眼，"写什么呢？"

那是一张试卷。

楼珹看见那些个公式，以为是作业，不可思地说："数学作业？你疯了啊。"

"是物理。"丁雪润手上一刻不停，他的手机用自拍杆夹着，垂直对准桌面。他关了麦克风，所以他这边无论说什么，直播间里的人都是听不见的。

楼珹没注意到他的手机，不知道他在搞学霸直播，还当丁雪润真疯了，一边笑一边按着他的肩膀说："你好好写，努力努力，说不定物理能考个三十分。"

丁雪润侧头看了他一眼，抿唇微笑道："借你吉言。"

他没戴眼镜，学习台灯的暖光映照在他雪白的脸上，轮廓很柔和，睫毛像日漫《鹡鸰女神》中的鸦羽。

丁雪润睁着一双黑眼睛扫了楼珹一眼，见他背上搭着一条浴巾，他本来在擦水，动作忽然顿了一下，接着他弯腰，手直接伸过去，丁雪润不知道他要干什么，手抬起来把手机移开一点，这样直播画面就会停在他的书桌上。

丁雪润没想到，楼城会抓起他的手腕。

“你手怎么了？”楼城是忽然注意到的，丁雪润的左手手腕上，有一块黑红的、发烂的肉。

这个颜色是新的，但依稀还能看见其他颜色更浅的伤疤，他感觉那圆圆的形状有些像烟头。

而那些颜色淡化的伤疤，是烟头烫过后又痊愈的状态。

楼城是瞥见丁雪润桌上的烟盒才发觉的——那可能是烟头烫出来的。

因为丁雪润平时戴着手表，伤口那一圈正好被手表遮住。

“拿烟烫的？”

丁雪润没说话。

“你自己烫的？”楼城看他的眼神都有点变了，脸色沉了下来，“丁雪润，你自残啊，你是不是有病？”

“不是，我不小心烫的，你别管。”丁雪润想把手从他手里抽回来，没想到楼城握得很紧，根本抽不出来。

“楼城。”他皱了一下眉，盯着他道，“你放开我。”

楼城也盯着他，但丁雪润近视，那双微微失神的眼睛显出澄澈的干净，对视之间，楼城先放手了，“你真是有病。”

“你管不着我。”他把校服袖子拽了下去，心里烦躁之余开始焦虑，他有轻微的焦虑症，但没人知道。

楼城冷哼一声：“你可劲儿造，关我什么事。”

他爬上床去，弄出了很大的动静，晃得丁雪润手机差点从自拍杆上掉下来。

丁雪润没管他，他把手表扣上，把手机位置摆放好后，在草稿纸上用铅笔写道：“刚才宿管来了，搜出了室友的锅。”

这么写了一句后，他也不看屏幕，就在前置摄像头下面开始打草稿，列出自己的解题思路。

看丁雪润视频的人，大部分是学生党，有的学生说：“看博主的视频很减压，一边看我一边写作业，竟然写得比平时快。”

丁雪润的一双手尤为雪白好看，手指修长，他说话声音因为轻所以显得温柔，有时候他直播会开小课堂，讲一些学习方法，有人说听他上课比听老师上课还管用。

经常有弹幕：“小哥哥声音好听，在学校上课只想睡觉，听你讲课立刻就打起精神来了！”

丁雪润安静地写着作业，因为楼城一直在上面乱动，发出各种声音，好像一个发泄不满的小学生，丁雪润只好戴上蓝牙耳机，一边听《老友记》一边做题。

宿管来看了一眼，确认都是本人就走了。

丁雪润心里有事,而且他焦虑症犯了,分了心,写作业时连草稿都懒得打,飞快地做完了一张卷子。

搞得直播间的人都蒙了，怎么算都不算一下就得出了答案?

做卷子算是丁雪润减压的一种方式，他在纸上写下：宿舍马上断电了，今天就到这里了，晚安。

他的字非常好看，赏心悦目。丁兆文是语文老师，写得一手好板书，丁雪润从小对着字帖练字，也写得一手很好看的钢笔字。

以前学校的黑板报，都是交给他办的，他还拿过书法比赛的奖项。

丁雪润关掉直播，把手机拿下来。他捏了捏太阳穴，站起来往上面看了一眼，楼城这会儿好像已经生完闷气了，也没有继续不安分地闹了。丁雪润脱了校服，把校服挂进衣柜后，拉开抽屉摸了摸，摸出一根烟和打火机，转身进了厕所。

六中宿舍的卫生间小，就一个小小的蹲便器，一个花洒，总共不超过两平米。不过外面的洗手台倒是很宽敞，一面大镜子，两个大洗手池子，上面放的基本上是丁雪润的洗浴用品。

丁雪润爱干净，卫生间是每天打扫的，而且每天都会倒垃圾，再加上这个宿舍几乎可以说是他一个人住，所以宿舍里各个角落都非常干净。

他刚进卫生间宿舍就断了电，灯光一下熄灭，不知道从何处发出一声喊叫，而后陷入彻底的黑暗之中。

丁雪润摸黑关上门，用打火机照明，点燃了烟。

此时楼珹正躺在床上用手机搜索——“自残是什么心理”，结果一下子跳出了好多图片，都是看着就让人觉得压抑恶心的图片。楼珹感觉自己幼小的心灵受到了冲击。

他耐着性子稍微看了一下，然后发现这是一种压力大、偏执的表现，而且网上那些人描述的病情，似乎都挺严重的，一刀一刀往自己手臂上割，触目惊心。所以小丁这种情况算是非常轻微的了。

楼珹稍微好受点了。

他看见有专家提醒：如果发现有自虐倾向，一定要及早就医。

楼珹还是觉得心里有点不舒服，也说不上来是什么感觉，有点生气愤怒，又不知道是为什么。这种心情，来得有点莫名其妙。

这时，他突然闻到阳台方向飘来的烟味。

“臭死了。”楼珹猛地从床上坐起来。

他捂着鼻子，脸色阴沉得厉害，坐了好几秒后，突然翻身“蹬、蹬、蹬”地下床，骂道：“真是个神经病。”

他大步走过去，拧了拧门把手，但厕所门从里面锁上了。

楼珹拧不开就开始砸门，叫嚷道：“给我出来。”

丁雪润淡定地把门打开，他手里夹着烟，表情漠然地说：“怎么？”

“臭死了。”楼珹屏住呼吸，一把拽过他的手。

丁雪润抽烟是绝对不会穿着校服的，他不会让校服上沾染到任何证据。天气冷，他的手腕冰凉，楼珹怕捏到他的伤口，所以握的是他的手心。

他见丁雪润手上戴着表，心里松了口气，没烫自己就好，但他又觉得好生气，“有病，真是有病，姓丁的，你这烟头烫得肉都烂了，你不贴创可贴就算了，白天居然还戴手表捂着，你是不是傻子？”

“真是个傻子。”他肯定地重复道。

楼珹是爱出汗的体质，他是个汗手，什么事都没干手心也会出汗，就这样湿漉漉热烘烘地拉着丁雪润白生生的手。

丁雪润右手夹着烟，又抽了一口，嘴里徐徐吐出一口烟雾，喷在了楼珹脸上。

全校都断了电，窗帘拉上后，宿舍里只有一点薄薄的月光，烟头那点橘红的光芒，微弱而朦胧，映着他那有点冷却又微微勾着嘴角的脸庞。

楼珹低头盯着他看，望进他黑漆漆的眼睛里，又骂了句：“你有病。”

“楼珹。”丁雪润跟他对视着，其实他看不太清楚，因为他视力不好，再加上黑，眼里就只有一个非常非常模糊的轮廓。因为看不清，所以就看得很认真，企图把他看清楚。

楼珹瞪着他，没好气地“哎”了一声，“叫我干什么？”

他心想，丁雪润一个半瞎，一个摘了眼镜就抓瞎的人居然有一双这么深刻漂亮的黑色眼睛，而且眼底有星星。

晚上的丁雪润，和白天的丁雪润，像是两个截然不同的人。

一缕一缕的烟从丁雪润嘴里喷到他的脸上。

楼珹好像被扼住喉咙，他理所应当地认为自己中了二手烟的毒，所以脸色很难看，又骂道：“臭死了，你抽的是屎吗？！给我掐了！”

“楼珹，”丁雪润又叫了他一次，他顿了一下，感受了一下手心里的温度和湿润感，在黑暗里哑声道，“你手上黏糊糊的是什么玩意儿？”

楼珹这才突然发觉自己居然抓住着小丁的手。

他连忙放开，生气地说：“我汗手不行啊？你这个人！思想怎么回事！”

丁雪润不置可否，说道：“我烟还没抽完，你离我远点。”说完，他就把卫生间的小门轻轻关上了。

楼珹在外面又骂了句：“神经病。”

楼珹暗自嘀咕着，他讨厌烟味，回到自己的床位下面，低头闻了闻自己身上，果然有股细微的烟味。楼珹受不了，换了一件睡衣才爬上床去。

丁雪润没有烟瘾，抽了一根就满足了，漱了口，把手表取下来把手洗干净后，也上床睡觉了。

第二天楼珹照旧赖床，丁雪润没有等他，自己去食堂吃早饭。

他早上去教室的时间很早，但不是最早的，班上苦学的学生，六点教学楼的锁一打开，他们就来了。丁雪润要早读，而迟到时间就从早读开始算起，没有赶上早读就算是迟到了。

楼瑊每天都迟到，今天也不例外，第一节课快下课了，他才睡眼惺忪地从后门出现。

他没穿校服，而是穿一件黑色的夹克，手插在衣兜里。台上讲课的是物理老师，人称“灭绝师太”，看见他这样，就讽刺地说了句：“楼瑊，还没到下课的点，你怎么就来教室了？”

“扑嗤……”有同学笑出声。

楼瑊站在后面，看了一眼丁雪润，发现丁雪润根本没有看自己，就望向讲台，理直气壮地说：“我去校医室了，校医室八点过后才开门，我一直等着的。”

“不知道下课再去？”

“我等不了。”

“灭绝师太”严厉地盯着他道：“你出去，下课再进来。”

楼瑊“哦”了一声，若无其事地把手插进裤兜，轻描淡写说道：“那我去拿个东西哦。”

他走向自己的座位，从衣兜里掏出一个被他揉成一团的小小的透明塑料袋，丢在丁雪润的桌上。

他也饿了，在桌上拿了一瓶酸奶，然后手顿了一下，像是在找什么东西。

楼瑊似乎没有找到想要的东西，垂下头看了丁雪润一眼，发现他今天又在假认真——他在玩手机。

楼瑊又拨了拨桌上的早餐，仔细地找寻了一遍。

“灭绝师太”看他还不出去，眉毛已经生气地吊起来了，“楼瑊，你还没找到？你是不是要影响大家上课？”

“马上。”楼瑊头也不抬，确定丁雪润今天没给他买包子后，脸色臭得特别厉害。他走出教室前，伸腿踹了一下自己的椅子，弄出了不小的动静，把前面认真听课的同学吓了一跳，哆哆嗦嗦地回过头看那位平日里还挺和气的大佬。

楼瑊满身压抑，冷着面容走了出去。

“灭绝师太”听见他弄出的动静，本来要骂他，但他走得太快了，她的骂声刚要蹦到嗓子口，楼瑊就跑了。

“灭绝师太”暗暗骂了一声“小兔崽子”。

丁雪润什么反应都没有，他捏着笔，最后伸手打开了楼城放在他桌上的小袋子，里面有一支烫伤膏、一盒创可贴，还有一瓶消毒喷雾。

“灭绝师太”本来是让楼城在外面罚站的，结果楼城出去后，直接就没了人影。他跑去了篮球场。

这才刚上上午第一节课，谁没事逃课打篮球！全场就只有楼城一个人。他一个人来回运球、灌三分、灌篮，弄得满身是汗，好像不知疲惫。

下课只有十分钟时间，没有人会在这个时间点来操场，也没有班级第二节课就是体育课，所以偌大的篮球场，只有楼城一个人挥洒汗水的身影。

篮球场离高二教学楼还有点距离，走过来要穿过两栋教学楼，绕过体育馆和学校的一段绿化带，至少得走上五分钟。

丁雪润还要赶着上下一节课，所以走得很快。他走到体育馆背后的小路上——这里正好可以看见篮球场，树荫浓密。

他定定地看着，过了一分钟，转身往回走。

楼城似乎正准备休息，他停下灌篮，篮球在地上轻轻弹跳，划出优美的弧线。他望向教学楼的方向，只看见茂密的树荫后一个穿校服的背影快步离开。

楼城感觉背影眼熟，但没有在意。

丁雪润回到教室后，周五一整天都没再见到楼城了。

他这种外地来的学生，周末大多待在学校学习，有的会去外面上补习班，有的会趁着周末出去玩。

六中原本星期六是要补课的，后来不知道被谁举报了，学校就再也不给学生补课了。

有些学生高兴，有些学生却觉得吃了亏，尤其是学生家长，埋怨道：“现在补习班好贵的啊，一节课两个小时三百起步，那个举报的人不知道怎么想的！学校给我们做家长的省了多少钱啊！”

丁雪润觉得没课挺好，他上午便早早地出门，查了市区的公交路线，坐地铁然后转公交车，去了一家名叫“向日葵家园”的残障人士托养中心。

他之前在网上了解过这家托养中心，里面住着不少残障人士，下到几岁小孩，上到花甲老人，共有四五十人。他们有的呢，早年因铁路事故导致大腿截肢，被家里人送到这里来；有的呢，从出生开始就是智障儿，和常人不同，他们被家人放弃，也被送到托养中心来。

这是一群被社会抛弃的人。

丁雪润提前打过电话，一过去就见到了园长。园长见这个来电的志愿者居然是这么小的学生，脸上不由自主地露出一丝失望之色。

"丁同学，你还在读书吧？"

"嗯，我周末没有课，可以过来帮点忙。"丁雪润提着一个大的手提袋，他环顾了一下四周，整个家园看起来并不大，其实就是小区铺面，朝外有个门，朝内也有个门。

丁雪润是先进入小区，才按门铃进来的，因为他打电话时，对方特地告诉他："外面的门我们上了锁，是出不去的。"

听见丁雪润的话，园长勉强地笑了一下，"那谢谢你了，我替孩子们谢谢你，你真是个好孩子。对了丁同学，你带了身份证和学生证吗？先做个登记吧。"

他跟着园长进了办公室，园长看见他的学生证，略微惊讶地说："你是六中的学生啊。"

"是。"

"那你成绩一定很好，"园长笑着说，"你一看就是好学生。"

丁雪润说："园长，您这里有家园里病人的资料吗？我想了解一下他们。"

"有的。"园长调出电脑里的资料来，"你就在这里看吧，这些资料不能外传的。"

所谓资料，就是每个病人的姓名、照片，还有医生诊断证明。

丁雪润一边慢慢地看，一边听园长说话。

"向日葵家园成立挺久了，一九九五年成立的，经历过三次搬迁，名字也换过两次，靠着社会爱心人士和政府的支持，维持到了现在。"

园长说了一会儿，又以温和的目光望着丁雪润道："丁同学，现在像你这么有爱心的孩子不多了。"

丁雪润脸上有一丝落寞，接着笑了笑说："我家里人和他们一样，所以我很想做些什么。"

"可怜的孩子。"园长道。

"不过我钱不多，没法为向日葵家园做太多。"他说完弯腰从自己带来的手提袋里拿出来一些文具，"我听说这里小孩子很多，所以带了点他们用得上的东西来。"

园长看见这些市面上很少见到的、漂亮精巧的文具，非常高兴，站起来说道："谢谢，你还是学生，就这么有心……"

丁雪润只说"应该的"。

丁雪润的母亲是个聋哑人，天生有缺陷，可是长了一张漂亮得让人惊艳的脸蛋，跟丁兆文在一起不久，就生下了丁雪润。

聋哑人和健全人的结合，仍有一定概率产下聋哑儿。丁雪润刚出生时不哭不叫，丁兆文没有去管孩子，而是第一时间去看妻子。

妻子又聋又哑，听不见孩子的哭叫声，非常着急，比画着手语，问丁兆文孩子怎么样了。

护士在孩子屁股上拧了一把，丁雪润才哭出来。

丁兆文安慰妻子说："他哭了，出声了。"

不知是什么原因，丁兆文对小孩不太好，生活上不苛待他，但是在感情上……他并不是一个好父亲。

小时候，丁雪润会想，是不是因为自己身上没有缺陷，所以父亲才不喜欢他。他会钻牛角尖，这种想法渐渐就成了一种偏执，学会抽烟后不久，他第一次往手上烫。

那种痛感隐秘地让他释放了压力，他畅快地看着那块烂掉的皮肉，感觉自己身体上有了缺陷，心理上就会变态地得到一定的满足和安慰。

不过他控制得很好，没有让任何人发现，也不会做更过分更可怕的事。

丁雪润在向日葵家园里做了一天的义工，到了晚上，才坐地铁回到学校。

周六的校园几乎没有人，丁雪润肚子饿了，在学校对面吃了一碗牛肉面。校外的牛肉面和校内食堂相比，差价不大但是味道更好。吃完面后，他拖着累了一天的疲惫身躯，向学校走去。

丁雪润走进校门时，正好接到丁兆文打来的电话。在夜晚静谧的校园里，他静静听着电话那头的丁兆文说道：“快递给你寄过去了，明天就能到，给你寄了厚棉被，还有毛衣和羽绒服，你看看还有什么需要的，爸爸给你寄。”

丁雪润只说了句“不需要了”便结束了通话，就像之前一样，不过十几秒，电话就挂了。

他回宿舍后，直播做了一张数学试卷，正好有人找他打广告，对方开了价。丁雪润犹豫片刻，留了个联系方式。

周一上午，楼珹来上课了，他先是扫视课桌，没有看见包子。

他一把拉开桌子，弄出了很大的声响，一张俊脸臭得厉害。

丁雪润单手撑着额头，露出手上戴着的石英表。

楼珹一看火就大了，强忍着怒气，拍他的桌子，“我给你买的药呢？！”

丁雪润扭头看了他一眼，楼珹两道剑眉蹙起，满脸都是不悦之色。

“问你呢！”楼珹盯着他的脸颊，特别想使劲掐一把，说小丁你怎么这么没良心，我对你是不是太好了。

丁雪润没说话，只是解开自己的手表，露出里面紧紧贴着皮肤的创可贴来。

楼珹脸色好了一些，可是一想到丁雪润又没给他买包子，而且好像无事发生一样，还是不高兴，哼了一声，别过头去不看他了。

Chapter 03

我等你电话

楼城其实不喜欢吃包子，他嘴比较挑，但是他觉得丁雪润买的包子味道还可以。

丁雪润给他买了那么多天包子，突然有一天不给他买了，他就特别不习惯，特想问一句为什么，发生了什么，他惹到丁雪润了吗？明明那天晚上丁雪润往他脸上吐烟，他才委屈好不好！

可是问了显得他好像很斤斤计较。

一个包子而已，还是素包子——楼城安慰着自己，强作欢快地咬了一口曲奇饼干。

第一节课和第二节课课间，班主任窦志伟进了教室，他把投影幕布放了下来，说道："周四和周五期中考试，你们都知道吧？"

"知道。"班上同学异口同声地答道。

"期中考试没什么特别的，全市联考，难度不会超过我们校内月考，大家放松心态就行了。不过这次因为是联考，所以会出一个全市排名，昨天学校开会说了，这次进入全市前十名的，都有奖励。"

"哇。"全班喧哗起来，"是什么奖励？"

"是奖金。不过奖金肯定比不上一些竞赛，数学竞赛下个月要开始选拔了，班上同学最好都去报名试一试吧。下个月七号在九中考试，没有报名的同学要留在学校正常上课。那个，陈治邦……"他喊了一声学委的名字，"把报名表都发下去，明天收上来。"

这节课是自习，窦老师发了一张试卷下来让他们做，他就坐在讲台上玩手机，学习委员陈治邦便下来挨个登记要报名的同学，发报名表，顺便收报名费。

他从第一组第一排开始，为了不打搅到其他同学自习，是一个个询问的："你们要报名吗？报名费是二十五块钱。"

"我要报！我找找钱，二十五是吧……"

陈治邦挨个登记，交钱了的就在名字后面画一个钩，没交钱的就画圈，每一个被问到的同学都报了名。

学习委员本来应该每个人都问一遍的，但是他询问到丁雪润和楼城这对同桌这里，直接略过了他们。

楼城在玩手机，连头都没抬。

丁雪润在做试卷，看见陈治邦直接走过了他们，到他们前面那一桌，弯腰递给他们报名表，于是停下了笔，"学委，"他喊道，"我要报名。"

"什么？"陈治邦回头道，"你要报名数学竞赛？"

"嗯。"丁雪润点头，他们以前的学校在小县城，能参加的竞赛很少，因为老师不会通知学生有竞赛。但六中不一样，各科竞赛在这所学校非常受欢迎。

陈治邦抬了抬眼镜，笑了，"那你同桌报不报名？二十五块虽然不多，但是交了钱又不去还是挺浪费的。"

"不浪费，奖金不是有五千吗？"

"那是省一等奖！就你？"陈治邦还没忘记转学生刚来的时候彻夜抄答案的事，第二天作业交了，还有老师夸了转学生。

他嗤笑一声，继续说道："成，那给你一张报名表，二十五块钱。"

"报啥啊？"丁雪润旁边的楼城抬头问道。

"竞赛，"丁雪润道，"你要去吗？"

楼城不感兴趣："哦，不去。"

"不报名的话，竞赛当天一个上午都要在学校上课。"

"报名就可以不用上课了？"楼城一下眼睛亮了，"小丁你简直机智哦。"

丁雪润微微笑了，转头对陈治邦伸手道："学委给我两张报名表吧。"

他翻出书包里的钱包，掏出了五十块钱，递给他道："我和楼城的报名费。"

楼城看见他主动掏钱的动作，眨了眨眼，打开微信给他发了个红包过去。

其实他好几天没怎么搭理小丁了，他老是想问丁雪润怎么不给他买早餐了，是不是没钱了，但是一直没问。

丁雪润没玩手机，他没有那种随时随地掏手机看一眼的习惯，手机关了声音，他如果没有刷题的需求，是可以一天不看手机的。

楼城一直等他看手机，结果他一直没看。

或许是因为要期中考试，老师们纷纷发卷子让学生做。

第四节课是体育课，楼城懒洋洋地站起来，伸了个懒腰，他一手抓起校服，一手抓向丁雪润的头，在他头发上薅了一把，“小丁，走，别做了，上体育课了。”

楼城不喜欢跟好学生玩，他就喜欢小丁这种学渣。

丁雪润把试卷收好，站了起来。班上同学稀稀拉拉地走出教室，走向操场，楼城单手勾着他的肩膀，因为丁雪润个子矮一些，也单薄一些，看起来就好像被楼城搂在怀里。

楼城低头闻了一下，只闻到一股清爽温暖的香气，清爽的是衣服上皂香，温暖的是丁雪润皮肤的那股气息。

“你今天没抽烟吧？”他压低声音道。

“没抽，”丁雪润挣扎了一下，蹙眉道，“楼城，你别这样，别搂我。”

楼城“啧”了一声，“你怎么扭扭捏捏的，小姑娘似的。”

丁雪润不喜欢这个形容，用力地用手肘把他推开，然后大步往前走。楼城腿长，两步就追上了，“你脾气还挺大。”

“你转学是不是就是因为脾气太差，被人打了？”

“是啊，所以你不要惹我，他被我弄进医院了。”丁雪润语气很轻松，听起来就好像在开玩笑。

丁兆文的那个学生，因为故意伤害罪本来要被拘留的，而且由于已经成年了，所以会判刑，他家里为了拖延时间想办法，就把人送到医院住下了。

楼城压根不信，发出一声嘲笑的鼻音，“尽吹牛。”他没等丁雪润回应，继续道，“明明什么都不会，还整天应付作业，你装给谁看啊。”他伸出一根手指，戳了一下丁雪润的脑门。

丁雪润被他戳得头歪了过去，扭头瞪他：“你烦不烦？”

楼城哼了一声道：“你怎么不玩手机？手机没电了？”

“有电。”

“那你怎么不玩？”

“我要写作业，要学习，没时间。”

楼城十分无言，心里万分鄙视，说道：“那现在是体育课，你掏出来玩啊。”

“你到底想说什么？”

楼城顿了一下，愤恨地说：“我给你发了一个红包，你再不点就过期了。”

丁雪润“哦”了一声，知道是那二十五元钱的报名费。他看楼城特别执着的样子，便摸出手机来，打开数据网络，领取了楼城的红包。

他盯着红包数字愣了愣。

“发这么多？”

楼城正好在看他的反应，一对上他的目光就别过头去，有点不自在地说：“手滑了。”

丁雪润神情淡然，“哦，那我退给你。”

“别退！”楼城一把抢过他的手机。

丁雪润又看他。

楼城有点烦躁地抓了一下自己的头，“别退，我有钱，”他垂首盯着丁雪润，浓眉下的狭长双目一派懒散，“喂，你明天拿这笔钱去给我买早饭。”

丁雪润不语。

“你都一星期没给我买早饭了，难道不是缺钱了？我不要素包子，要肉包子。”他提出要求，“你之前给我买的素包子太难吃了，从小到大我就没吃过这么难吃的包子。”

楼城说话的时候，好像忘记了自己每天早上是怎么把素包子吃得一干二净的。

丁雪润低着头，没有说话，不知道在想什么。

楼城又戳了一下他的脑门：“你发什么呆，听见没有？我命令你给我买早饭。”

“楼珹，你不能好好说话？”

楼珹鼻孔出气，侧过头去时展露优美的下颌曲线，“不能。”

丁雪润绷着脸沉声道：“你别给我发红包，我给你退回去，微信里的钱提不出来。”

“你要现金？”

“你把你饭卡给我，明天我给你带。”

“我没卡，”楼珹说完就想起来了，一拍脑袋，“哦不对，我有卡的。”他好像高兴了，露出了笑容，他一笑起来，五官带来的那股凶戾就会融化成水，眼睛弯起来的弧线像两轮弯月，他欢快地接着说道，“等会儿就给你。”

体育课做完广播体操后自由活动，楼珹被高年级的同学招呼着去打球。

楼珹冲球友大声应道：“来了。”

他把校服脱掉，直接丢给丁雪润，丁雪润下意识地接住，接完自己也愣住了。

楼珹里面穿着一件黑色的球衣，虽然是宽松款，但能看出他的身材很好，宽肩窄臀倒三角。

“校服给我看好了啊。”

丁雪润还没说话，楼珹就飞快地跑向他的那群球友。

篮球场旁边有一排排的长椅，上面坐满了女生，因为没有落座的空位，甚至有女生垫着校服坐在地上。楼珹一跑过去就惊起一串“啊啊啊”的浪潮。

楼珹很受女生欢迎。他在以成绩闻名的六中，算是一股与众不同的清流。

丁雪润抱着楼珹的校服，也走向了篮球场，和很多男生不同，他不懂这项运动，所以他这个门外汉站在篮球场旁边，只能像那些女生一样，望着楼珹打球的英姿。

楼珹每进一个球，都能获得一阵尖叫，楼珹便绕着球场跑上一圈，看见丁雪润，对他笑了一下，还把自己的球衣卷了起来卖弄风骚。

丁雪润看了一会儿，抱着他的校服走了，楼珹正在运球，他一瞥见丁雪润走了，一慌神，手下的篮球就被人抄走了。

“珹哥！球！”

丁雪润穿过操场去了食堂，食堂已经开放了，第五节上体育课的学生，一般会趁着自由活动的时间去吃午饭，免得等会儿放学了人太多。

因为不用排队，丁雪润直接到窗口打饭，很快就吃完了。他吃完的时候快下课了，他去买了一瓶水，才走过去集合。

楼珹刚打完篮球，汗水浸湿他的球衣，连头发也湿透了。几个女生追上去递水给他："楼珹，给。"

面对同时送到面前的矿泉水，楼珹接哪瓶都不对。

正巧，他看见丁雪润走了过来，怀里抱着他的校服，还有一瓶貌似没开过的矿泉水。

"谢谢，我朋友给我买水了。"说完，楼珹就跑向丁雪润，留下几个女孩子一脸失望，又暗自开心，因为校草跟她们说话了。

"小丁！"楼珹大声喊道，他奔跑时掠起一阵带着热气的风，跑到了丁雪润面前，"我热死了。"他一把夺过丁雪润手里的矿泉水，不由分说拧开就往嘴里灌。

丁雪润还没反应过来，楼珹半瓶水就灌下去了，他仰着头，从下颌到脖颈的漂亮曲线微微鼓动。汗水淌下来，他的喉结滚动，丁雪润盯着他的脖子，轻轻别开眼睛："楼珹……"

上体育课的人都去集合了，只有楼珹跟丁雪润还在篮球场这边。

楼珹快把水喝完了，甩了甩头发，汗水不小心溅到丁雪润的脸上，楼珹睁开一双运动过后亮晶晶的眼睛："怎么？"

"水，我喝过的。"

楼珹脸色微微僵住，他的黑发全部被打湿，一滴一滴的汗水从他的额头流到睫毛，再滴落下去。

丁雪润望着他的眼睛："我还抽了烟。"

大概有两三秒的时间，楼珹没说话，过后咬牙切齿地掀起自己被汗水浸透的球衣，一把将丁雪润的脑袋拢住，将他闷在自己的汗水味里，"小丁，你胆子不小啊。"

丁雪润压根没想到他会这样做，因为楼珹按着他的头，所以他的整张脸都贴着楼珹的胸膛。他的脸被打湿了，一股汗水的味道，铺天盖地地笼罩住他。

放学铃声响了，他们的放学铃声是凯丽金的萨克斯风，舒缓而温柔。

楼瑊听见丁雪润说了句什么，但是没听清，他微微俯身：“你说什么？”

“我说——”丁雪润似乎能感觉到那股灼人的温度，蔓延到了四肢百骸，他手都在抖，“你满身骚味。”

楼瑊第一次听丁雪润说这么不文明的话，还有点耍流氓的意思。他呆滞了好几秒才反应过来，“你才骚呢，你……”你往我胸口哈气！

“我怎么？”

“没什么。”楼瑊连校服都忘记问他要了，“我回家了，拜拜。”

丁雪润抱着他的校服回到宿舍，放在他的桌上，过了一会儿，他又把蓝白色的校服晾晒在了阳光充足的高处。

那件校服他抱了一节课，还残留楼瑊身上的气味，但不是汗味。

丁雪润低低地叹了口气。

下午连着两节英语课，英语老师还额外占了一节自习课，还没上课就让课代表发下一套模拟卷。

尽管他们才高二，但他们班的教学进度非常快，加上又是英语这种学科，所以他们做的是高考真题卷。

英语老师交代道：“和其他考试一样，不准交头接耳，不准用手机，桌上的书收下去，安静做题，放学前交。”

因为要考试，楼瑊直接玩消失，英语老师盯着教室里那唯一的空位，摇了摇头。楼瑊晚上不上课，老师们都知道他去上托福课了，但就楼瑊那个英语水平，上什么托福啊。

丁雪润做题的速度很快，而且老师发的这套试卷他之前做过，他买过这套高考真题卷。

英语老师给了三节课的时间，丁雪润第二节课还没下课就做完了，他检查了一遍答案后就开始做别的事情了。

手机“嗡”了一声。丁雪润没有理会，紧接着又“嗡”了几声。

他意识到可能不是移动公司的短信，就掏出来看了一眼。

果然，是楼珹的消息。

“小丁，我忘记拿饭卡给你了。”

“但我已经出学校了。”

“我晚上再给你，你等我的电话，我会打给你的。”

丁雪润看着他的消息，想告诉他，一个包子而已，他饭卡里有钱，但是……他打了几个字，又删掉了，最后回道：“你明天为什么一定要吃包子呢？”

“我就想吃，你有意见？”

他这种小孩似的语气，让丁雪润不知道该怎么回复，手机屏幕亮着，他垂着头想了想，觉得楼珹或许不是想吃包子，而是想吃他买的包子。

“好，我等你电话。”他回复道。

大家都在安静做题，丁雪润玩手机的动作还挺明显的，学委陈治邦走到后面接水，忽然看见他桌上有亮光。

他从丁雪润身边走过，对方毫无反应。

陈治邦鄙夷地看了他一眼，接着走上了讲台，弯腰跟英语老师说：“Miss 狄，好像有人作弊。”

正在做 PPT 课件的英语老师抬起头来，问道：“谁？”

陈治邦低声说：“楼珹的同桌——丁雪润，我看见他在用手机……”

英语老师望了一下，果然发现了不对劲，她皱起眉头，走下讲台。

察觉到老师走下来，丁雪润把手机锁了屏，轻轻用试卷遮住。

英语老师走到他旁边，然后停了下来，敲了敲他的课桌，丁雪润没有反应，他沉默地握着笔。

“你用手机了？”她严肃地问道。

丁雪润知道她一定是看见了，也知道自己撒谎是没用的，他的表现很平静，轻声回道：“嗯，用了。”

虽然 Miss 狄和丁雪润的声音都很小，但在安静得仿佛一根针落地都能听见的教室里，这边的动静引起了全班同学的注意。

“怎么回事？”

“不知道……好像是……他用手机作弊了？”

“好像真的是？ Miss 狄收了丁雪润手机……”在他们学校，不是没有抓到过作弊的学生，不过在四班这样的班里，学霸们都不屑于作弊，他们踏实努力地学习，所以出了这样的事，同学们对这个陌生的转学生的看法立刻就变了。

丁雪润把手机关机然后交了出去，然后把试卷交了出去，一字一句地阐述道："我试卷做完了，我用手机不是在查答案，我也没有作弊，我只是因为做完了试卷，才拿出手机玩的。"

"才过了一个小时多一点，"英语老师对他的话表示怀疑。不仅作弊还撒谎，她非常讨厌这种学生，拔高音量质疑道，"你说你做完了？你自己做的？"

丁雪润冷静地点头，丝毫不惧地望着她的眼睛，字字铿锵："我没有作弊。"

"手机我没收了。"她把丁雪润的试卷拿走，"期末再找我拿手机。"说完，她转身走回了讲台，接着，她重新拿着一张试卷走下来，拍到丁雪润的课桌上，神色严厉地说道："一个小时，你做给我看。"

丁雪润低下头笑了，他拔开钢笔笔帽，提笔就在试卷上写下自己的名字，行书标准得像是字帖印刷。

班上同学窃窃私语："怎么了，Miss 狄重新拿了一张跟我们不一样的试卷给他做吗？"

"他真作弊了啊？"

"我还以为他是学霸呢，上课老师请他回答问题，他都能答上。"

"他说他做完了试卷，说自己没有作弊，怎么可能？我才刚做到完形填空。"

学委插了一句，说："欺骗是不能长久的，等着吧，他要被打回原形了。"

"敢情他的学霸样都是装的啊？"

同学们都非常鄙视作弊的人。

丁雪润没心情去竖起耳朵听别人对他的评价，这张试卷，好巧不巧又是他做过的，他做起来真是下笔如有神助。

讲台上，英语老师每隔一会儿就看一眼丁雪润，看见他一直在做试卷，没有其他动作。

她低头检查了一下丁雪润的这张试卷，发现正确率高得离谱。

英语能考满分的大有人在，她也不是不信任学生，但考试时玩手机，无论有没有搜索题目，都视为作弊。

丁雪润的底细她不清楚，这个学生上课有时候认真，有时候开小差，而且他刚转学来时的那副模样各科老师有目共睹，脸上鼻青脸肿的，看着就不像什么好学生。

过了会儿，她走下讲台环视了一圈，走到丁雪润后面时，特意站了两分钟。

这一停留不得了。

丁雪润在做完形填空，他的阅读速度非常快，令人吃惊，还快速选出了正确的单词，没有一点犹豫，下笔非常肯定。

英语老师心里难免诧异，心想或许丁雪润真没有查答案，就是因为做题太快，做完了就玩手机。

她沉默地绕过了丁雪润，很快，下课铃响，她站起来说道："没做完的同学停笔了，交试卷了。"

丁雪润写完作文的最后一个单词，一个"S"飘逸地画到垫着试卷的本子上。

他把试卷交了，英语老师粗略地看了一遍，然后叫住他，诚恳地说："丁雪润，老师冤枉你了，不过手机不能还给你，期末考试后你再来问我要，我会给你保管好的。"

"谢谢 Miss 狄，考试玩手机是我的不对。"丁雪润主动认错，让英语老师不至于难堪。

老师和学生不知道说了些什么，反正在其他同学眼里，不是什么好事。

陈治邦在班级里大声地吐槽："学习不好没事啊，不会就别做，一边作弊还一边不承认算什么，敢做不敢当……"

丁雪润从他旁边走了过去。

现在他面临另一个问题，他的手机被没收了，他平日里用 App 刷题，以后怕是不行了，而且他的直播只能暂时中断。

今天楼城说，晚上要给他打电话，送饭卡给他。

以楼城的脾气，电话要是打不通，第二天就得给他脸色看。

九点下晚自习，丁雪润收拾了书包，背着书包出了学校。

学校大门对面的一条街这个时间很热闹，黄澄澄的店面排得很整齐，很多下课的通校生在里面吃夜宵。

丁雪润随人流出了校门后右转。

右边是一个看着环境很不错的小区，从外面看，小区里应该都是别墅。别墅开发在学校旁边，一般除了学生家长没有人会购买，因为学校实在是太吵闹了。

丁雪润直接走到小区门口的保安室，问道："叔叔，我给同学送个东西，但是我忘拿手机了。"

他穿着六中的校服，戴着眼镜，看着很斯文，是好学生的模样。

"我同学骑一辆摩托车，车应该是宝蓝色的，他回家了吗？"

他一说摩托车，保安就有了印象，回道："噢，你说他啊。他每天都回来得很晚，但他今天回来没有，我不知道。这位小同学，你记得他家门牌号吗？不如你去敲门问问看？"

丁雪润不知道门牌号，他刚才还特地去办公室找了注册表看了一眼，楼城的地址填的不是隔壁小区。

其实他去问同学的话，问到楼城的电话并不难，但他没有去询问任何人。

丁雪润点点头，对保安说道："那我在这里等他一会儿吧，谢谢您了。"

丁雪润站在萧瑟的夜风中，一身薄薄的校服被风吹得鼓起来，显得很单薄。

霜降过后，天气慢慢转凉，而冬至过后，更是急速降温，丁雪润平日都待在教室里，没想到外面能冷成这样，他不由得把校服拉链拉高，跺了跺脚。

保安看他冻成这样，不忍道："小同学，你要不要进来等？里面暖和点，外面太冷了。"

丁雪润谢绝了，他走到旁边的一棵大树下，站在这里，能同时看见校门和小区大门。

他站着一直等，手冻僵了，慢慢地脚也冷得动不了，只感觉全身都是冰冷的。

好在楼城在晚上十一点前回来了，丁雪润远远地听见了摩托车悦耳的引擎声，楼城一边骑车一边打电话，同时从嘴里爆出一句句抱怨："居然敢给我关机！

"是不是挂我电话了？

"难道拉黑我了？

"微信语音电话也不接……"

楼城的摩托车在学校门口停了一下，车灯璀璨，他的长腿支在地上，又摘了头盔试着打了一次电话。眼见着校园里黑漆漆的，楼城放弃了，嘴里嘟嘟囔囔："你给我等着，我明天不收拾你就跟你姓！"他话音刚落，就瞥见了小区外面那棵树下站着的人。

他定睛一看，那白得晃眼的皮肤，穿着宽松校服瘦削得不成样子的男生，不是丁雪润是谁！

楼城重新戴上头盔，他躲在温暖闷热的摩托车头盔里默念道："刚刚说的话当我没说过，我才不跟他姓！"

丁雪润身体靠着树，他手揣在校服兜里，下巴被宽大的校服领遮住一半，面容失去了血色。

楼城慢吞吞骑着车停在他面前时，丁雪润才叫住他。

楼城把头盔摘下来，露出一头被弄乱的黑发，声音吊儿郎当的："你不接我电话，可以啊。"

"我手机被没收了，"丁雪润安静地看着他，有点冷地瑟缩了一下，"就在下午，你给我发消息的时候，被老师看见了。"

楼城起初静默，然后感到有点不可思议，他盯着丁雪润，发现一些微小的细节——丁雪润似乎冻僵了。

"你在这里等了多久？"他的 Cyrus 机车在不动时发出低沉的喘息声，懂摩托的人都爱死了这种象征着金钱的音色。

丁雪润回道："没多久，下课我才出来。"

"你怎么不知道去借个手机给我打电话？没手机你也可以不理我啊，反正我打不通你电话，我就回家去了。"

“忘了，我怕你打不通，就出来等等你。”丁雪润抱着胳膊，因为冷而不由自主地哆嗦着，“等不到我就回去。”

楼城还是第一次遇到丁雪润这种性格的人，高中生都很简单，很容易看透，但他这个同桌不是这样，他给楼城一种复杂的感觉，他在这样的小事上都非常守信。

楼城看他冷成那样，鼻子都冻红了，莫名其妙地愧疚，“那为什么不去保安室坐着？”

风吹下来一片树叶，他连睫毛都像是被冻住了，眼睛忽然一眨，抬头望向楼城，仿佛将冰雪融化了。丁雪润讷讷地说道：“我忘了。”

“学渣就是学渣，智商低！”楼城把车熄了火，放肆不羁地一扬下巴，“走，哥请你吃涮羊肉。”

丁雪润摇了摇头：“再晚回去就没有热水洗澡了。”

“叫你丫造！穿这么点出来吹风，傻不拉几的。”楼城毫不客气地骂他，“吃点羊肉就不冷了。”

“楼城，我回去了，”丁雪润看着他，“宿舍要门禁了。”

“怕啥，今天又不查寝，谁知道你回去没！”楼城不在意地一指小区大门，“我家就在这儿，客房可多了，你今天就住我那里。”

他把车停在小区门口，带着丁雪润去寻找涮羊肉店。

学校对面一条街都是吃的，涮羊肉的门店还开着，只是因为时间略晚，生意有些冷清，但那排亮着的黄色灯光无疑为深沉的夜色增添了几分暖意。

店里开着空调，进去后，丁雪润那被寒风吹得好像不属于自己了的身躯，才渐渐活了过来。

丁雪润吐出一口气，用冰冷的双手捂了捂脸，嘴唇微张着哈气，鼻尖冻得通红，垂下来的睫毛仿佛结了一层冰碴子。

丁雪润给楼城的印象是薄凉如冰的类型，突然做了这么个小动作，平添了几分可爱。

楼城抓了抓头发，假装不经意地看了他几眼，嘴里嫌弃道：“知道冷啦？知道不多穿点？傻子。”

“我过来的时候没想到会那么冷，所以没有带厚衣服。”

服务员过来问他们人数。

“就俩，”楼城是大少爷作风，走哪儿都要包间，这种路边小店他也点了个包间，“来六斤羊肉。”说完他又问丁雪润，“你吃羊杂吗？我不吃那个。”

丁雪润摇头道：“我也不吃。”

楼城点点头，跟着服务员进了一个挂着布帘的小包间，一边又回头问丁雪润：“小丁，你哪儿的人？”

“桂市。”

楼城地理学得不好，想半天不知道桂市属于哪个省，就记得一句“桂市山水甲天下”。

“好山好水的，所以才把你养得这么白？”丁雪润进了温暖的室内，灯光一映，皮肤显得白里透红，就是嘴唇没什么血色，眼镜都被冻得起雾了。

“不是，我妈妈是少数民族人。”

楼城“哦”了一声，心想小丁他妈肯定是个美人，不过他问出来的又是另一句：“哇，那你高考岂不是可以加分了？”

丁雪润刚应了一声，就看见楼城修长的手指托着下巴道：“不过加分对你也没用，你考零鸭蛋，哪怕加一百分也上不了大学。”

丁雪润摇头失笑，不言不语地摘了眼镜，用校服兜里的眼镜布擦起了雾的镜片。

“你笑什么？不服气啊！”楼城观察着他，他发现小丁一摘眼镜，气质顿时就变了，原本还有点像好学生，摘了就不大像了，或许是他的眼睛太沉静了，显得成熟，而且总感觉有些邪门，密长的睫毛下，深黑的瞳仁沉静得像一汪倒映着夜空的潟湖。

“不是，楼城，”丁雪润重新戴上了眼镜，语气很平静地道，“论学习，我吊打一百个你。”

“又开始装了。”楼城“啧”了一声，“小丁，你不装会死？”

两人吃完饭，楼城结账时，把饭卡一起摸了出来。

丁雪润摸出钱包说：“吃了多少？”

“不用，说了我请。”楼城拿出饭卡，顺手递给他，“喏，收好。”

丁雪润低头看了看卡贴上的女孩子，很漂亮，脸还算清纯，看得出年纪不大，她穿一件一字肩的露脐上衣，一条超短裙，配渔网丝袜，涂大红唇。

原来楼城喜欢这种类型。

“你女朋友很漂亮。”

楼城把服务员找回来的钱随手揣进兜里，也没数，“什么？”

“我说她。”他指了指卡贴上的女生，表情很淡定，似乎单纯地在夸人家的长相，“你女朋友漂亮。”

“你喜欢啊？”楼城若有所思摸了摸下巴。

丁雪润听出他的语气不对，扭头看着他。

楼城在笑，他笑的时候眯着眼，像一只人形大猫，有种人畜无害的感觉，“这个一般吧。”他不知为什么，没有告诉丁雪润这张饭卡是他小弟李东的，卡贴上是他刚分手的前女友，所以李东没有管他要回这张饭卡。

丁雪润没说话了，把他的卡揣在钱包里，接着翻找出零钱来，“给你。”

楼城皱眉道：“怎么回事啊你，说了不用给，我请，两三百块还用 AA 吗？寒碜我呢？”

丁雪润抿抿唇，把钱收回来，“那下次换我请你。”

楼城笑道：“好啊。”

这会儿快凌晨了，校园外的路灯昏黄地亮着，夜色弥漫，整座校园静悄悄的像一只伺机而动的野兽。

一些刚下补习班的学生，在附近吃夜宵。

因为喝了羊肉汤，出来的时候丁雪润并不觉得冷，楼城推着他的重型机车，正准备回小区，却发现丁雪润站在原地不动。

“你快点的。”楼城回头道，“跟上啊。”

“不了，”丁雪润摇了一下头，声音听起来很疏远，“我不去你家。”

“那你去哪儿？校门都关了，你现在回去，要被记大过懂不懂？”楼城对此显然很有经验。

“你别管我，我又不是无处可去。”

楼城气笑了，丢下一句“谁管你”后戴上头盔启动了摩托车，风驰电掣地离开。

丁雪润在他家小区门口站了大概几秒钟，定定地注视着楼珹骑着摩托车的身影越来越远后才转身离开。前几周周末的时候，他在附近逛过，熟悉了周围的环境，知道附近有不少快捷酒店。

然而他没走两分钟就听见了背后呼啸的摩托车引擎声，那声音刺耳，还透着危险。

楼珹打开摩托车的大灯射他，喊了一声："喂！你成年了吗？"他慵懒地道，"住酒店？嗯？"

楼珹带他回自己家的时候，是走回去的，他的车从不载人，只有他一个人能骑。

六中隔壁是个别墅区，因为离学校近，诚然平日会很吵闹，但别墅卖得很好很抢手。

楼珹推着摩托车，在小区里七拐八绕，最后停在一栋靠墙的别墅前头。

在夜色下，别墅只有一个黑黝黝的轮廓，丁雪润注意到这栋别墅紧挨着学校的围墙，他甚至能望到学校高大的钟楼，那钟摆静默地走动着。

楼珹开了门，他穿过院子，把车推进车库里。

丁雪润看见他车库里还停着好几辆摩托车，有闷骚的红色的，有上次见过的黑色的，除了摩托，还停了一辆汽车，是一辆很高大的路虎。

他平日从不研究这些，只认识那个标志，不认车型。

"楼珹，你还开车？"

"开啊，不过没有骑机车爽，机车我一个人飙，还不怕堵车，汽车就无聊多了。"楼珹玩过赛车，但他更喜欢摩托。

"你有驾照吗？"

"当然有了，我刚满十八就去考了。"

进门第一件事，楼珹给他找了双新的拖鞋，他这里经常来朋友，备了很多。

"告诉你啊，不准在我家里抽烟，听见没？让我抓住小心削你。"

丁雪润坐下脱了鞋，"我没带烟出来。"

楼珹领他去了一间客房，推开房门时表情带有一丝兴味，"小丁，你就住这儿。"

丁雪润看着这间客房的装修，陷入了沉默之中。

楼城买这栋房子的时候，那家人刚装修好不久，正准备搬进来，结果因为家里出了点事，急着脱手，楼城买了下来。别墅室内面积是五百平米，室外还赠送了一百五平米的花园。

以前房子的主人家里有好几个孩子，最小的女孩才六岁大。一楼就有专门为小女孩准备的一间充满童趣和浪漫的粉红色公主房。房间很大，白色的法式家具、地毯，浅粉色的墙，圆形的大床上还有一圈帷幔，整个房间充斥着各种各样的蕾丝元素，台灯是蕾丝罩，窗帘也是白色蕾丝的。平心而论，装修得很精致。

楼城看他欲言又止，不等他说话就把他往房间里一推，笑着道了声“晚安”。

因为是小孩子的房间，房间里是没有浴室的。丁雪润打开门，看整栋别墅的灯都熄灭了，楼城房间所在的二楼也灭了灯，便放轻步伐，走向一楼的那间浴室。

丁雪润进去后，找不到灯在哪里，他四处摸索了一会儿也没找到，不知道有钱人家装修搞什么名堂，电灯开关难道在天花板不成?

于是他借着一点窗外月光，伸长手臂打开了花洒，免得水溅到身上。他试了一会儿才弄出热水来。他把衣服脱在旁边挂好，正准备一脚迈进浴缸，就听见门被打开的声音。

楼城穿着睡衣进来，一脚踢到电灯开关上，浴室刹那间被点亮。

楼城有点害臊，红着耳朵骂了句：“小丁，你洗澡为什么不开灯？”

丁雪润背对着他，用衣服把自己裹起来，声音听起来很冷静。对比起楼城来，他冷静得有点过头了：“楼城，你先出去。”

楼城“哦哦”两声，下意识后退，接着反应过来，不对啊，小丁是男的，这有什么好避嫌的?

“楼城。”丁雪润眉头都皱起来了。

楼城尊重他，还是转过身去，隔着一扇虚掩的门问：“你在洗澡？为什么不开灯？”

“没找到开关。”丁雪润窸窸窣窣地穿衣服，这澡还没洗就泡汤了。

“开关在下面，我都拿脚踢。你没看见开关上的夜光吗？”

“没注意，”丁雪润快速地穿上衣服，“你为什么下楼上厕所？”

“我下楼喝点水，顺便而已……谁知道会……”楼珹顿了一下，旋即想到了什么，满不在乎地道，“反正咱俩一个宿舍，你没穿衣服的样子我又不是没看过。”

还真没看过。

他每周就住一天宿舍，而且丁雪润换衣服都是背着他的，每次洗澡出来睡衣都穿得严严实实的。

楼珹倒没把这件事放在心上，丁雪润回到公主房，隔一会儿才平静下来。

他躺在黑暗里，睁眼望着公主房浪漫的星空。天花板上，挂着发出朦胧夜光的星星月亮。

楼珹早上一般是起得很晚的，因为他从来不调闹铃，听见隔壁学校打铃了，知道早读开始了，便悠悠转醒，慢条斯理地起床，开始洗漱。

下楼后，楼珹敲了敲公主房的门，没有得到回应后，他就拧开门把手，果然，里面没有人，收拾得很整洁，一如之前没有人住的时候。

“没良心的东西。”楼珹低声骂了一句，“上课也不叫我，一个人就跑了，哼。”

他找了校服穿上，正准备出门时，看见桌上的饭菜。

楼珹以为自己眼花了，认真地看了好几眼，才确定，那真的是早餐。

他走近一看，发现是一碗像模像样的虾仁粥，还有一小碟凉菜、一个白水煮鸡蛋。

不知道丁雪润走了多久，粥已经失去了温度。

楼珹注意到被饭碗压住一角的字条，上面是丁雪润的字，写着：“希望你不介意我使用你的厨房，看见你冰箱里有食材，将就做了一点早饭，你起来时如果凉了，就用微波炉热一下，粥加热一分半，鸡蛋用锅里的沸水煮两分钟。我去上课了。”

字条上有一个落款，是“润”字。他的字很漂亮，赏心悦目，只是看字的话，还真像个读书人的。

楼城有一点点感动，心想小丁还是很好的。

略微思索，他在家里翻翻找找，找出一部没用过的手机来。那手机是他爸给的，土豪金。当时他爸打电话问他："儿子，可以定制镶钻的款，你要多少克拉的钻儿？"

楼城拒绝了钻，拿到手发现跟电视上"只要九九八！只要九九八"的手机长得差不多，丑得要命，他发誓这辈子都不要再看见这部手机。

楼城开了机，看见电量还剩很多，暴力地往地上磕了两下，把手机一角磕出了一个缺口，才满意地把新手机揣进兜里。

他没从校门进去，而是从旁边围墙翻进去的。因为他每天都迟到，每次迟到都要在门外登记——学校门卫高一就把他记住了。迟到次数多了，就会联系班主任，甚至扣四班的分。

楼城呢，很有自知之明，知道窦志伟对他容忍，是看在他不惹麻烦的分上，他如果影响班集体了，影响好学生学习了，肯定要挨批。

看来班上只有小丁能跟他玩了。

楼城今天去得格外迟，他翻墙进学校时第二节课还没下。他慢悠悠地从这段绝对不会有人经过的小道穿过，走到废弃宿舍时，看见一男一女躲在树下手拉手。

他目不斜视地走过，走到教学楼，在教室门口逗留了一会儿，等到下课铃响了，才从后门走进去。

刚刚结束的第二节课是语文课，所以这会儿教室里的学生都在背书，几乎没有学生出去。

楼城看见丁雪润拿着语文书，在小组长那里排队，等着人家背完。

楼城早上吃饱了，所以笑意盈盈地走过去，走到他旁边用肩膀轻轻撞了他一下："小丁。"

丁雪润扭头看他："你来啦。"

楼城低下头，勾了勾手指，神神秘秘："你跟我过来，我给你看个好东西。"

他或许是怕影响前面的同学背书，所以声音压得很低，也凑得极近，呼吸挨着。

丁雪润没有躲，平静地说：“那你等会儿给我看吧，我先背个书。”

楼城扑哧一声笑了，低笑声仿佛带着电流，勾得人心头酥痒。

丁雪润耳朵轻轻动了动，心里不像表面看起来那么平静。

楼城手肘撑在他的肩膀上，“哎呀，看不出来，你还会背书呢。”

“你看不出来的事还多着呢。”

楼城挑眉道：“别背了，你背什么啊背，你会背书我把头剁下来给你泡酒喝！”

他刚刚瞥了一眼，那课文跟裹脚布似的，丁雪润能背下来才怪！

前面背书的那位不知道是不是听见了楼城的豪言壮语，忽然卡了一下：“今夜闻君琵琶语，今夜闻君……”

他卡了好几秒，小组长才把目光从楼城身上收回来，望向背书的男生，“背完啦？”

“不……”男生话还没说出口，小组长就在他的名字后面给他打了个钩，然后让他走开，偷偷瞄了瞄楼城，温柔地道，“好了，下一个。”

下一个自然是丁雪润了。

他把语文书合上，又看了旁边好整以暇似乎笃定他不可能背下来的楼城一眼，接着对小组长道：“我开始了。”

小组长“嗯嗯”几声，高高抱着书，一边看书一边偷偷地瞅楼城。

楼城平常要么睡觉要么不在，想看见他正脸都挺难的。

“《琵琶行》，白居易，浔阳江头……”

他背得很流畅。

刚背一两段的时候，楼城表情还很淡然自若。听见丁雪润语速飞快，越背越顺溜后，他慢慢开始心里打鼓，甚至抽了一本语文书出来，打算盯着丁雪润背诵。

结果他翻书找了半天，也不知道在哪一页，还是小组长看见了，提醒了一句。

楼城翻到了《琵琶行》，然而无论如何也不知道小丁在背哪里，他一看见这么多字，还是文言文，就脑子犯晕，有种要吐的感觉。

他只好拉长了脸，跟小组长说："你听着他背，背错了跟我说。"

听着丁雪润滔滔不绝背书的声音，楼城脸上从容不迫的笑意渐渐消失。

丁雪润背得很快，等到最后一个字收音，说道："我背完了。"此时楼城已经一脸菜色了。

Chapter 04

//////////////

你穿我的外套

小组长给丁雪润打了一个钩。

她望向楼珹，轻声问：“楼珹，你……你要背书吗？”

他浑身低气压，“我什么时候找你背过书？”

丁雪润怀里抱着语文书，气定神闲地拽着楼珹走：“走吧，你要给我看什么？”

楼珹现在满脑子都是剁头泡酒。他还沉浸在丁雪润居然背下了那么长的课文的震惊当中，昔日比自己还渣的文盲突然翻身，弄得楼珹心里五味杂陈，有点茫然地回答：“看我泡酒啊。”

丁雪润无言地看着他，“你说的好东西，是这个？”

“不，不是，”楼珹这才反应过来，从兜里摸出一个硬邦邦的东西，一下塞到丁雪润手里。

“小丁，这个给你呀。别剁我头啦，泡酒不好喝的。”楼珹一脸真诚，“真的不好喝。”

“楼珹……没人想喝那种酒。”丁雪润有点无奈，他捏起楼珹塞给他的东西，轻声问，“这是什么？手机？”

“是啊，你手机不是因为我被没收了吗？这个你拿去用，是我以前淘汰的手机。”楼珹立刻转移了话题。

他撒谎的时候惯用的表情是一脸无辜，他一装无辜就会努力睁大眼睛，用纯洁的目光注视着对方，“小丁你先凑合用着，觉得不合适再去买新的。”

没人能抵御这样的眼神，丁雪润避开他的注视，垂头看着手机。他发现手机很新，屏幕非常干净没有一点刮花，然后把手机塞回了他手里，“不用了，没有手机又不是什么大事。”

对住校生而言，没有手机用，还真是一件大事。

楼城不高兴地说：“没有手机玩那你上课怎么办？”

“学习。”

“学习？”楼城再次把手机给他，这次直接塞到他抽屉里，“你用你用，你不用我也要把这个丑货拿去丢了的。”

丁雪润抿了一下唇，把手机拿了出来，问他：“那我花钱买吧，你手机多少钱买的？”

楼城听得牙酸，他不喜欢占小便宜的人，但小丁老是搞得泾渭分明的。他还就想要小丁占点自己的小便宜，可丁雪润偏偏不——他似乎不习惯接受别人对他好。

“我们关系这么好，谈钱伤感情。”他一脸无所谓，“别给了，我也记不得多少钱了，很便宜的。”

实际上，这部手机确实没花钱，但造价并不低，而且全世界就这么一部，再也找不到同款了。他爸喜欢搞投资，所以他家各行各业都涉及一点，前两年的时候他爸就瞄上了电子产品市场，弄了个公司。

他爸请专人设计了几款手机，花重金打造！他甚至打算往手机上镶钻，专门打电话问楼城要多少克拉、什么颜色的钻。

据楼城所知，这个手机外壳是土豪金色，绝对是掺了真金的。

设计师声称，这款手机以法拉利 166 为设计灵感，流线型设计，但成品实在是土得掉渣，楼城一次都没用过，他嫌丢人。

丁雪润不满他的回答，轻轻皱眉道：“你不告诉我多少钱，我就不要了，你拿回去。”

“别啊，别。”手机在两人手里推来推去，楼城硬着头皮瞎编道，“其实这部手机是我爸买的，他花九百九十八块钱买来的，买手机还送洗衣机，相当于不要钱，白捡似的。”他眨了眨眼，真诚地说道，“真的不要钱的，你拿去用吧，你看……”说着他指了指，睁眼说瞎话，“都让我摔坏了，我用好久了。”

因为手机壳太过坚硬，他粗暴地砸了几下才砸出一个很小的缺口，可见其质量是很过关的，缺点就是有些重，硬件虽然不如现在的最新款，但在当时，手机硬件都是最好的。

丁雪润顿了一下后说：“不行，还是……”

“小丁，我实话告诉你吧，”楼城没等他说完就打断了他，“这‘998’掉进过粪坑，洗不干净了，不然你以为为什么这个色？”

丁雪润露出复杂的表情。

他感觉自己好像捏着一坨屎。

楼城看他好像终于被说服了，心里松了口气，他容易吗？为了送个手机，甚至给“998”编了这么个离奇的故事。

“屎……手机给你了，你就别还给我了。”楼城说完扇了扇鼻子，仿佛空气里真有异味。

好在丁雪润接受了他的说法，也没有露出嫌弃的表情，对楼城道了声谢，“我请你吃饭吧。”

“吃食堂吗？”

“嗯，食堂。”

“好啊。”楼城高兴了，压低声音说，“你做的早饭好吃。”

丁雪润笑了一下，因为正好上课了，也就没有出声了。

这节课是地理，虽然四班是理科班，班上同学下学期大多是要选理科的，但对于文科科目，他们照样学得很认真。因为考试计算排名时，文科科目的成绩也会算在内，总共会出三个排名，一个是全科，一个是理科，一个是文科，三者对比，给学生期末选文理科提供一点参考。

楼城对地理毫无兴趣，他趴着吃了会儿鸡，一局完了，他余光忽然瞥见旁边的小丁也在开小差。

他看见丁雪润用纸巾包着那个手机，低头偷偷地闻了一下——像是在确认到底有没有残留的味道。

楼城差点就笑出了声。

这下，他游戏也不打了，埋着头偷偷看丁雪润上课到底都干些什么。丁雪润闻了闻，没有闻到奇怪的异味，稍微安心了，紧接着，他就好像一个研究员，低头仔细地检查手机的细缝，看看里面有没有神秘残留物。

楼珹这回真的忍不住笑了，笑得肩膀都在抖。丁雪润听见了，知道被楼珹看见了，就用书挡住了新手机，恼怒道："别笑了。"

楼珹把头抬了起来，下巴支在他桌上的书山上，眼睛弯成好看的弧度，里面盛着璀璨的碎光，慵懒的模样好似一只趴着的人形大猫，"小丁啊小丁，你怎么这么可爱！"

丁雪润不言不语，心说：这都怪谁？

可手机是白来的，是楼珹的一片心意，他当然不可能当着楼珹的面检查到底有没有不干净的东西。

当然，楼珹是不可能告诉小丁的，手机不仅没有进过粪坑，而且是金子做的，贼值钱。

中午，丁雪润说好要请楼珹去吃饭，两人上了食堂顶楼的小食堂。

楼珹把菜单给他，让他点菜。

丁雪润体贴地一个个地问他，这个要不要，那个要不要。

"要酸辣汤还是豆腐汤？或者虾仁汤？"

"都可以。"楼珹是东北人，从不喝汤，而且他嗜糖，很喜欢吃甜食。

楼珹看着他点菜，发现一件小事，丁雪润请客，比自己请客的时候点菜大方多了，他记得上次两人来小食堂的时候，他点得很少，说够了。

这次换丁雪润请客，他却点了很多，他在食堂给的单子上写下了菜名，接着走到小食堂窗口，把单子交给食堂大叔，说道："六号桌的。"

丁雪润回到饭桌，一对情侣从他面前走过去。

丁雪润忽然顿住，抬头盯着那穿着校服的一男一女，两个人虽然没有拉手，但那种亲密氛围，很显然两人是情侣关系。

一男一女在他们旁边桌坐下。

丁雪润不动声色，低头从校服兜里摸出楼珹给他的那张饭卡，再次抬头看了一眼化了淡妆的漂亮女生，确认是同一人后，丁雪润以略带同情又有些复杂的目光望向楼珹，仿佛他头顶有一片青青草原。

楼珹回望过来，问道："怎么了？"

"没事。"丁雪润别开目光，又看了一眼那下巴尖尖、眼睛大大的女生。

坐在她旁边的男生挺帅的，但显然不如楼珹，两人差距很大。

楼珹注意到了他的目光，侧过头顺着他的目光焦点看去，丁雪润心里不由自主一紧，以为楼珹看见会很生气，没想到楼珹看了一眼，又平淡地转过头来，压低声音跟他说：“你看人家女朋友做什么？你喜欢啊？”

丁雪润哭笑不得。

楼珹歪着头，以指点江山的语气说道：“那个长得还可以吧，你要是想追，我帮你打听一下。”

丁雪润忽然意识到了什么，抬头认真地盯着楼珹。

他目光专注，楼珹被他看得都有点不自在了，低头把一次性筷子掰开，“小丁，我知道我帅，但你别这么看我。”

“楼珹，”丁雪润装作不在意，“你认不认识那个女孩子？”

“哪个？旁边桌上吃饭那个？”

丁雪润“嗯”了一声。

楼珹扭头看了一眼一脸茫然，“她谁啊？我为什么会认识？你想认识？”

“这个……”丁雪润把他的饭卡拿出来，手指轻轻点了点桌面，“这个不就是她吗？你女朋友？”

楼珹认真地看了几眼，这才恍然大悟。

“哎呀，这卡是我小弟的，卡贴上是他前女友。”那天丁雪润问，他没有承认也没有否认。

没想到丁雪润以为……

“你睁大眼睛看看，那男的有我一半帅吗？哪个女的想不开给我戴绿帽？”楼珹慢悠悠地说道，“而且我单身，我不喜欢这种小女生。”

丁雪润正在桌上慢慢点着的手指缓缓停住了，他不经意地道：“你不喜欢这种小女生，你喜欢什么样的？”

“那得等我喜欢上才知道。”楼珹随意地说道。

“所以你的意思是，你没有喜欢的人？”

小食堂上菜比较慢，他们可以聊很久。

楼珹开玩笑似地道：“当然，我这么帅，得多好的女孩才配得上我？”说完，他话锋一转，满脸兴味地问丁雪润，“哎，小丁你谈过恋爱吗？”

丁雪润摇头。

楼珹“咦”了一声，有点意外又不那么意外，小丁虽然人不错，但冷冰冰的，他见丁雪润跟其他人说话，都是礼貌而疏离，拒人于千里之外。

丁雪润这回没有说话了，在这些话题上，他不如楼珹那么开放，他是腼腆的。

楼珹了然一笑，又说：“追你的女孩子应该不少，你没有谈恋爱的打算吗？要不要给你介绍一个，来一场奔放的初恋？你喜欢哪种？清纯的还是成熟的？”

“不了，我不喜欢那些，我也没时间。”

丁雪润身上的那股冷漠劲儿又上来了，楼珹啧啧道：“怎么没时间？你时间都拿来干吗了？”

“学习。”

又来了，这个人不装会死吗？！

丁雪润熟悉了一下新手机，又抽空出校办了一张新的电话卡，他先给家里打了个电话，说自己手机丢了，换了个新的，这是他的新号码。

周三，考试座位表出来了。

窦老师进教室后先把座位表贴在公告栏，接着在讲台上道：“同学们，明天就是期中考试了。这次考试的难度如何，我们老师也不知道。大家不要有压力，平常心对待，按照自己的正常水平发挥就是了。”说了一些每次考试前都会讲的话后，他又道，“刚才开了个会，这次考试过后，会根据排名轻微调整班级。成绩退步太严重的学生，会被分到平行班去，如果，我说如果有同学被分走了，那也没关系，好好努力，还有回来的机会。”

六中这种制度，在全省是独一份，经常被其他学校拿来当谈资，“你们不知道六中，那才叫地狱，一次考差了就会被分到差班去，考差的学生心态都崩了吧，换谁谁受得了？”

即便如此，还是有那么多的家长义无反顾地把自家孩子送进这所“地狱高中”学习。

但实际上，这种传闻有些夸大其词了，六中的学生大部分很有上进心，也很自觉，尤其是重点班的学生，进了这个班，就决不会被赶出去。

因为退步太多被分出去的事件发生的概率很小，因为学生们的成绩都非常稳定。

丁雪润想起来了，他刚来学校那天，窦老师就跟他说过这件事，让他不要受影响，安心学习。

丁雪润本不在意这种事，因为这种事不可能发生在他身上。可现在……丁雪润侧头望向正在象征性收拾书包的楼珹。

楼珹上学总是不背书包，昨天又被教导主任逮到训斥："你看看你！吊儿郎当的！像个什么样！你书包呢？不背书包上什么学？"

比教导主任高三个头的楼珹站得笔直，低头看着主任说："我下楼遇见了一只野狗，它把我的书包叼走了，我今天就去买新的。"

主任露出无可救药的神情，摇摇头走了。

楼珹把校服塞进书包，里面穿的是牛仔外套，他平常骑摩托就这样穿，要上赛道跟人比赛的时候才会换一身芯片气囊服和流体护具。

对他来说，考试就等于放假，这么一算他又有四天假期了，美滋滋。

丁雪润看他那副听见考试就兴奋的模样，知道他可能不会来考试。他离开座位，去前面看了一眼座位表，考试估计是按照成绩来分的，他这个转学生，跟上次缺考的楼珹正好在一间考场，而且座位挨得很近。

他回到座位上坐下，用手机查了点资料，接着问了句："楼珹，你明天来考试吗？"

"我考什么啊，我又不会。"楼珹头也不抬。

"你来考吧。"

"嗯？可是我不会啊。"

"我刚刚看了考场，我们在一间考场。"

"嗯？"楼珹停下手里的动作，看向丁雪润。

丁雪润不疾不徐地道："而且我们挨得很近。"

楼珹张了张嘴，丁雪润又道："你没听见老窦说的，最后一名可能会被踢出去吗？"

楼瑊好像终于明白了他的意思，露出了恍然大悟又震惊的神色，“小丁，你想抄我答案？”

丁雪润差点把手里的自动铅笔捏断。

楼瑊似乎也想到了这点。

丁雪润是学渣，如果说要把吊车尾踢出去的话，那个即将被踢走的人肯定是丁雪润。想到这里，楼瑊有点急了，说：“那怎么办？我可能只比你好一点而已……我要不要去买个答案……”

“你过来。”丁雪润直接打断他，并且把楼瑊拽了过来，他直接贴上楼瑊的耳朵，“明天你一定来考试，我给你答案，你照着抄。”

楼瑊晕乎乎的，没听清楚丁雪润在说什么，什么答案？

丁雪润的手臂勾在楼瑊的脖子上，低声说道：“考场都有监控，还有信号屏蔽器，所以最原始的办法才是最安全的。”

楼瑊心想小丁声音还挺温柔的，听着很舒坦。

“我们考场的监考老师是十九班的班主任，我见过，他喜欢抽烟，所以考试中，他一定会不停出去抽烟。另一个女监考老师是初中部的英语老师，不清楚具体的规则。考试开始十分钟，我就把 2B 铅笔给你，四十分钟后，我会出去一趟，你过十分钟出去，拿我写好的答案，照着全部抄上去。”

楼瑊呆滞地“哦”了一声，完全忘了质疑，他心说说话就说话，说什么悄悄话啊……哎呀他耳朵好痒啊，小丁干什么要往他耳窝里吹气。

丁雪润声音压得很低：“等下我带你去看看，我会把答案藏在一个安全的地方。听清楚没？”他嘴唇从楼瑊的耳朵上分开。

楼瑊挠了挠发红的耳朵，主动把脸凑过去道：“没听清楚，你再说一遍呗？”

丁雪润重复了一遍，这次楼瑊努力控制住自己不分神，结果越听越震惊，啥玩意儿，丁雪润给他抄答案？

他哪儿来的答案？

楼瑊想到一个可能，“咦”了一声，“小丁，看不出来啊，你还挺牛的。”

丁雪润心想楼瑊还不算太傻，笑了笑，“明天你就知道了。”

接着，他就看见楼瑊上下扫了他几眼，目光奇异，“你真的牛，我都不敢说自己一定能搞到正确答案。”

丁雪润从来没有作过弊，但像他这样的好学生作起弊来，往往比差生要方便。但这次不一样，他是转学生，他在最差的考场，老师并不清楚他是什么样的人。

不过，他连被人举报后脱罪的方法都想好了。

而楼珹很坚定地认为他有门路，因为丁雪润的坚持，楼珹勉强同意了明天来考试。他想，他反正考零分考满分都没关系。他完全用不上作弊，因为他不需要考试，不需要好成绩，哪怕他是吊车尾，他也不会被踢出四班。

但是小丁就不一样了，丁雪润如果真有答案，他传给自己会增大被抓到的风险。

楼珹不打算抄，他才懒得抄，他就是去给小丁打个掩护。毕竟小丁有答案这种好事情，都第一个想着他呢。

丁雪润这么蠢，又是个文盲，要是被抓住了，他站出来顶罪就没事了。

债多不压身，这么点小事情对他而言，学校最多在周一升旗时通报一声，加上写几百字检讨就完事儿。

小丁这么好一个人，要是被抓到然后记个过，肯定可怜得要哭了。

耳边，丁雪润的声音很轻："你明天早点起床，我会给你打电话叫你起床的，不要迟到了。"

楼珹无精打采地应了一声。

因为明天要考试，晚自习过后的男生宿舍自习室非常火爆，丁雪润去得早，占了个位置。

宿舍开了中央空调，他穿得比白天少，坐着复习了一会儿，有人坐在了他旁边的位置上。

丁雪润没有抬头去看，旁边那人故意发出一声轻咳："同学，平时不努力，临时抱佛脚是没有任何作用的。"

丁雪润听出来了，这是他们班那个聒噪的学习委员。他不喜欢学委这种人，也不看他，只淡淡道："抱了总比不抱来得好。"

他说着翻了一页书。

陈治邦认为自己是在履行学习委员的职责，好心提醒他，没想到又被他堵了回去，冷笑一声，“看在同班同学的分上我才这么说的，你们明天考试要是作弊，我一定会向教务处举报的。”

丁雪润这才看了他一眼。

陈治邦得意地说：“你没想到我会知道吧？”他盯着丁雪润，原以为丁雪润会紧张、惊慌失措，结果并没有，反而一脸波澜不惊。

下午第四节课的时候，陈治邦去上厕所，正好看见了楼珹和他一个小弟。

他小弟名叫杜畴，是楼上十九班的一个混混，学习成绩中游，在一群混混中，也算成绩好的了。这是特别狠的一个人，人高马大又剃了个光头，看着很凶悍。陈治邦以前跟杜畴在一所初中，见过他打架，那叫一个不要命。

陈治邦上厕所的时候，看见两个人鬼鬼祟祟地在一个坑位，光头苦恼地说：“珹哥，真要拉啊？”

“快点儿的！趁热，502 胶还没干，你快点拉！”

光头脱了裤子蹲着：“我拉不出来，为什么让我拉？”

楼珹一脸忍无可忍，他用两团纸塞着鼻子，校服拉上去蒙住脸，忍着拍光头的冲动骂道：“刚才问你们谁吃多了，你不是第一个说你要大便吗？而且……”楼珹扫了一眼大个子，“你看着大，吃得多，屎肯定很多。”

光头哭笑不得。

“刚才是刚才，现在是现在，现在我又不想拉了……话说珹哥你为什么这么缺德？学校清洁工惹到你了吗？”

“你管那么多，拉你的。”

“冲不下去怎么办？”

“要的就是冲不下去，最好明天后天都冲不下去。”

这时，厕所里突然飘来一股令人作呕的气味，楼珹差点昏厥，直翻白眼，“你吃了什么东西？！”他飞快地冲出去，正好撞上了在外面偷听也被臭气熏得不行的陈治邦。

楼珹看他一脸尴尬，立刻明白过来，眼神像掺了冰碴般盯着他，冷声道：“什么该说，什么不该说，你小子清楚，让我知道你跑出去乱说话，把你的脑袋塞进杜畴的屁股里。”

在里面蹲着的光头发出一声怪叫：“喂！珹哥！这样不好吧？直接丢到垃圾场过夜不是好多了……”

陈治邦脸上白了又白，他的确不敢惹楼珹。

后面两人试了又试，果然是冲不下去的。

楼珹兴高采烈地跟丁雪润说：“小丁，我在一楼厕所发现一个好安全的地方！答案藏那里，保管不会被人发现。”

他拉着丁雪润去看，丁雪润脸是真的黑了，“你怎么尽想些馊主意？”

楼珹眨了一下眼，“这主意很馊吗？”

“你觉得呢？

这会儿又听见陈治邦说起，丁雪润猜他可能是听见了什么。

丁雪润转过脸，声音平静：“学委似乎很喜欢告状？”

陈治邦脸一僵，他的确经常告状，背后有人管他叫长舌妇。他初中就有这毛病了，起初是老师让他盯着班上的人，上课说话，同桌搞暧昧，他只要揭发，老师就会说他做得很对。

这个习惯到现在，已经改不掉了。

陈治邦脸色难看地道：“丁雪润，我可能拿楼珹没什么办法，但是收拾你是很容易的。”

丁雪润微微笑了，“那我等着。”

因为计划有变，丁雪润起得很早，他一起来就给楼珹打电话，打了好几通才终于接通。

“喂。”楼珹刚睡醒，声音沙哑。

“醒了没？”

楼珹用鼻音应了一声，用抱怨的语气道：“小丁，我好像感冒了。”他揉了揉眼睛，一边揉一边骂道，“好多眼屎，我肯定是感冒了……”

丁雪润一边觉得有点好笑，一边担心他的情况，“怎么会感冒的？家里有体温计吗？你起来量一下体温，如果发烧了，就立刻去医院。”

“我感觉头好重啊，算了还是……来考试吧。”楼珹挣扎着爬起来，他昨天回来得特别晚，晚上突然大降温，温度低至零下，他仗着身体好穿得少，骑车兴奋，觉得热了还脱衣服。

在大家都穿羽绒服的季节，楼珹穿个牛仔外套耍酷，当然会遭报应。

丁雪润开了免提，一边快速地换衣服一边道：“第一科考语文，不考也没事，你听话。”他原本给楼珹谋划的分数是语文及格，剩下几科贴着班上三十名的同学来，如果语文缺考，剩下几科他多给楼珹写几个正确答案就是了。

他做题速度很快，别人做一张试卷的时间，他一刻不停能做两张，哪怕被抓住，两张试卷对比起来，也是完全不同的解题思路。

说是互抄都不可能。

楼珹在电话里用浓重的鼻音发出笑声：“什么叫我‘听话’啊？你像我妈一样。”他说完就打了个喷嚏，“我不考试没事，你不考不行。我是关系户，你知道吧，我考不考无所谓，再说了，我什么水平老师不清楚吗？你得回去考啊，答案花了不少力气才弄来的吧？别浪费了。”

丁雪润愣了一下，接着抿唇道：“我不考也没事，语文而已。”语文是最难拿分的科目，他哪怕缺考，其他科的成绩也可以弥补这一百三四分，考进年级前列没问题。

楼珹夹着电话，在家里翻找了一会儿，“小丁，我家里好像没有感冒药……”

丁雪润立刻道：“你在家别动，我给你买点感冒药过来。”

他已经穿戴好了，没时间洗漱，直接穿上鞋，犹豫了一下，拿上了笔袋就出去了。

椅背上，披着他本打算穿的羽绒服。

楼珹在电话里拒绝他：“别来别来，干吗呢？我是小公主吗？大男人一点小感冒都忍不了了？”楼珹瓮声瓮气的，“等会儿你还要考试，别来了，我能撑住。”

而丁雪润以不容置喙的语气道：“现在时间还早，我翻墙过来，你等会儿我，我给你买了药就回来考试，来得及。你先喝杯热水，我马上到。”说完他就把电话挂了。

他只能翻墙出去，因为除了放学时间，其他时间段学校大门都是只进不出的。现在他要出去，只能开假条，不如翻墙来得快。

围墙不算很高，大概比楼珹高一点，丁雪润找到装体育器材的箱子，踩上去后，能轻松够到围墙顶，他抓住了铁丝网。

丁雪润运动量不够，身体弱，引体向上都做不了太多，所以很卖力才爬上去，手还被划破了，在绿色的铁丝网上留下了一点猩红。

他蹲在上面，喘着粗气，正当他犹豫着是不是要直接跳下去的时候，突然看见了穿得像头白熊的楼珹。

楼珹外面穿一件雪白的皮草大衣，里面是毛茸茸的厚实珊瑚绒睡衣，两件衣服都很厚实，尤其是皮草，非常夸张，有种土大款的气质。

但衣服穿在楼珹身上，并不显得土。

而且他戴了一个非常可笑的耳罩，皮草大衣的大毛领甚至遮住了他的脖子。

他圆滚滚地跑过来，近了才道：“你居然真的爬墙，还好我在窗户那里盯着，不然你掉下来摔了怎么办？”

他的声音比电话里听起来更搞笑，鼻子完全堵住了。

楼珹看见丁雪润的校服空荡荡的，皱眉道：“你怎么又穿这么点？那天看你穿的那件羽绒服呢？”

“出门太急了，没有穿。”丁雪润没想到冷成这样，在他们家那里，这是最冷最冷的时节才会有的温度。

楼珹丢了一句“叫你造！可劲儿造”给他。

丁雪润看着下面站着的楼珹，说道：“你让开点，我要跳下来了。”因为围墙不算很高，所以楼珹其实离他很近了。

楼珹抬头看着他，似笑非笑道：“跳什么跳，摔了怎么办？咱俩一块去医院挂号啊？”

丁雪润犹豫了一下，蹲在墙头，然后把手伸向楼珹。

楼珹一愣，下意识用双手去接。

丁雪润的确有些冷了，今天比昨天还要冷，他吸了吸鼻子，有点后悔没拿羽绒服了。

这时，他突然感觉有什么热烘烘毛茸茸的东西贴上了他的脸颊、耳朵，世界忽然变得安静了。

扭头一看，是楼城黑若宝石的双眼，他取了自己的耳罩，戴在了丁雪润头上。

楼城揉了揉鼻子，声音沙哑，听在丁雪润耳朵里像是被过滤了："不冷啊？走，我给你拿件外套。"

到楼城家里，楼城给丁雪润拿了一双自己没穿过的棉拖鞋，"你跟我上楼，你挑件外套。"

屋子里暖气十足，楼城把身上的皮草大衣脱掉了。

丁雪润心想，平时看楼城穿得很帅，万万想不到他会买这种衣服。

楼城似乎注意到他的视线，摸了摸鼻子道："衣服不是我买的，我没有这么土的审美。我爸弄的，他十多年前跟人去西伯利亚打猎，正好两头熊在打架，他就把尸体拖回来了。平时我是不穿的，今天实在是太冷了。"

他带着丁雪润上楼，语气有点委屈："而且我生病了，我很少生病的，身体倍儿棒，又强壮，你知道的吧？"

人一生病就会变脆弱，需要人关怀，无论大病小病，丁雪润是很清楚这一点的，"你别说话了，嗓子都哑了。"

楼城应了一声，又忍不住说道："我跟你一起出去买药，然后我们去考试吧？"

"不考，你需要休息。"

"我吃了药去考场睡一觉就好了。"楼城推开房门，他的房间是前主人家的主卧，法式装修，吊顶上是复杂的石膏雕花。也许以前那位女主人是学雕塑的，房间里很多或大或小的白色石膏像，有的放在花瓶旁边，有的立在地上。

丁雪润说："既然是去睡觉，那你去考场做什么？"

楼城也不知道，他就是觉得小丁可能要被抓到作弊，他去的话，能安全点，发现监考老师表情不对，他就伸腿把他绊倒！

他没有回答，从一堆外套里翻了一件浅蓝色的羽绒服出来，“我高一穿过的，那时候虽然没比现在矮多少，不过这件羽绒服是短款的，你也可以穿，来试试看。”

楼珹低头看着丁雪润拉开了校服拉链，露出里面的毛衣来，黑色的毛衣和雪白的脖颈形成鲜明的对比。

“我衣服都是我妈买的，皮肤白的穿才好看，我穿不行。”他一边说，一边看丁雪润换衣服。

蓦地，他瞥见丁雪润手心的伤口。

“小丁，你手怎么了？”

丁雪润刚拉上羽绒服拉链，低头一看，手心确实有一道长长的新伤口，血还没有干透。他不在意地低头舔了一口止血，淡定地说：“没事，我宿舍里有创可贴。”

楼珹干咳一声，脸上带着病容的潮红，“小丁，衣服还合适吗？”

有点大，但没有大太多，丁雪润回道：“合适，我今天穿了周末给你拿去干洗，然后周一还给你。”

楼珹正想说不用，衣服都旧了，他早就不穿了，就听见丁雪润干净的声音：“我不能这样白拿你东西。”

楼珹嘴唇动了动，片刻后说：“好，不用干洗了，我家衣服有阿姨洗，你可以周末晚上来找我。”

他惦记着小丁做的早饭，楼珹他妈妈之前给他请了个做饭阿姨，但他不喜欢让人随意出入他家，而且那个阿姨给他做饭，他经常不在，饭菜最后一口没动浪费掉了，所以他把做饭阿姨打发走了。

丁雪润重新把校服穿上了，伸出手来，“我看看你发烧没有，发烧了我们就去医院，没有发烧的话出去买点药，然后休息一下。”他用手背去探了探楼珹的额头，大概感受了有好几秒，才把手拿下来，“可能我手太凉了，我摸着你像是发低烧了，有点烫。”

楼珹脑子短路了，摸了一下他的手，说：“是有点凉……”

“我去给你拿手套吧。”楼城说完也没有撒手，他觉得小丁手冰冰凉凉的还很滑，好降温哦，仿佛拉着就能退烧了。

丁雪润神情自若，自然地把自己的手抽了出来，“楼城，你休息，我去给你买药。”

楼城要跟着他去，还穿上了他的“白熊皮”，丁雪润看着他摇头，“你这个样子还是不要出去了。”

丁雪润走的时候，从他家院子大门出去，回头还能看见门口站着一只很高的毛茸茸的熊。

楼城冲他挥了挥手。

丁雪润去买了温度计、退烧贴和几盒感冒药，药店宰人，一点点感冒药花了一百多块钱。结账时药店护士说：“你的耳罩挺可爱的，在哪里买的？”

“同学的。”

护士问他：“你们不是考试吗？怎么现在出来了？”

丁雪润说：“同学病了。”

学校已经打铃了。

丁雪润从药店出去，看了一眼时间，离考试开始只有五分钟了，校园大门外已经一个学生都没有了，他还是去买了点早餐。

“这个药一天三次，一次三粒，这个白色的是两粒，别搞错了，还有这个冲剂一次一包，也是一天三次的。”说着，丁雪润把温度计的盒子打开，递过去，“你先把温度计夹上。”

“夹哪儿？”

丁雪润瞥他一眼，“没量过体温？腋窝。”

校园铃声又响了一次。

楼城在铃声里解开自己的睡衣扣子，乖乖把温度计夹好了，问他：“小丁，你真的不去考试了吗？现在还赶得及，迟到十五分钟是可以的。”

他虽然病了，但眼睛依然很亮，只是脸颊浮起不健康的粉红，眼尾垂了下来，像是从凶恶的不羁少年变成了乖宝宝。

他规规矩矩地坐着吃早餐。

丁雪润给他配好药，还给他接了水，泡了冲剂，用咖啡勺一边搅拌一边道：

“等会儿再看吧，我走了你一个人在家，万一高烧了没有人管你怎么办？”

“可是第一科考试不是考语文吗？语文应该是你最拿手的科目吧？你看你昨天背课文，挺费劲吧……”

“你放心好了，这一科就算是零分也不要紧。”其实他还挺想要那个奖金的。

他气定神闲的模样，让楼珹误以为是他学习太差了，差到考不考都无所谓了，就跟自己一样。

楼珹叹了口气。

“那……”楼珹坐在沙发上，像一位客人，居然有些手足无措的感觉，他感觉今天思维分外迟钝，从起床接到丁雪润那个电话就开始了。

他歪着脑袋想了一会儿，望着丁雪润道：“我给老窦打个电话请假吧。”

他给窦老师打的微信电话，他们有个班群，大家都加了老师的微信，楼珹也加了，而且单独把各科老师拉了个分组。

他时不时会发一条动态，说野狗叼走了他的书包呀，上托福学英语好累呀。

电话很快接通，老窦不等他说话就机关枪扫射般吼道，“楼珹你是不是又没来考试？你还想不想毕业了？！”

“我生病了，我想请个假。”

楼珹的嗓子哑得一听就是病了，所以老窦听见后便沉默了几秒，“好好养病，平时生龙活虎怎么突然就病了奇了怪了……”

“我下午会来考试的。”

“哦。”信你的鬼话！

“还有啊，丁雪润跟我一块，我们一起请假。”

老窦一听这个名字，态度瞬间变了，心肌梗死般急吼道：“你说什么？他跟你一块？！你们在校内还是校外？快！快让他来考试！”

楼珹不明白老窦怎么突然这么激动，激动啥呢？怕小丁缺考拉低班上平均分？

考了也得拉低好不好！

“不行，我俩现在在医院，刚挂号。”

老窦皱眉道：“他怎么了？严不严重？能赶回来考试吗？”

“呃……他被狗咬了。”楼珹抓了抓头。

老窦哭笑不得。

很好，这是楼珹惯用的谎言，每次说他他还不乐意，“您别罚我啊，您罚狗，是狗的错。”

老窦每次都气得肝疼，执教这么多年，他还是第一次遇到楼珹这种学生。关键是生气吧，他又不是那种坏学生，平时还很尊敬你，实在是生不起气来。

丁雪润听不下去了，伸手说道：“楼珹，我来说。”

他走到旁边去了，楼珹只听见了几句话：“他烧糊涂了……没有被狗咬……书包也没有被叼走……老师，我心里有数……下午我肯定会来的，我现在从医院赶回去也来不及。”

电话挂了，丁雪润把手机还给楼珹：“好了。”

“老窦还挺关心你……”楼珹腋窝夹着体温计，所以坐得特别端正地看着他，“小丁你跟我说实话，你跟他是不是亲戚？”

“不是。”

“那不应该啊，他怎么对你这么好，还一直让你去考试？他难道不知道你成绩有多差吗？”

“可能吧。”丁雪润笑了笑，“体温计拿出来，把药喝了。”

楼珹被丁雪润照顾着，躺到了床上去，用被子捂着。丁雪润说：“吃了药睡一会儿，你只是有点低烧，睡会儿起来也休息会儿。没事，我复习。”说着，丁雪润坐在了窗户旁的沙发上。

或许是因为吃了药，楼珹睡得很快，额头一直冒汗。过了会儿，丁雪润也困了，他调了个闹铃，摘了眼镜放在旁边，侧卧在沙发上睡了过去。

屋里只剩下浅浅的呼吸声。

十一点，学校打铃了，楼珹听见校园里传来的广播声：离考试结束还有十五分钟，请同学们注意掌握时间。

他一听见学校铃声就会醒，这已经成为一种条件反射了。

而丁雪润长期六点钟起床，属于平时睡觉时间不足的人。他学习起来似乎没有其他同学那么费劲，但比其他同学更消耗脑力，也就更累一些。

所以楼珹浑身是汗地掀起被子坐起来，看见的就是微微蜷缩睡在沙发上的丁雪润。

楼珹嘴巴很干，嘴里发苦，他把额头上的退烧贴揭下来，又喝了一口水才下床。因为怕吵醒丁雪润，他动作放得很轻很轻。

他甚至不敢穿拖鞋，好在暖气够暖和，光脚踩在地板上也不会觉得冷。

他身上出了很多汗，但是那种迟钝的感觉消失了，他身体原本就好，生一场小病也好得比常人更快。

他原本是要去洗澡的，但是看见丁雪润身上什么都没盖，就给他拿了条毯子。

楼珹小心翼翼地把毯子盖在丁雪润的身上，这时丁雪润似乎有所察觉，在沙发上翻了个身，他的手臂垂了下来。

楼珹注意到了他的手，丁雪润不知道是忘了还是怎么的，没有贴创可贴，手上一条细长的血痕，在他那么白的手心里，看着很扎眼。

楼珹下楼找了一会儿，找到了处理伤口的药和创可贴，因为他平时打篮球、骑车，难免磕碰，这些东西家里倒是备着。

楼珹下楼的时候，丁雪润眼睛睁开了，但是没有动，又合上了眼。

楼珹看了他一眼，发现他睡得还很沉，呼吸绵长。丁雪润睡颜很安静，他嘴唇天生带笑，平日并不太爱笑，整个人显得特别清冷，然而他睡着时，就显现出了原本的柔软乖巧来，皮肤白嫩得让人想捏一下，睫毛也很长，连眼睛闭上的弧度都很好看。

楼珹本来拉着丁雪润的手，要给他手心的伤口消毒的，结果看他颜色偏浅的头发很软很好摸的样子，不由自主伸手摸了一下。

这时，丁雪润忽然醒了。

丁雪润睫毛颤了颤，慢慢睁眼，声音还带着一点刚睡醒的茫然，“楼珹，你干什么？”

他是近视眼，每次摘了眼镜，看人都是模糊的。他渐渐把焦点聚在楼城身上。

“你别胡说八道啊！”楼城差点跳起来，“我才没有摸你头！”

Chapter 05

//////////////

令人震惊的分数

楼瑊火急火燎地解释完，发现自己还拉着小丁的手，立马就放开了，把棉签、碘伏和创可贴一股脑塞给他，“你自己上药，小伤口也不要大意，尤其是手，容易感染的。”他没有看丁雪润，转身道，“我去洗个澡，你也起来吧。”

丁雪润坐了起来，手里捏着毛毯的边角，“毯子是你给我盖上的吗？谢谢。”

楼瑊颇为高冷地“嗯”了一声，实际上有点不好意思，因为他刚睡醒几分钟而已，给丁雪润盖毯子，也就几分钟之前的事……道谢搞得这么隆重。

丁雪润又问他：“你现在身体怎么样？好点没有？”

“鼻子通了，退烧了，还有点症状吧，再吃一次药应该就好了。”

楼瑊洗完澡，收拾了一下，两人去了学校对门的餐厅吃饭。

丁雪润一个人都是在面馆点碗重庆小面解决吃饭问题，不过今天多了个楼瑊，还是个挑嘴的大少爷，是个病患，所以他们进了一家在学校旁边，相对来说比较高档的中餐厅。

他们进去时，里面已经坐下了好几桌的学生。

他们没有进包间，就在大厅随意坐下，丁雪润点菜。

六中的学生，到了校外，话题当然还是学习，而且他们今天的话题，都离不开期中考试。

有些在对答案，有些在懊悔：“作文写跑题了！不应该！”学校老师作文扣分普遍比较狠，跑题了就四十分以下，如果实在写得好，可以再往上加几分。

但六中历来都缺少满分作文。

“对了，今天监考好严，怎么忽然考前又来了个监考老师，还检查抽屉。”

“对的对的，说得那么严重，什么作弊开除处理……”

“肯定啊，这次是统考嘛，初中部老师都调来了。”

“我有个小道消息，听说是有人写了一封匿名举报信给校长，说有人买答案，但是没有说是谁，只说是高二的，还说受对方威胁不敢多说……”

“这是黑社会了吧，居然威胁人！”

“查到是谁了吗？”

“好像没有，就好像有人带缩印的小抄吧。”

“举报得好！大家都凭努力考试，买答案对我们太不公平了！”

楼珹越听气压越低，简直气炸了，他臭着一张病着的脸，恶狠狠道：“肯定是陈治邦那个狗东西，我非弄死他不可！说我威胁他，我明明是好声好气请求他！不要脸！还告状到校长那里去了！”

“嘘，小声点。”丁雪润在桌下轻轻踢了他一下，“你想被人听见吗？”

楼珹不悦地用筷子使劲插桌子，像个发脾气的小学生，“可是我不高兴。”

“别气了，等下给你买糖吃。”

楼珹哭笑不得。哄小孩儿呢这是。

丁雪润继续说道：“学委那种人，虽然告状，但没有说出你我的名字，你的‘请求’肯定是管用了的，告状是他的‘职责’，弄死没必要，小小惩罚他一下就好了……”

“怎么惩罚？”对于这种人，楼珹的好脾气都要没了，只想着报复他。

丁雪润招了招手，“你过来，我说给你听。”

楼珹下意识捂耳朵，哎妈呀，小丁又要说悄悄话了？

“过来啊，愣着干什么？”

“哦哦……”楼珹略微侧身，把耳朵凑了过去。

半小时后，两人回到学校，还没开始考试，教室里的同学基本已经结束了午休，大家本来都在学习。

忽然，有个男生上厕所回来，大喊道：“一群男的跑咱们一楼男厕所来围观了！”

这声大喊吸引了全班同学的注意。

男同学嘻嘻笑道：“哈哈哈哈，他们是不是来看那个‘生化武器’的？”

“估计是。”

“不知道哪个兄弟干的，太牛了，怎么冲都冲不下去，像化石一样……”

“笑死咯，猪五花都被熏得脸色铁青，说比硫化氢还可怕。”

猪五花是他们班化学老师。

陈治邦偷偷看了楼琙一眼。

平时都缺考的楼琙，上午不负众望地缺考了，丁雪润也没来，可是下午，两人又出现了。

陈治邦当然知道男厕的“生化武器”是谁制造的，但是他不能说，也不敢说。

这时，忽然有个其他班的同学走到他们班门口，“喂，听说那个是你们班的人制造的？”

正是楼琙的小弟大光头。

陈治邦又偷偷地瞥了一眼楼琙。

没想到楼琙也在看他，而且冲他笑了。

他当即寒气就从脚底下升腾了起来。

楼琙笑得幸灾乐祸，“对啊，是我们班的人干的。”

这句话吸引了全部人的注意力。

“可不就是我们班的学习委员吗？”

全班视线齐刷刷投向陈治邦，他脸色一白，心想完了，这个锅他背定了。

“学委，你说是吧？”楼琙脸上是笑的，但眼底一片冰冷。

陈治邦的同桌很惊讶，又没忍住笑出声来，“真的是你啊？那个核武器是你拉的啊？”

陈治邦心里疯狂呐喊，面对全班同学向他投来的异样目光，他只能咬碎牙往肚里吞，“嗯……是我。我……肠胃不好。”

同桌哈哈大笑，班上有个损人厉害的，直接说道：“那你可太牛了，学委，你不要参加高考了，你应该去当兵！上战场打仗！给他们生产手榴弹，哈哈哈！！”

这件事就这样传开了。

下午考试，他们考场就在一楼，很近，楼城连笔都没带，丁雪润借给他一支。

楼城已经跟他说了："我不抄，你把自己管好，小心点别被抓了。"

开考前，教室里的三位监考老师下来，挨个检查学生抽屉，"衣服兜翻出来，袖子捋上去，手心摊开。"他们甚至认真检查桌上有没有用 2B 铅笔写的答案，这种招数早就用烂了，老师们心里都有数。

这是六中今年考场戒备最森严的一次考试，一个考场居然有三个监考，信号屏蔽器和高清摄像头都部开着，谁要是作弊，回头查一下监控，一目了然。

楼城在考场里接热水冲药，当着监考老师的面喝下去，还装模作样地咳嗽了几声。

监考老师看见了还有点心疼，关切地问道："生病了？"

楼城长得帅，在哪里都占便宜。

他考试的时候笔放在抽屉里，除了自己的名字和考号一个字也没写，也不敢老是看小丁，怕被发现他鬼鬼祟祟的，所以只是假装身体不舒服的样子，趴在桌上侧头看小丁做试卷。

他发现小丁写得好快，埋着头一直唰唰唰狂写，而且动作好隐蔽，楼城都看不出来他在抄答案！

监考老师看这个考生趴着不写，就走下来柔声问他："同学，还能坚持吗？"

楼城白着脸虚弱地说："我还可以，谢谢老师。"

那年轻女老师母性大发："我给你接点热水喝吧。"她把水接回来，又说，"好歹做一点题？"

楼城可怜地说："我不会……"

"唉。"监考叹口气，"多喝点水，再看看试卷，万一遇到你会的呢！"

接连三天，楼城都这么装病，无聊地在考场趴着思考人生。

全部科目考完后，大家回教室收拾，把桌椅位置复原。

楼城特别好奇地问丁雪润："我咋没看见你抄呢？你还一直写，你在写什么？"

丁雪润回答："我在认真做题。"

他这次考试比以往要认真几分，考完他还多检查了两遍。毕竟缺考一门，其他科目这回不能随便考考了。

楼城显然不信，一脸的"你又吹牛呢"。

楼城觉得丁雪润肯定有什么特殊的作弊技巧，甚至怀疑起他的眼镜是不是信号发射器，于是侧过头认真地盯起他的眼镜来。

老窦在上面讲话，楼城在下面讲话："喂小丁，你明天干什么呢？"

"我白天有事，怎么？"

"明天晚上你来我家吗？家里床空着也是空着，你过来睡，周一正好给我做早饭嘿嘿。"

"明天再说吧。"他微微笑了笑，"楼城，别说话了，老师看我们了。"

"我们小声点说……"楼城头趴在桌上，眨了眨眼睛，"他不会管我们这种学生的。"

周末晚自习，好多同学在对答案，丁雪润没有参与，他从来不做这种无谓的事，而他的同桌照例没有来。

班主任一出现，就有学生按捺不住问他："窦老师，考试成绩什么时候出来啊？"

而他神态自若，微微笑着说："不急，全年级这么多学生，老师们还在阅卷呢。"

"啊，那大概什么时候出来呢……"

"数学改得快，明后天就有消息。"

过会儿老窦又走了，去阅卷了，他对学生放心，所以放任学生在班上自习。

一般刚考完试的学生都比较浮躁，六中这种情况倒还好，才过了一天同学们就都冷静了下来，该怎么学习还怎么学习。

刚下晚自习，丁雪润就接到了楼城的电话："下课了吧？你现在出来，我在校门口。"

"下课了，但还有一节晚自习。"

"最后一节又没人管，上什么上！别上了，学生会会长是我小弟。"楼城一副大哥的口气，“你别去了，我跟他说一声以后点名都屏蔽你。”

丁雪润顿了一下后说：“楼珹，你先回家吧，我就不出来了，老是逃课不好。”

楼珹有点烦躁地说：“出来，快点儿的，我打包了一份夜宵给你。”他这两天吧，总是忘不了那天丁雪润翻墙时掉进他怀里，觉得他太瘦了，得多吃点肉养养，不然这么瘦小，出门遇见坏人怎么办?

丁雪润听了，沉默了一会儿，无奈地说道：“好，我马上出来，你等我。”

为了不让楼珹这急性子等得不耐烦，他是跑着出去的。

他出去时，看见楼珹站在树荫处，他今天没有骑车，估计是已经把车骑回家停放好了才出来的。楼珹今天穿出门的装束很帅，是一件中长款的焦糖色大衣，而他不老老实实扣扣子，反而敞开，露出白色的毛衣和一双大长腿来，站姿透着慵懒。

他站在暗处，依旧是校外最靓丽的一道风景线。有小女生在议论他：“那个就是我们学校的校草，叫楼珹。”“他打篮球很帅的。”

丁雪润走过去，楼珹把打包盒给他，嘱咐道：“记得要吃完。”

“谢谢，”丁雪润提着感受了一下，还是热的，手提袋是牛皮纸的，是个高档餐厅。

他轻声说：“多少钱啊？我给你。”

“钱钱钱，我像是缺钱的人吗？”楼珹听见这个字就不耐烦，他摆摆手，“滚吧，你不是要上最后一节自习吗？”

丁雪润见楼珹的这种态度，也不说什么了，他再提“还钱”这两个字，估计楼珹要踹人了。

“那我走了啊。”

“快走别废话。”楼珹眉头皱了起来。

结果丁雪润刚转身，楼珹就叫住他：“等一下。”

“怎么？”他回头。

楼珹想问他早饭的事，再不济也得给自己买包子吧?

楼珹脑子转了个弯，招手让他过来：“小丁，你明天想吃什么早饭？我给你带？”

“不用了。”丁雪润看他欲言又止的样子，一下子笑了，“楼珹，我明天起来给你打电话，你家冰箱还有菜吗？”

楼珹当即眼前一亮。

夜里，丁雪润准备睡了，忽然收到了一条微信消息：“你睡了没有？”

他点进去，还没回复就又收到一条：“好了我看见你正在输入，你没有睡。”

接着楼珹发送了一串神秘数字过来，言简意赅：“我家密码，早上别叫我起床！！你自己进来，懂？”

过了一会儿，大概是楼珹觉得自己的语气太讨厌了，又发了个可爱的表情，说了句“谢谢小丁”。

丁雪润第二天翻墙的时候，比往常起来得还要早，他这次穿上了羽绒服，还特意戴了手套，免得翻墙的时候被铁丝网划伤手。

他爬上去后，往下一看，地上铺了个充气软垫，不用想也知道是楼珹放的。

楼珹家一进去就非常暖和，他家的暖气比学校的中央空调更暖，丁雪润脱了校服挂在玄关处。他动作很轻，算着时间给楼珹做早饭。

快七点时，丁雪润上了楼，敲了敲楼珹的房间门，他刚敲门是没有人理会的，大概敲了五分钟里面才有动静。

好像是楼珹在床上发脾气，最后从床上滚下来了。

楼珹一下摔在了地毯上，立刻醒了大半。

“楼珹，你还好吗？”

楼珹听见他的声音，睡意浓浓地打了个哈欠，“你进来吧。”

丁雪润推门进去，看见楼珹躺在雪白的地毯上，手里还把床上的被子一起拽下来了，似乎打算在地毯上睡个回笼觉。

“你从床上摔下来了？”

“没有！你别胡说八道，我昨晚就在地毯上睡的，地毯上暖和又舒服，你懂什么！”哪怕他睡眼惺忪，但条理丝毫不乱，字字铿锵，丁雪润只好附和着说“是是是”，然后催促道：“该起来洗漱了，我做了早饭，你去吃吧。”

“我再躺躺……”

新的一周开始，年级上有流言散播开来。

“白天有消防队来了。”

“消防队？来学校？来干吗？”

“学校打电话让消防队来处理高二一楼男厕所埋藏的‘地雷’，差点连警察都惊动了。”

“扑嗤……”

“真事儿，太好笑了，也不知道消防员看见这‘地雷’作何感想。”

这事儿一传开，就有人问是谁干的这么牛。

“是四班的学习委员，瘦高瘦高的，一脸萎靡发际线贼高那个，叫陈治邦。”

陈治邦忽然之间就成了八卦当事人，然而这八卦还是这么不雅观，有人问起他只能毫无底气地辩驳道：“不是我……”

“那是谁？外面都说是你，都传到外校去了，说咱们学校出了一个空屁股拉石头的神人！而且都知道你叫陈治邦！学委！你火啦！”

还有人问他要不要录个抖音，火遍全国。

“真的不是我……”他压根不敢提杜畤和楼珹的名字。

他是真的很委屈，气不过，不敢惹楼珹，所以只能找丁雪润麻烦。

下午第三节课下课，楼珹就背着书包跑了，陈治邦走过去，正准备坐在丁雪润旁边，结果刚把椅子拉开，丁雪润就把自己的书包放在楼珹的座椅上，转头盯着他，“学委，你有事？”

陈治邦语塞。

“楼珹有洁癖，知道你坐他的座位，他会生气的。”

陈治邦脸色变了变。座位不是个人的，是学校的集体财产，你霸占着自己的也就罢了，霸占着别人的不让我坐是几个意思？

陈治邦深吸口气道：“没什么，就过来看看，因为想到你马上就要离开我们班了。”

“哦？”

“监考那么严，你们缺考了一科，答案也没抄到吧。”他说道，“楼珹是关系户，不会离开我们班，但你肯定是要走的。”

丁雪润不说话，单是笑着看他，就好像看着一个无知小儿。

陈治邦被他气走了，一边走一边小声咒骂：“看你能得意多久，跟楼珹当了朋友就这么‘拽’了吗？”

丁雪润不在意地轻轻笑了一下，他不是没有遇过这种人，更恶劣的他也遇过不少了，但最终都“妥善”解决了。

晚自习，窦老师带来一个好消息。

“统考成绩出来得慢一些，要从省那边过一遍，大家不要着急。”接着他道，“不过呢，数学试卷大致批改完了，有两份非常出色的满分试卷。全年级这次只有两个数学满分，一个在我们班上。”

全班同学同时“哇”了一声，纷纷问道：“是谁啊？”

他们六中数学有本事能拿满分的人其实不少，起码有十个吧，而这次只有两个满分，可见难度并不像他们班主任一开始所说“肯定不会比咱们学校自己出的试卷难的”那么简单。相反，这次考试难得多，题型新颖刁钻。

而在他们四班，数学成绩比较好的，曾经拿过数学满分的有五个。

大家开始猜测，“是周举？”周举是数学课代表，典型的偏科生。

“是学委吗？”学委是综合成绩不错、数学尤其好的那种学生。

“还是……”

有个数学学霸对过答案，黯然道：“不是我，我选择题就错了一个。”

“我这次也马虎了，有道小题没有做对。”

最后排查下来，大家觉得那个人应该是学委，说：“学委可以啊，拉得出手雷，考得了满分。”

陈治邦这两天深受流言蜚语影响，答案对过了，不过不是很仔细，他选择填空全对，后面大题也全做完了，整张试卷答案似乎是全对的。

班上同学一起哄，连他自己都以为这次他拿到了班上唯一的满分，谦虚地说：“不一定、不一定，成绩还没出来呢。”

“好了好了，安静，别乱猜了。”老窦用铁尺拍了拍讲台，“具体是谁呢，我也不清楚，卷子不是我批改的，是其他班老师批改的，如果是我批改的，我一定能第一眼认出咱们班同学的笔迹。”

其实那个老师告诉他说这份满分试卷出自最后一间考场，他心里就有数了，不过毕竟是没有谱的事，他没有现在就说出来。

一切以学校公布的排名为准。

最让他觉得可惜的是丁雪润的语文缺考了，什么事能重要到缺考呢？

他自然想不通丁雪润缺考的缘由。

楼城来教室的时候，不出一天就觉得有些稀奇，“为什么总有人去跟陈治邦说恭喜呢？他当爹了？”

“他数学可能拿了满分吧。”

丁雪润头也不抬，语气很淡：“跟他关系好点，就不会时时刻刻盯着你的一举一动，报告给老师了吧。”

楼城嗤笑一声，“小小年纪就搞小动作。”

一周时间，老师把期中试卷点评完了，还上了高三新课。

周五，办公室传来捷报：排名出来了！

那个刚从办公室出来的同学，气喘吁吁地道：“排名、排名出来了……”

“在哪儿？在哪儿！！”

平日里一贯很淡定的学霸们，听见这个瞬间不淡定了，一个个站起来张望。

“第一是谁？”

“啊啊啊谁帮我看看我多少分！！”

“单子、单子还没打印，我在办公室看的，窦老师电脑上有排名了，快去看啊！”

全班同学浩浩荡荡地冲到办公室门口，其他班貌似也得到了消息，一起疯狂地涌向办公室，然而办公室空间有限，所以大家都围在门口。

顿时，清静的办公室吵闹得如同菜市场一般，充斥着大喊大叫。

“我多少分啊？我第几名？”

“第十五？年级排名呢？我多少啊？快！快告诉我，我急死了！”

教室里走了大半的人，留下零星几个学生，丁雪润大致知道自己的分数情况，没去凑热闹。

睡梦中的楼珹被吵醒了，他茫然四顾，发现班上快空了，也跟着起身，打着哈欠拽了一下丁雪润的领子，“小丁，上体育课了。”

丁雪润回头看了他一眼，然后把他的手轻巧地拨开了，“不去。”

楼珹发现他在做题。

“为什么不去？”

丁雪润面不改色地说道：“你想去上体育课就去吧。”

“看，外面天气多好啊，出去运动运动，别老傻坐着，越坐越傻。”楼珹刚说完就听见了预备铃响，接着，同学们一窝蜂从门外涌进来。

“发生了什么？”楼珹茫然，“他们怎么又都回来了？”

“坐下吧，”丁雪润看了他一眼，“体育课被占了。”

“什么？被谁占了？！”楼珹气冲冲地大喊，丁雪润看着他摇摇头，叹气道：“傻子。”

一整节课，楼珹都处于体育课被“灭绝师太”占了的愤怒中，“我的体育课没了！”丁雪润看他是真生气，想安慰他，又觉得他实在是太傻了。

这节物理课大家都没什么心思认真听，都在私下交流，“你刚刚帮我看了吗？我多少分啊？”

“我们班第一是于明晨，但是他怎么才考七百啊……这和他上次的分数差太远了吧。”

“这和分数没有关系，整体难度上去了，分数当然就集体降下来了。于明晨是我们班理科排名第一、年级第八。”

因为人太多了，去办公室看成绩的学生，大部分只记下了自己的，最多顺便看了眼第一。

这次的排名分为三种：理科排名、文科排名、全科排名。

他们是理科班，大部分同学以后要读理科，自然先关注理科成绩。

大概是学生们太不听话了，一直讨论，“灭绝师太”叫“安静点”叫了几次都没控制住，她又是个暴脾气，受不了了就使劲用铁尺拍黑板，足足拍了十下。

那声音仿佛让整栋教学楼都在震荡。

“排名下课后再讨论，看看你们像什么样子！这次的物理，你们都知道自己考了多少分吗？……我很不满意！”

四班的物理成绩在五个重点班里排名倒数，大家都私底下嘀咕是“灭绝师太”教得太差。

鸦雀无声的教室里，只听物理老师平静了许多的声音：“我们班物理，只有一个人考满分，全年级也只有一个人考满分。除了他，班上最高分才九十二，有这么难吗？”

同学们都非常惊讶到底是谁，但是这回没人敢说话了，怕她又突然发火。

她歇气了，没有提那个唯一考满分是谁，而是说：“有时间多跟人家学学，继续上课！”

快下课时，老窦出现在了教室门口，原本有些压抑的教室，瞬间沸腾了起来。

“他手里拿的三张纸！是排名？”

下课铃响，物理老师没有拖堂，说了声“下课”就收拾自己的课本离开教室。

老窦进来把三张排名贴好，同学们一窝蜂围过去，老窦说：“都回去坐好，我刚才做了个 PPT，下节体育课就不上了，咱们分析分析成绩。”

起来上厕所的楼珹气坏了。

“两节体育课就被这两个禽兽占了！”他义愤填膺。

楼珹真的忍不住了，他反正零分，听着也丢脸，索性脱了校服就往外跑，“小丁，我打篮球去了啊，拜拜。”说完就像一阵风一样消失不见了。

分析成绩的课，楼珹这个零鸭蛋不听，一个人跑去上体育课，班主任也懒得管他，他放下投影屏幕，直接开始讲大数据。

“我们班四十五名学生，进入全年级前十的——很遗憾——这次只有一名。上次是两名。班级第一，于明晨，综合总分 951，理科总分 700，文科总分 658。”

“上次你排年级第五，这次第八，下滑了。你很均衡，除了文综成绩，基本没有偏科的情况。虽然咱们班是理科班，但文科成绩不要忽略了，而且单科排名的话，每一科都还可以但都不是最好，接下来重点提升语文，你语文这次只考了 120 分，反思一下。”

“第二，黄丹露，综合总分 933，理科……”

他每念一个名字，PPT 上就会出现一行表格数据，上面是前几名的每科分数和年级排名，最高的单科有排第二的，有排十几名甚至几十名的。

老窦会从他的角度帮每一位学生分析他们的分数。

“黄丹露英语 149 分，太牛了我们课代表。”

“咦？她英语居然才年级第四。”

“第六名。”窦老师念到这里时顿了一下。

因为第一排离贴着成绩单的公告栏最近的那一排的一个男同学，实在受不了班主任这种慢吞吞的语速，上半身压在桌子上拼命离排名单更近一点，然后猝不及防栽倒，连带着桌子人仰马翻，书本落了一地，灰尘升腾。

这位同学感到很尴尬，赶紧自己爬起来，把桌子弄正了。

老窦接着念：“第六名，丁雪润，总分 888。”这分数吉利得听着跟玩儿似的。

“理科总分……”他表情有一丝古怪，似乎觉得这个分数非常不可思议。

从他念出这个名字起，班上就响起了阵阵吸气声。

“理科总分 597，文科总分 590……”随着他鼠标一点，丁雪润的各科成绩浮现在投影屏幕上，其中，语文那一科的 0 分十分显眼。

“0 分是什么操作……”

“天哪！他怎么那么多满分，英语数学物理全 150 分？历史也是满分……”

“他那天语文好像缺考了。”有人解释道。

随即，屏幕上又出现了他的单科排名，除了那个零鸭蛋，其余科目都是单科第一。

“太强了……”那一排整齐的排名第一，让人脊背生寒。

最后一排，丁雪润还是那副斯文的学生模样，他静静地注视着屏幕，脸上没有多少惊喜，仿佛预料到了一般，平静得出人意料。

当然，他素来是这种淡漠的样子，以前还有人觉得他傲气，现在看见了分数，突然发觉……人傲气都是有理由的。

全班同学心中，都对他油然生出一种恐惧感，这种恐惧发自内心，并且下意识地想到，这个丁雪润没有考语文还是第六名，他要是没有缺考，哪怕他语文再差，还不是轻轻松松碾压年级第一？

老窦似乎不知道怎么分析，顿了一下后道：“文综还可以加强，当然你读理科的话这个分数已经很高了。”丁雪润的文综有 290 分。

“都 290 分了还让人加强，扑哧……”

“全部单科第一还想怎样？”

“嗯……”老窦迟疑了一下，“还有，下次不要缺考了。”

老窦很快略过了他，挨个念排名。

然而丁雪润的成绩，他的排名，他整个人，都在四班同学的心湖中砸下了一枚核弹。

从没见过这种神人。

在看见丁雪润的数学满分时，陈治邦心底已经感觉到了不妙，不是说年级上只有两个满分？他们班占了一个的话，那他……

果然。

“第七，陈治邦，总分 885，理科……”不得不说四班的总体水准还是不错的，总分 850 以上的人有 15 个，而且基本上他们的理科总分高出文科总分很多。这部分学霸平日的精力，都放在了理科上，文科当然他们也要学，但学得不会那么深入、那么认真。

他用半节课念了每位同学的成绩，并且挨个分析了短板、偏科和优点。

下课了，大家再次挤到教室前门看成绩，陈治邦面如死灰，其实他维持了自己平时的水准，平日里也是在这个名次徘徊，但他并不觉得庆幸或者高兴，他远远看了丁雪润一眼，最后追着班主任出去。

他要找班主任问个明白。

教室里因为成绩吵闹了一会儿，有人欢喜有人愁，班上有一半的视线投向了最后一排的丁雪润。

过了一会儿，终于有人忍不住了，坐在丁雪润前排，平日很少说话的女生转过头来问："丁雪润，你好厉害，我从来没见过有人能考这么多满分，而且你有那么多单科第一。"

赵曼莎不是第一次跟丁雪润说话，平日偶尔也会说几句，丁雪润还送过她文具，当然，他是直接拿了一盒笔出来，挨个儿发给周围同学的，没有特殊对待任何人。

就因为这点礼貌大方，他为人再冷，不少同学对他的印象还是不错的，即便学委总是宣扬他抄答案、不学习之类的。

赵曼莎觉得他人很好，但是又不敢跟他说太多话，他看上去太冷冰冰了。

丁雪润笑了笑，赵曼莎看见他笑了，赶紧大着胆子道："你语文为什么缺考啊？"

"那天上午有点事，没能走开。"

"你肯定很用功。"

丁雪润又笑了一下。

"那……我有道物理题没有听明白，你能给我讲讲吗？"

丁雪润物理考了满分，而方才物理老师说，他们班除了这一个满分，最高分是 92 分，这个区间……

"可以。"他放下手中的事情。

"我也要听我也要听！"旁边又凑过来一个女同学。

楼城打完球，浑身是汗地回到教室的时候，破天荒地发现他那文盲小同桌的桌前，竟然围着三个女生！

楼城根本不知道在他离开的这四十五分钟里发生了什么事。他心里莫名其妙，还觉得有点不舒服，走过去一看，发现丁雪润居然在给人家讲题，而且讲得头头是道的样子……疯了不成？

楼城坐在他的座位上，忽然把头凑过去，他几乎紧挨着丁雪润，一股运动后的汗味钻进丁雪润鼻子里。丁雪润不喜欢汗臭味，好在楼城很爱干净，身上没有那种臭味。

丁雪润原本没理楼城，只是轻轻用左手胳膊推了推楼城，可忽然，他感觉在自己说话的时候，有一滴汗落在了他手背上，而且楼城把下巴放到了他的肩膀上，侧着头看他在讲什么。

楼珹的头发扫到了他的脸颊。

他声音突然停了下来，“楼珹，你坐过去。”

楼珹心底酸气上涌，三个女同学找你问问题，她们是瞎了吗？不知道你不会啊？打肿脸充胖子。

“我不能听吗？我也想学好数学，丁老师给我讲一个呗。”他挑了挑眉。

丁雪润偏过头看他一眼，两张脸几乎挨在一起，他不由得放低了声音：“我们在讲物理，你要听吗？”

楼珹根本没有质疑丁雪润的工夫，丁雪润的声音离他是那么近那么温柔，温柔得仿佛能流入他地心底。楼珹懵懂地说道：“听。”

更让楼珹吃惊的事在下一个周一发生了。

已经是十二月了，D 市全面降温，开始下雪了。

白雪笼罩了校园，楼珹那天破天荒来得很早，他桌上有好多份早餐，楼珹坐下后，先喝热牛奶。

楼珹有时候使唤不动丁雪润，因为丁雪润不会每天都给他做早餐，给出的解释常常是要学习。楼珹好声好气地请求他，他一周才来那么两三次。

楼珹咬着吸管，忽然看见丁雪润桌上的鸡蛋灌饼，很厚实，还是全家福套餐！

“你买的啊？”楼珹有点想吃，他想吃咸味的。

丁雪润正在看书，闻言摇头道：“不知道，我来的时候就在我桌上了，可能是送给你的吧。”

楼珹迟疑地看了他一眼，问道：“你早上吃了吗？吃饱没？”

“吃了，饱了。”他言简意赅地回道。

“那……那我们一人一半吧。”楼珹想吃，可是觉得小丁太瘦了，早餐肯定得吃丰盛点，饼子大，一人一半正好。

丁雪润摇头拒绝道：“你吃吧。”

楼珹说不动他，因为丁雪润就是这样，从来不吃其他人的东西，他上次说的话楼珹还记得——不吃来历不明的东西，笑死他了。

楼珹高兴地把鸡蛋灌饼拿过来，感觉手上摸到一张便签。他以为是给自己表达关心的，没在意，吃了两口才低头看了一眼。

便签上写着：丁同学，早餐是一天的能量来源，要吃饱哦。

字体娟秀，一看就是女生写的字。

楼珹的脸瞬间黑了。

刺啦一声。丁雪润听见他把便签撕碎了。

楼珹面无表情地说：“字写得太难看了，我看着难受，狗爬字。”

丁雪润还看见他把鸡蛋灌饼丢了，问道：“饱了？”

“气饱了！不吃了！”

天哪，上周有三个女生问小丁问题！今天他还收到女生送的鸡蛋灌饼！明天是不是该是情书了？

从来不关注成绩和分数的楼珹，到现在还没有去前面看过丁雪润的分数。

饶是丁雪润再聪明，也不明白楼大少爷怎么忽然生起闷气来，不过他忙着听课，也没空去想这件事。

因为下雪，今天暂停了课间操，好多同学一打下课铃，就跑去小卖部买零食、奶茶。

丁雪润是南方人，没见过这么大的雪，他想出去看看，就问旁边生气生了三节课的楼珹：“喝奶茶吗？我请你喝。”

楼珹抬起头来愤恨地说：“那我要加布丁。”

“好，加。”

六中食堂有面包店、奶茶店、西餐厅和水果店，种类齐全。

两人下了一楼台阶，雪下得很大，地上已经有一层积雪，丁雪润抬头望向明亮的天空，接着撑开一把伞。

楼珹看着他的举动，瞬间无语了。那把陈旧的伞上面，还印着让楼珹更无语的“关爱残障人士，传递城市关怀”几个字。

“下雨了？”他抬头一看，“没下雨啊，你打什么伞？”

“下雪不用打伞吗？”丁雪润反问他。

“你们那边不下雪吗？”

“下的，不过没有这么大的雪。”

楼珹嗤笑一声，拉着他的手臂说："走吧，这点雪淋不坏你的。"

丁雪润便把伞放了回去。看他这么宝贵他那把伞，楼珹问道："这伞都这么破旧了，你怎么还不丢？"

"还能用用。"这把伞是他第一次去残障人士中心做义工时，那里赠送的。

下了雪的校园，和往常不太一样，让丁雪润产生了一种初次见面般的新奇感。

因为不做课间操，食堂人特别多，烤串档前排着队，面包店排着队，奶茶店也排着队。

楼珹不喜欢跟人挤，丁雪润排队，他就站在旁边，拿了一张奶茶单子挑选。

楼珹很少出现在这里，他每次出现，总能引起很多人注意，人都喜欢好看的事物，故而很多人偷偷地看他。

不过楼珹早已习惯这些目光，所以泰然处之，低头研究要喝什么。

"我要奥利奥蛋糕奶茶加布丁。"他很快选好了，"小丁，你喝什么？"

"柠檬红茶就行了。"

"这个好喝？"

"还行。"其实就是立顿冲泡的，好在便宜，是奶茶店里最便宜的一款饮料。

楼珹疑惑地问："这么便宜能好喝？"

"你可以点一杯试试。"

楼珹当然不会点这种听起来就酸溜溜的茶喝了，他点单，丁雪润刷卡。奶茶店的店员是个阿姨，偷偷拿了张优惠券给他，说："这个是满五十才送的，其他人都没有。"

两杯饮料一共二十六元钱，丁雪润的柠檬红茶七元钱，楼珹的奥利奥蛋糕奶茶加布丁是十九元。

楼珹还有点不好意思："你拿我那张卡，再去买二十串里脊肉吧。"

"我不吃，那是合成肉，没营养。"

"真养生。"

在旁边坐了一会儿等奶茶，楼珹就被三个女生搭讪了，而且长得不差，都是漂亮的女同学。

一个是不小心撞了他一下，那女孩满身的香奈儿“邂逅”味道，似乎正在等待他，还有个大胆，直接问他要微信，楼珹说：“我没带手机，不巧啊。”

剩下那个给楼珹从旁边的面包店买了雪媚娘，说：“学长，奶茶配这个更好吃，我亲测过。”

这是个高一的学妹。

楼珹没要。

楼珹人缘好，小弟众多，一会儿工夫就有很多人跟他打招呼，叫他“珹哥”，问道：“珹哥在干什么呢？”

“等我的奥利奥奶茶。”

有人要请客，楼珹说：“已经有人请我了。”

两人拿到奶茶，当即把吸管插进去开喝，从奶茶店出去，楼珹说：“你想吃雪媚娘不？”

就是刚刚高一学妹送给楼珹而他没要的那个，用糯米皮包裹着的一个小团子，看着粉糯可爱。

丁雪润摇头说：“不想吃。”

“可是我想吃，”楼珹不由分说拽着他往面包店里跑，“小丁，刷我的卡。”

他买了一盒，一盒里面有两个小的。

两人往回走，楼珹狂喝他的奶茶，喝着喝着就腻了，奥利奥、奶油和布丁的味道混合，成功把楼珹齁住了。

他扭头盯着丁雪润的柠檬红茶，就是个红茶包，飘着几片柠檬而已，但看起来好解腻。

“小丁你的看起来比我这个好喝。”

丁雪润看着他，手里握着温热的红茶，“你要喝一口吗？”

楼珹动摇了，然而他的洁癖战胜了理智：“嗯……不喝。”

因为奶茶是丁雪润买的，所以楼珹再嫌弃也没有丢，而是拿回了教室。

他回到教室，不甘心地又喝了一口，还是觉得腻，学校卖的奶茶果然劣质……楼珹又瞥向了丁雪润桌上的柠檬红茶。

丁雪润出去上厕所了。

楼城看着他出去没了人影，挣扎了一会儿，一个没忍住就把他没喝完的柠檬红茶拿了过来，快速喝了一口，然后放了回去假装若无其事的样子。

当然，有洁癖的他是不肯吃人家口水的，这辈子都不可能的，所以他用嘴唇接触吸管之前，用纸巾擦了一下。

丁雪润回来了，他并不知道红茶被楼城动过了，低头吸了一口。

吸管头是湿的。

楼城忽然站起来。

丁雪润问他怎么了。

楼城说尿急，然后跑了。

他刚刚看见丁雪润喝那杯红茶，心里好不自在。他喝的时候倒是擦了一下，但是喝完他忘了擦掉自己的口水……

当天晚自习时，语文老师把丁雪润单独叫了出去，谈了几分钟的心。

“语文为什么缺考了？”

他看四班的成绩单时，忽然看见了这个语文考零分的学生，他大吃一惊。这个语文考零分，拖了班级后腿的学生，居然门门都考了年级第一！而且其中大部分是满分，不是满分也接近满分。

他怀疑这个学生是不是对他有意见。

丁雪润解释了一下，语文老师还是不满，感觉心里憋着一口气，只好说道：“你晚自习写一下这次期中考试的作文，然后交给我。”

考试过去了这么多天，答案早就出来了，他当然不可能让丁雪润做那套卷，做了也不知道他真实水平如何，反而是写作文，很能看出一个人的语文底子。

于是，其他同学自习，丁雪润埋头写作文，其间坐在他前面的女生赵曼莎回头悄悄给他塞了零食吃。

就算是学霸班级，学霸也是爱吃零食的，更是会在老师的眼皮子底下偷吃。

丁雪润写作文很快。他写字速度快，脑子动得也快，几乎是一刻不停地在写。八百字他只写了不到半小时。

他写完后自己看了一遍，然后交了上去。

语文老师看了一眼教室后面的大钟表，略微惊讶地说：“半小时？”

他戴上眼镜，一副老学究的模样，看起了丁雪润的这篇作文。

第一感觉是字写得漂亮，卷面不用说肯定是满分。

第一段是个排比句，也是个比喻句，文字非常优美，他不由得暗自点头，然而这才刚刚开始，他是越看越吃惊，越看越吃惊！

“好球！”他忍不住拍了大腿，眼冒精光。

台下正在安静自习的学生，惊讶地看着老师，以为他在看球赛。

这次考试的语文试卷都发下去了，年级上出了好几篇优秀范文，但那些范文都不如手里这篇好，不说文采，单说内容深刻程度就天差地别！

他又把丁雪润叫上来问了几个问题，这个题目你之前写过吗，这些书你都看过吗之类的。

“作文很好，我先拿走了，拿去给其他老师看看，打算印成范文发下去。”

丁雪润是在他眼皮子底下写的作文，没有抄袭的可能，所以作文肯定是丁雪润自己写出来的，而且过程非常流畅，引经据典似乎不用费时间思考。这才是最让人吃惊的。

星期三那天，一通电话打到了教育局，举报说这次统考泄题。教育局很重视，马上联系了六中校长。周校长吓得站起来，有些惊恐问道：“有这样的事？我们学校的学生买答案？”

“我们也是接到了举报，你们学校有个学生，是不是除了缺考的语文，门门单科第一，而且大部分是满分？”

校长顿了一下，他想到了丁雪润，这是他老同学丁兆文的孩子，一个刚转学到六中不久的好学生。虽然他档案上有不好的记录，但根据丁兆文说的，孩子打架是因为对方一直以来霸凌他们学校特殊班的同学，而且丁雪润是受伤害的那个，腰上还被坏学生扎了一刀。

说实话丁雪润这次的考试成绩，也很出乎他的意料，撇开缺考那一科不说，其他每一科拎出来，都可以吊打其他人。这和他之前展现出来的实力是差不多的，但是这次发挥得更好。

“是有这么个学生……但他是不可能作弊的。”校长比较相信学生。

“我们要调查一下。”电话那头严肃地道，“泄题是很严重的一件事。”

上面下来调查，首先就是查监控，和当堂考试的监考核对，其次就是查草稿纸，最后询问学生本人。

校长带着那天考试的监考老师和四班班主任窦老师，陪着那个调研员一起去看了快进版的监控，结果看到丁雪润一直在写，两只手都在桌子上面，袖子撩了起来，手腕只戴着一块手表。

六中的摄像头高清，放大看能清清楚楚地看见他在做什么。

丁雪润看起来一切正常，反倒是坐在他旁边的学生……

调研员指了指屏幕问道：“这个学生是谁？他在干什么？”

他指的是楼珹。

“他生病了。”监考老师道。

调研员皱眉道：“一直这么趴着也不知道在干什么，是不是在传答案？他有没有问题？”

“他没有问题，”校长说起这件事还有点尴尬，“实际上他是我们全校唯一一个考零分的学生，教室有信号屏蔽器，这两个学生都没有出过教室，所以他们也不可能接收外面传来的答案。”

大概花了两个小时，几个人认认真真地把全科考试的监控视频看完了。

调研员的确没有发现什么问题，只是……

“这个学生，生病这个，他病了三天，趴了三天，一个字没有写，就趴着看他旁边那个，他们关系很要好？”

窦老师说：“这两个同学都是我们班的，您可以放心，您说的这个学生真的什么都不会，不可能有人抄他答案的。”

“那他怎么进你们六中的？还没有开除？”

调研员问了个实在问题，周校长差点就想直接告诉他这小孩姓楼！他压低声音说：“他妈妈是岳筠。”

岳筠是本地的女企业家，房地产公司大老板。

调研员接着便要检查丁雪润的草稿纸。六中每次考试都会把学生的草稿纸保存好，每个考生都要在草稿纸上写上自己的名字和考号，考试结束后草稿纸也要归档保存。因此要查的时候，非常方便就找出来了。

调研员很快发现了问题：“他的草稿怎么打这么少？英语文科就算了，数学、物理，他的草稿纸上怎么都这么干净？”

“其实这个学生是刚转学来的，他来的那天我让他来我这里做了一套试卷，”周校长解释道，“就是咱们校内自己出的月考试卷，他刚过来我就拿给他做，他也是考了满分，而且我看着他写的，草稿也打得不多。”

因为有了疑虑，调研员决定亲自验一验这个学生。

下午，丁雪润还在上课，忽然被叫出去了，同时被叫出去的还有陈治邦。

“怎么回事？窦老师表情怎么那么严肃啊……”

“我好像知道，那天不是排名下来了嘛，学委跟着就去办公室了，说什么成绩是不是有水分，他说的是不是丁雪润？”

“可人家丁雪润单科全部第一！这能有什么水分？他能抄谁的啊？谁能让他抄成满分……”

那天，陈治邦的确去找了窦志伟，但他没有挑明，而是说：“窦老师，这次考试有没有成绩录入错误的情况啊……”

“试卷都发下来了，怎么会录入错误？”

“我的意思是，某些人的成绩，会不会有点水分……”

“你指的是谁？有什么证据吗？”

学委告状频率太高，把老窦都惹烦了，没有证据的事他也敢乱编造！

陈治邦的确是看见了，才笃定他成绩不真实，所以才来告状的。他那天明明看见楼珹跟丁雪润密谋，楼珹还去男厕搞埋伏，被他发现还警告了他，这不是有问题是什么？

但他不敢提楼珹的名字。

老窦有些不悦地说道：“认真学习，别钻研歪门邪道的，你成绩这么好，努力一年半，还有上升空间。”

他是班主任，自然知道陈治邦的底细。

老窦打发走了他之后，这件事就不了了之了。

陈治邦回到家，跟家里人说起这件事：“我们班上有个人考了八科的单科年级第一，剩下一科语文他缺考了。

“考试前我就知道他们买答案了。

“他作弊了，这不公平。

“可是老师不相信我的话。”

他家里人一听，觉得问题不小，立即把这件事捅上教育局，教育局很重视，特地叫人向陈治邦反复确认：“你确定他买答案了？”

“反正他提前做了准备，被我发现了。他几乎全科满分，总分900分他考了888分，只可能是泄题了。”

分数太高了，高得惹人怀疑。

丁雪润跟陈治邦一起被叫走后，楼珹很快反应过来是因为什么事，他没管现在还在上课，火速冲到教室前门，看公告栏贴着的成绩排名表。

他一眼就看见了语文零分的小丁，排名竟然在班级第六！

后面一整排的满分，数学150分，英语150分，物理100分……单科几乎全部第一，煞为壮观！

这真把楼珹吓到了，心里狂喊着丁雪润你还真敢！你怎么全抄得满分啊！你也不怕出事！

现在出事了吧！！

楼珹跟着跑了出去，老窦看见他就骂道：“你出来干吗？滚回去上课！”

丁雪润看向他，两人对视了一眼。

丁雪润冲他摇了摇头，用轻得几乎听不见的声音说：“没事的，楼珹，你回教室去。”

楼珹找了个上厕所的理由，结果在后面鬼鬼祟祟地跟着他们上了六楼的校长室。

这是要干什么？

楼珹吓得不轻，怎么进校长室了啊？该不会是要开除小丁吧？！他在门口偷听，奈何里面的人说话声音不大，他怎么也听不清。

丁雪润进去后，显得有些“不知所措”，一副不知道自己为什么被叫来的模样。

周校长有些歉疚地看向丁雪润，说道：“丁雪润同学，今天叫你过来呢，就是想让你当场做一套试卷，咱们就做个调研。”为了不让学生多想，他没有说丁雪润是被人举报买答案，而是避重就轻地说：“你呢，就照常发挥，在这儿做完这张试卷就行了。来，笔，这是草稿纸。”

调研员就在旁边坐着，看向跟着一起进来的学生。

校长没有解释，那天直接从门缝塞进他办公室的匿名信，就是陈治邦塞的。而根据窦老师所言，考试成绩下来后，陈治邦曾经去找他说成绩有问题，然而拿不出证据，也说不出证言。

所以无论陈治邦是不是那个向教育局举报的人，都要叫这个学生过来亲眼看看，这是校长的意思。

周校长看了监控后，心里是完全相信丁雪润的，毕竟一个多月以前，丁雪润就是这样坐在他的办公室里，三个多小时做完了三张主科试卷，而且分数奇高。

调研员并不知道这个就是举报的那个学生，但是他心里有数，所以点点头没有问。

调研员把试卷从密封袋里拿出来，这张试卷连他自己都没有拆开看过，而且他们是突然袭击的，如果这个学生会做，并且能做对，那就说明没有问题；如果他不会做，拿着试卷一筹莫展，那就肯定有问题了。

丁雪润坐下后，拧开笔帽，问道：“周校长，就这一张试卷吗？做完就好了吗？”

周校长点头回道：“是的，做完就可以离开了。”

虽然只是一张试卷，但囊括了各科的难题，为了不浪费时间，直接印出这样一张全面性的试卷给他做。这张试卷比统考试卷更难，普通的学霸都不一定会做，如果这个学生的成绩真实，那么这张试卷肯定难不倒他。

丁雪润也点点头，提起笔就开始答卷，没有丝毫停顿——这是他最擅长的事。

一旁的陈治邦脸色发白地坐在旁边，他似乎被这个阵仗吓到了，但同时，他不认为丁雪润真的会做。

老窦看他脸色不太好，就拍了拍他的肩膀，低声道："没事的，安心等他做完吧。"

他言语之中没有挑明，也没有指责陈治邦的意思，只是让陈治邦亲眼看看，丁雪润的成绩没有任何水分。

很快，陈治邦心里的那一丝笃定，就随着时间的推移而烟消云散了！

因为丁雪润确实在做题，而且速度很快！最厉害的是，他几乎不用打草稿，可见他心算能力很强，而且思路太清晰了，写答案之前脑海里便有了眉目。

楼珹贴着门缝偷听。

啥也没听见。

他忽然撞到了门把手，就那么撞进了校长办公室。

校长看着突然闯进来的学生愣住了。

"楼珹，你来干什么？为什么不敲门？"

"呃、呃……门没关来着……"他两手空空如也，不由自主瞥向坐在校长那张书桌前，挺直背脊埋头写着什么的丁雪润，胡扯道，"我来念检讨书的。"

校长嘴角抽搐，"你的检讨上上周就念完了。"

"我忽然感觉自己犯的错罪孽深重，我越想越悔恨，简直想痛哭流涕，所以我又来了……"他戏上来了，一副满脸悔恨的样子。

校长无奈地摆手道："你先出去吧，等会儿进来念，我这里还有点事。"

一旁沉默的窦老师忽然出声道："校长，我上第四节的课，这会儿还有时间，我去盯着楼珹念检讨。"

老窦把不听话的楼珹拎出去后，走到了稍微远一点的位置，教训道："不是让你回去上课吗？你在干什么？你还趴在门上偷听是不是？楼珹，你知不知道……"

他特别喜欢说话，声音都那样了还喜欢说话，楼珹听得好烦，他直接打断道："丁雪润他在写什么？检讨？他会不会被开除？？"

"你想什么呢？他在做试卷，做完就可以走了。"

楼珹听见"做试卷"三个字，表情已然僵住，"完了完了……"

“什么完了？”

楼城不理他，直接跑掉了，他满脑子都是丁雪润买答案的事曝光了！他要被开除了！

以六中的严格程度，能容下他已经是法外开恩了，但丁雪润有什么？他一定会被开除的！然后学校借此机会杀鸡儆猴，警告学生这就是作弊的下场……

楼城沿着楼梯飞奔而下，直接掏出手机打电话。

岳筠平时一个月难得接到儿子一通电话，一是她太忙了，二是楼城太浑、太贪玩了。

她刚接起电话，就听见儿子急匆匆地说：“妈，你给校长打电话，咱再给学校捐一栋楼吧……”

Chapter 06

//////////////

我们好着呢

楼城在电话里，坚定地说：“他没有买答案，更没有抄，他是无辜的。”

岳筠在电话里不知道他到底有没有说实话，也不知情况怎么样，但听楼城紧张的语气，怀疑他跟同桌谈恋爱了。

“这样，不要太着急，一切都还有回转余地，你等你同桌从校长办公室出来再问问情况，我一会儿派个秘书过去，电话我暂时不打。”

楼城六神无主，望了望茫茫的大雪天，应了一声“好”。

他走到校长办公室门口，又茫然无措地等了一会儿。

办公室里，丁雪润花了一个半小时做完这张囊括所有科目大题的试卷，有些大题难到单是其中一道小题，就得花一个小时的时间去运算，若是普通学生，遇上这种题看都看不懂。

丁雪润做完后，草稿纸只用了半张，依然干净。

调研员拿起试卷，又从档案袋里拿出对应的答案，就在现场检查了一遍。

周校长和窦老师都提心吊胆的，陈治邦站在一旁，抿着唇沉默不语，看得出他已经受到打击了。

“全部正确。”

周校长松了一口气，说：“丁雪润同学，你做得很棒，考得不错。”

丁雪润说：“谢谢校长。”他心里通透，这个人是谁，是来干吗的，他一清二楚，然而他不问。

周校长说：“窦老师，事情解决了，你带着两个孩子回班上吧，别耽误上课了。”

“等等……”就在这时，陈治邦突然出声了，他的脸完全变得苍白无血色了，“我……周校长，我能看看这份试卷吗？”

周校长大概能明白他的心情，这个年纪的学生，嫉妒心总是有的，何况丁雪润的成绩实在太过稀奇了，但这不足以成为他在没有证据支撑的情况下就把同班同学举报到教育局去的理由。

周校长把目光投向调研员，“可以借给我们学生看看吗？”

确认了成绩，试卷就得拿回去了，但看看无妨。

陈治邦拿到卷子，低头大致扫了一下题目，对普通学生而言可能完全看不懂的题目，陈治邦却能轻松看懂，但看得懂是一回事，会做又是另一回事。

他拿着试卷的手，慢慢地开始发抖，他发现自己根本没有解题思路，但是一看到丁雪润的答案，他就能恍然大悟——原来是这样解的，他怎么没有想到呢。

这就好比他遇到不会做的题，翻开看一眼标准答案，心里就会有思路了。

“同学，看完了吗？”调研员问道，“我得拿回去交差呢。”

把卷子还给调研员，陈治邦心情却久久不能平复，可他必须承认自己错了，丁雪润的确没有作弊，他能够凭借自己的实力考满分，为什么要作弊呢？

答案只有一个，当初他眼睛看见的、耳朵听见的，应该是楼珹要求丁雪润帮他作弊，然而不知是什么原因，或许是因为监考太严格了，最终他们没能实施，楼珹也考了零分。

杜绝他们作弊，这是他原本的想法，结果丁雪润的成绩让他大跌眼镜，心里充满不可思议，一心以为他弄到了标准答案，却没有想到这就是他原本的实力，从一开学，他在男生宿舍自习室遇见正在抄答案的丁雪润，他的偏见就产生了，并且逐渐根深蒂固。

可他什么都没有说，调研员一走，他也跟着沉默地走了出去。

办公室门一开，楼珹立马从靠在门上的姿势变成了站立。他看见丁雪润出来，根本没有顾忌校长和班主任都在，一把拽住丁雪润的手腕，把丁雪润拉到自己身旁，好像要保护他。

校长和窦老师客气地把调研员送进电梯，楼珹趁他们没注意，冲不知为何垂头丧气的陈治邦比了个割脖子的动作，冷森森地盯着他，吐出两个字：“等着。”

电梯上来，调研员走了，窦老师原本也要带几个学生回去，这时，校长忽然叫住楼珹：“你不是要做检讨？”

“我不检讨了！我上上周就检讨完了。”

校长本来都忘记那回事了，今天楼珹突然闯进校长办公室说要检讨，说悔恨，他又想起来了，咬了咬牙道：“你在马路上骑摩托本就违反了校规，你还刮了我的车！”

楼珹自知不对，但这会儿没工夫跟校长理论，他拽着丁雪润就往楼梯口跑，连班主任叫他他也没有理。

他把丁雪润拉到一个没有人的角落，着急地问他：“怎么样了？处罚你了吗？”

“你担心我？”丁雪润刚做完一份难度在线的试卷，神清气爽，“没事的，没有处罚。”

楼珹急得满手心都是汗，那些汗水现在全都贴在了丁雪润手上，丁雪润也没嫌弃，任由他捉着手心。

楼珹完全没有意识到自己的动作，他心里一块大石落地，“没事就好、没事就好，老窦说你在做试卷，我还以为……”

“我是做了一份试卷，有人向教育局举报我作弊，说我买答案。刚才那个西装男就是教育局的调研员，来查我的。”丁雪润并不需要了解事实经过，只通过校长对对方的称呼、态度以及档案袋上的标志，就能确认对方的身份。

楼珹一下反应过来是陈治邦，“他等着死吧！”他就抓住了这一个重点，气得鼻子都要冒烟了，“肯定是他举报的！”

“或许是他吧。”但也无所谓了，丁雪润看得出来，陈治邦完全被他击垮了，再也没有之前那种“斗志”了。

窦志伟带着他们四班的学习委员离开，回到了一楼办公室里，窦志伟接了一杯水，喝了一口道：“你前两天来找过老师，说成绩有水分。”他坐下来继续说道，“我不知道你是出于什么理由对他有偏见，但是这次你确实过分了。”

陈治邦本就白的脸色，现在白得不能再白，腿都有些软了，这是他告状生涯中的第一次失利，以前他总是一告一个准。

见这小孩说着说着就要哭似的，窦老师的语气变轻了，但该说的还是得说：“做错了事，冤枉了人，就得跟人家道歉，或许丁雪润并不知道你做的这些事，但错了就是错了，陈治邦，你明白自己错在哪儿了吗？”

这是学生犯错时，老师最喜欢说的一句话。

陈治邦点头，声音颤抖着说：“明、明白，我不应该以貌取人，对转学生产生偏见，更不应该看他跟楼城做了朋友，就以为他们是一丘之貉……”

他长这么大，没有被老师骂过，最多是被很多同学记恨。

被老师骂，对他而言是一件挺严重的事。

“看来你还是没有明白自己错在哪里,你说的这些都对,但不是主要的,”他对待这个成绩一直很稳定的学习委员，眼神很严厉，“你错在没有一点包容之心，没有半分同学友爱，我说得对不对？”

老窦跟他谈了很久的心。

楼城给老妈回了个电话，说没事了同学被冤枉了，不用打电话更不用派秘书过来，然后他带着丁雪润跑到旁边没有人的阶梯教室，找了个靠后排高处的位置坐下，“还没有下课，现在回去肯定又要被老师刁难，好烦，我们就坐在这儿吧。”

“我还没有问你，你不是在校长办公室做试卷吗？你怎么办到在那么多人的眼皮子底下做完卷子的？”楼城盯着丁雪润那泛着光的眼镜看，心想这是什么“好莱坞高科技”，电影里才见过这种作弊手段，只有特工才会用。

“那张卷子不难。”也就比统考难一点点。

“不难也是卷子啊，你怎么会做？”楼城想不通，小丁难道真的家里有矿？

阶梯教室的窗户没有关，教室的白纱窗帘轻轻拂起，一点飞雪飘进了教室。

“楼城，”在寒冷充斥的阶梯教室，他的声音却温暖如春，“你真以为我不会做？”

楼城猛地瞪大眼睛，“难道你会？”

丁雪润表情不变,看着他,“是什么给了你我跟你一样是‘文盲’的错觉？”

“可是……”楼城盯着丁雪润，微微怔忪，有些哑口无言，这种冲击力不亚于彗星撞地球，激荡的嗡鸣声在他耳边响了半天，过了好半天他才说，

“那、那你会，你为什么、为什么那天不考试？还翻墙给我买药……”他特别不解，看着丁雪润，觉得对方相当陌生，他甚至有点语无伦次，“你说你要是考了，那不就没年级第一什么事了吗？”

“是没他什么事了。”丁雪润附和了一句，补充道，“很快就没他什么事了。”

楼珹注视着一如既往清冷又凉薄的丁雪润，有点沮丧，垂下头不发一言，过了一会儿又道：“小丁，那你是不是马上就不是我的同桌了？你成绩好，老窦肯定怕我影响你学习。你上课要学习，我肯定不能找你说话，那、那你还跟我好吗……”

他有种要失去丁雪润的失落感。可是小丁对他那么好，对于丁雪润这样的好学生来说，考试肯定非常重要，那丁雪润不考试都要照顾生病的自己，岂不是说明丁雪润很在乎自己这个朋友？

只是丁雪润可能不愿意说。

“为什么不好？”丁雪润才发现楼珹居然这么敏感。

“我……我这不是坏吗……”楼珹从前说起自己坏来，可以脸上带笑，不屑一顾，现在却有点羞赧。他这辈子第一次遇见丁雪润这种朋友，对方能考出一个又一个的满分，甚至能碾压他们六中一直被奉为传说的某个年级第一。

“你觉得我不坏？”丁雪润反问道。

楼珹注视着他说：“你当然不坏。”

丁雪润吸了口冷空气，忽然转移了话题：“你带打火机没有？我想抽根烟。”

楼珹心里的酸楚瞬间消失干净，他立刻挪了一个位置，并且拽起校服领子蒙住自己的脸，嫌弃之意溢于言表：“那你滚那边抽，别熏到我。”

丁雪润笑了，“好和坏不是这么分的，你学习不好，可以学，我不行，戒不了烟。”

他摸出一根烟来，这根烟有点皱巴巴的，是早上从烟盒里拿出来，用纸巾包裹着揣在兜里的。

他不在教室抽烟，所以只是用嘴叼着，扭头含糊道：“你说是不是，楼城？”

那声音伴随着他的低笑声，温热的气流好像吹进了楼城耳朵里。

他觉得自己应该重新认识了一下丁雪润，对方身上仿佛发生了翻天覆地的变化，变得聪明、睿智……

楼城傻傻地盯着丁雪润，心里很懊恼，他决心要洗刷自己的形象。

他们回到教室的时候，刚刚下课。老师一出去，楼城就看见陈治邦沉默不言地坐在座位上，他早就想教训陈治邦了，这下气冲脑门，大步跨过去，一脚踢翻陈治邦堆满书的课桌。

一声巨响，桌子倒在地上，伴随着玻璃杯碎裂的声音，杯子里的水差点烫到旁边的女生，她尖叫了一声，旋即害怕地捂住嘴。

整间教室鸦雀无声，楼城这枚定时炸弹，终于炸了。

他好长时间没有惹事了，甚至让四班的同学觉得他很好相处，而且脾气很好，跟传闻中的不一样。除了不爱学习，别的都没得挑。

然而这突如其来的事件，让人意识到他其实也是会发火的，他并不是没脾气了，而是没人能惹怒他。

楼城双手插在校服兜里，暴戾地踢了一脚那坐在椅子上、抱着自己的书包满脸面如死灰的陈治邦，薄唇冷淡地吐出一句：“你，出来挨打。”

四班同学都以为陈治邦这次死定了，然而没有人敢冲出去告诉老师。就在这时，楼城身后忽然响起一个声音：“别在学校里打人。”

丁雪润不像其他人那样被吓到了，他神色如常，走过去拽住楼城的一条胳膊，把楼城拉走了。

楼城心不甘情不愿，吼道：“为什么不打？他自己犯贱，自找的！”

丁雪润轻轻摸了摸他的后背，像是在顺毛一般，说道：“会被处分的，你想写检讨？”

“写就写，写我也要打他。”楼城挣扎了一下，没用力所以没有挣脱开，叫嚣着，“你放开我，别拽着我，我要打死这个浑蛋！”

场面一时有些无法控制，附近的同学都忍不住躲开，怕波及自身。

有同学忍不住好心提醒道：“学委，你不如先跑吧……”

陈治邦好像没听见一样，坐着没有动。

丁雪润自己受到过校园暴力的伤害，就因为他爸爸是学校老师，所以他非常厌恶校园暴力，哪怕陈治邦应该得到一点教训，也不应该是这样的。

见楼珹不听，丁雪润原本拉着他胳膊的手，顺着往下捉住了他的手掌。

楼珹一愣，满手是汗。

丁雪润冲他摇了摇头，手指若有似无地在他的手心挠了两下，轻声说道："别惹事。"

楼珹一愣神，就这么轻易地被他拉走了。

四班同学便看见，方才还暴跳如雷的楼珹，忽然就安静了下来，像宠物狗一样被主人拽走了。

"丁雪润真有办法……"

"原来当学神还能收服校霸？"

尽管丁雪润这次考试只排第六，但他除了缺考科目几乎全部满分的成绩，让人不得不叹服。六中学生什么都不服，就服这种成绩好的学霸，谁成绩好，他们就认可谁。

一回到座位，丁雪润就松了手，楼珹心里莫名有点失落，想说要不小丁咱俩再拉一会儿呗，你不觉得有点冷吗？

预备铃响，语文课代表抱着一摞资料，跟着语文老师进了教室。

教语文的巴老师一进来就嗅到教室里那股非比寻常的气息，她看见倒下的桌子和满地的书，大声问道："发生了什么事？谁欺负同学了？"

陈治邦抱着书包坐着的样子，的确很像是被欺负。

楼珹差点就要举手说"我欺负的咋的，他长得丑我不欺负他欺负谁"，结果被他身旁的丁雪润一下捂住了嘴。

丁雪润的手掌是湿润的，有点滑，而且是香的！楼珹知道，丁雪润平时爱美得要死要活，用洗面奶不说，居然还涂护手霜！

楼珹以为只有女孩子才会这样。

在丁雪润捂住楼珹嘴的时候，陈治邦出声回应道："是我自己不小心弄倒的。"说着他便蹲下来收拾面前的残局。

楼瑊这才消停下来，不屑地哼了一声，因为被人捂着嘴，只能发出“唔唔唔”的声音。

丁雪润放开了他。

楼瑊脸被他捂得有点红，声音哑着道：“小丁，你手怎么湿的啊？”

丁雪润瞥了他一眼，状似嫌弃地说：“你的汗。”

“哦。”楼瑊暗自感受了一下，自己手上是很多汗，他习惯性拿了张纸擦了一下，接着停住，然后鬼使神差地装作擤鼻涕，闻了一下。

哎呀，是小丁护手霜的味道。

不知道丁雪润买的什么牌子的护手霜，楼瑊鼻尖萦绕着一股清淡的奶味。

语文老师从第一排传下来几张纸。

发给楼瑊的时候，楼瑊拒绝说：“不要不要，我不要卷子，抽屉里一大堆，塞不下了。”

“这节课点评一下作文，作文上次还没讲。刚发下去的是这次考试的满分范文，一篇是咱们学校的同学写的，一篇是二十中的学生写的。”

二十中是文科学校，和六中合称 D 市的文理双骄。

“不是三篇吗老师？还有一篇是谁写的？”

巴老师轻飘飘地道：“哦，咱们班同学写的。”

“哇，我们班有人作文满分？”

“哪篇是咱们班同学写的？”

巴老师说：“字最漂亮的那篇，是丁雪润同学的。”

楼瑊立马抬头。

三篇作文，其中有一篇字非常突出，行书写得很标准。

“咦？”有同学很惊讶，“可是丁雪润语文缺考……”

“我事后让他写的，拿去给年级上的老师都看了一下，综合了一下意见，大家都认为这是一篇标准的范文，有很多值得学习的地方，所以印下来发给同学们看看。”

话音刚落，四班同学看向丁雪润的目光中，敬畏变得更深了。

“字好好看……”

“文采也好……”

“还有什么是他不会的吗？”

他身上仿佛笼罩上了一圈光环。

楼城赶紧用笔戳前面同学的背，“喂喂喂，我的呢？怎么不发给我？”

前面同学哑口无言，“刚刚给你，你不是……”

“少废话，”楼城打断他，“赶紧的，给我一份。小丁，哪篇是你写的？”楼城翻了翻三篇作文，很快找到了丁雪润那篇，他认识丁雪润的字。

他破天荒地认真看起了这篇作文，看着看着还低声读了出来。其实他看不太懂，但是能看出来丁雪润是有文化的人，作文里很多古诗词什么的，还有好些他不认识也不明白意思的辞藻。

楼城阅读速度慢，看了好久，耐着性子看完了，最后夸道：“写得太好了！你字也好看，文采也好。”说完他拿起另外两篇作文，看了一行就看不下去了，“字好丑，写的什么鬼。”

“小丁，还是你写得好。”

他一顿乱夸，惹得丁雪润都笑了，“小声点说话。”

“哦。”楼城一想到人家成绩好，要学习，立马悻悻然闭嘴了。他趴在桌上，耳边是语文老师点评的声音，在讲体裁什么的。他左耳进右耳出。

兜里手机响了一下，楼城有点无聊地拿出手机，却看见消息是旁边的丁雪润发的。

“想说话我们发消息，别说出声来，老师会注意到你的。”

楼城心里一暖，扭头看了他一眼。丁雪润貌似听得很认真的模样，手里拿着笔，垂着头，鼻梁上架着一副很丑的黑框眼镜，但眼神专注，一点也看不出来在开小差。

“我发消息给你，会影响你吗？”

楼城戳了一下他的腰，示意他看消息。

丁雪润很快回复：“不会。”

周六下午放学那天，班主任进来说了一下奖学金的事：“很遗憾，咱们班没有考进全省前十的同学，但学校还是准备了奖金给校内前十的同学。第一名奖励一千块，第二名、第三名奖励八百块，其余的奖励五百块。……于明晨，再接再厉，不要骄傲。”老窦顿了一下，继续说道，“另外，学校还将给予单科特别优秀的同学，发一份奖金。每个科目的单科第一发两百块，咱们班丁雪润同学，包揽了七个单科第一。”

“哇！这就是一千四？”

“这比全校第一的奖金还高，天哪……羡慕哭了，好多钱啊。”一千四百块钱，对高中生来说，算是一笔不小的财富了，而且六中原本是没有给单科第一发奖金这个惯例的。可今天开会的时候，校长突然提出来，应该给这些单科特别优秀的同学发一点奖金，不多，就两百块钱以示鼓励。

校长自然知道丁雪润拿了七个第一，他是故意在会上这么提议的。丁雪润的家长他认识，他知道丁雪润家里的情况。当时参会的老师听了也都同意了。

结果总共八科，七科的单科第一，都在他们四班。

当时窦老师的脸都要笑开花了，走出去就跟几个同事炫耀道：“咱们班一个同学，七科都考了第一名。”其实其他老师已经知道了他们班有这样一个人物。

下课后，丁雪润跟于明晨去办公室领了奖金，于明晨第一次跟这个转学生说话，两人聊了几句学习上的问题，于明晨真心地夸赞道：“丁雪润，你是真的厉害。”

“谢谢，你也很厉害。”丁雪润给楼城发了条短信——今天楼城又提前跑了。

“我拿到奖金了，很多钱。楼城，你晚上有空吗？我请你吃饭。”

楼城找了几个兄弟在校门外蹲着，他还是生气，所以打算在校外把陈治邦收拾一顿。他一收到消息，立马乐了，赶紧回复说“有空有空”。

小弟们看他乐得嘴都合不拢低头发消息的模样，忍不住问道：“城哥，交新女友啦？”

“什么女友，没有，我同桌。”

“哦……”几个小弟兴致缺缺。

“喂，你们几个什么表情？”楼城不高兴了，“放尊重点啊，我同桌可是全校第一！”

“全校第一不是那个吗……孙浩良……他不是一班的吗……怎么成你同桌了？”

“孙……孙什么的，他算什么！”楼城不知道年级第一叫什么，他根本不关注学习成绩，但是这会儿，他特别骄傲，人本来就高，还抬起下巴说话，“在我同桌面前，他只能当孙子，明白不？我同桌考了八百八十八，知道什么概念吗？”

有个小弟无奈道：“城哥，孙浩良好像差不多一千分。”

“他算什么！”楼城又来了一句，“我同桌要不是语文缺考，能有他什么事？满分一千零五十对吧？减掉语文是九百分，我同桌考了八八八！只扣了十二分！牛不牛？！”

小弟们听得有些震惊，互相对视，都从对方眼里看见了同样的神色。他们不为这个逆天的分数吃惊，而是为楼城居然算得清楚每科多少分而吃惊。

“还有这个，”楼城从校服兜里掏出折叠起来的作文纸，在冰天雪地里眉飞色舞地吹着牛，“这个你们都有吧？全校人手一份的作文范文，满分作文！我同桌写的！你们这些文盲，有时间多读点书，学学人家，看人家作文写得多好。整天打架，不学好。”楼城一脸鄙视。

小弟们无语了，心里想着：貌似你才是我们之中最大的文盲，而且今天打架，不是你叫我们来的吗？

“哇……那是有点牛……”一个小弟生硬地转移了话题，“那他为什么要缺考？”

“他……他考试那天早上被狗咬了。”楼城叹口气，“说起来都怪我。他来给我做早饭，结果让小区里的狗咬了一口，我只好陪他去打针啦。”他绝口不提自己因为骑车太风骚而生病的事。

“城哥，你同桌早上还来给你做早饭？这么好？”

楼城很嘚瑟，眼睛都要笑没了，“那当然好了，我们好着呢！”

丁雪润要出校门的时候，忽然被人拦住了。

学委戴着羽绒服的帽子，外面拢着蓝白色的校服，手上拿着一部手机，递到了丁雪润面前。

丁雪润看着他，“学委什么意思？”

“这个赔给你。”陈治邦一张脸很丧气，估计是被这件事影响了，好多天都没睡好觉，黑眼圈很深。他也是想了好多天，才犹豫不决地来道歉了，“我用去年的奖学金买的，你英语课手机被没收那次，是我举报的，对不起，我冤枉你了。”

丁雪润似乎有点意外，好几秒没说话，接着他笑了笑，说道：“我是上课用手机了，你没错，不必赔给我，下个月期末考试后我就能拿回我的手机了。”

“对不起……还有统考，也是我告的状。”陈治邦还是很固执的模样，执着地伸着手，仿佛手里紧紧握着的是他的歉意。

他发现丁雪润是真的很厉害后，才认为有道歉的必要。

然而丁雪润依旧摇头道：“手机你自己用吧，不用愧疚，这件事对我没有影响。我有点事，先走了。”他说完后就转身了，走了几步又停下来，回头说道，“学委，你今天从后门出去吧，让你家里人到后门来接你。”

“为什么要从后门……”

丁雪润没有回答他，背着身摆了摆手，背着书包潇洒地出了校门。

楼珹在校门口站着等他，看见他就高兴地挥了挥手。

他的一票小弟站在稍远一点的地方，探头探脑地往这边看，似乎是想看清楚被楼珹夸出一朵花来的学神到底长什么样。楼珹专门说了：“我同桌请我一个人吃饭，你们不要凑热闹，滚远点，装作不认识。记住你们今天还有任务呢，教训陈治邦那个傻子！”

楼珹的小弟大光头一听今天要教训的人居然是陈治邦，特地准备了推子，“嘿嘿，陈治邦啊。”

陈治邦初中的时候跟大光头一个班，他那时候还是班长。而大光头以前不是光头，他初一的时候头顶生疮，后来头上有一大块忽然就不长头发了。

为了不让自己看起来像个中年“地中海”，大光头就留头发去盖住头顶斑秃的部位，甚至贴假发片。

结果陈治邦个傻子跑去跟老师打报告说他发型不合格。

大光头只好剪短了头发，戴着帽子上学，有天早操的时候检查，被当场摘掉了帽子，他头顶那一片像火烧似的光秃秃的空心圆，引得全班甚至隔壁班都哄然大笑，“他头发比校长那个老头子还少啊，哈哈哈哈哈哈……”

大光头窘迫得恨不得钻进地缝，当天回家后就剃了个光头。

初中毕业后才有人当作趣事告诉他：“你头发那件事，是陈治邦打的报告。”

大光头今天就打算给陈治邦推个“地中海头”。

丁雪润走到楼珹旁边，问他要吃什么，楼珹说吃什么都可以。丁雪润注意到不远处有几个长得高高大大的，看起来甚至不太像是高中生的学生，鬼鬼祟祟地盯着这边。

丁雪润早就观察到了，他几乎能认出楼珹的每一个小弟。

他问楼珹：“那边是你朋友？”

楼珹警惕地回头看了一眼，怕那群猪过来蹭吃，立刻摇头否认道：“不认识，小丁我们快走吧。”

“可是他们好像认识你。”

楼珹再回头，发现猪队友们一脸傻笑地冲他招手喊道：“珹哥，好吃好喝！”

最终，丁雪润带上了楼珹的一票蹭吃蹭喝的小弟去吃晚饭了。

陈治邦已经从后门走了，他们在校门口等多久也堵不到人。

丁雪润说自己拿了很多奖金，所以几个人进了附近一家商场里的潮汕牛肉火锅店。

点餐的时候，楼珹就给他们发了消息：“都给我点素菜，不许点肉。”他还在群里发了红包，吩咐道，“等会儿都机灵点，我付钱，然后你们抢着AA，懂不懂？”

吃完结账，楼珹一问，才知道丁雪润刚才把钱都给了。他回过身去，看见丁雪润喝了点酒，意识有些不清晰，穿了一件校服还不够，拿着他的校服继续往身上套，而且完全没有发觉自己穿了两件校服。楼珹走过去，听见上头了的他在嘀咕：“吃了顿饭校服都大了……”

楼珹没有提醒他这是自己的校服，担心他走路不稳，便扶着他的手臂走了出去。

楼城打发几个人走了，大光头上了出租车后问：“学霸怎么办？”楼城说：“我送他回学校。”

商场离学校不远，步行就能到。走到学校门口接近晚上十点，两人正要分别，楼城才提醒他：“小丁，你倒是把校服还我啊。”

丁雪润似乎这才意识到自己穿了楼城的衣服，抿唇说了句“对不起”，把校服脱了后，示意楼城伸出手臂。

楼城一愣：“干什么？”

丁雪润解释道：“给你穿上，手给我。”

“哦。”楼城乖乖伸出手臂，感受着丁雪润从校服袖子开始，给他把校服套上了。

打从楼城有记忆开始，这是第一次有人给他穿衣服——就连他妈都不会照顾他到这种地步。

“楼城，我走了啊。”丁雪润的手离开了他的衣服，揣进了兜里。

“你……你要不要去我家住，别回学校了？”楼城一对黑丸似的眼睛，低头凝视着他。

“不了，我还有作业要写呢。”

楼城清咳一声，显然也意识到了丁雪润已经不是他以前认为的那个丁雪润了，对方是个很强的学霸，是个好学生，要写作业的。

丁雪润转身进了学校，走到校门口时再次回头，跟还站在原地的楼城挥了一下手。

他进了被雪光和路灯映衬得比以往夜晚要更亮堂的校园后，目光显得很清明。

没过几天就是数学竞赛，楼城也报了名，他本来以为丁雪润跟他一起报名不过是为了逃课，哪知道人家真要考试。

这天，楼城在家睡了一上午，下午也没去上课，想起这件事问了丁雪润一句：“考得如何？”

丁雪润说“还好”。

学霸一般说“还好”，那就是满分。

校判赛结果很快出来，丁雪润真的以满分成绩入围。跟他一起进入下一轮的，他们班还有一个学委，而全校就六个人入围而已。

六个人，他们高二（四）班占了两个，老窦满面荣光。

而楼城原本都不知道这件事，他只知道丁雪润入围了，不知道入围的还有一个学委，是有几次他莫名其妙瞥见陈治邦杵在丁雪润的座位前头跟他说话，才得知的。

楼城很不舒坦，逮住丁雪润问：“你怎么跟那个傻子搅在一块？你忘了这傻子是个告状精？”

丁雪润平静地解释道：“他过了竞赛第一轮，我也过了，我们探讨一下数学题而已。况且，知错能改，善莫大焉。”两人并不熟悉，还真的就是探讨题目罢了，虽然陈治邦好像有意跟他交好，但丁雪润态度一直不冷不热的。

楼城感觉很受伤，沉默了好久才郁闷地说：“小丁，你不跟我玩，是因为我不懂数学，不能跟你探讨数学题吗？”

“我什么时候没跟你玩了？”丁雪润反问。

“就、就……”楼城卡壳了，感觉自己说了不该说的话，烦躁地抓了抓头，不知道自己为什么很在意这件事。从来没有关注过学习的他，莫名其妙地关注起了这个，他甚至拿出了数学书想看一看，却怎么也看不明白，感觉跟天书似的。

“楼城，别乱想。”丁雪润做题的空当，伸出一只手拍了拍他的脑袋。

楼城脸一黑：“你干吗摸我的头？”

“想让你乖一点。”说完，丁雪润就继续埋头研究竞赛题目了。

这下，楼城不仅感觉自己被人看不起了，还感觉丁雪润似乎把自己当成小学生了。他气得要命，想暴打陈治邦一顿，但他也知道，丁雪润跟陈治邦关系就那样，丁雪润对陈治邦爱搭不理的——小丁显然跟他关系最好，但他还是不爽。

因为要准备竞赛，这六个入围的学生被特批可以不上体育课、音乐课、美术课等等，另外每天下午的自习、晚上的自习，他们都要集训，有专门的老师给他们上课。

这天楼城上完体育课回教室。他刚刚打完球，流了一身热汗，大冬天的，他就穿一套几近全湿的球衣球裤，手里抱着一件冬季校服，光着胳膊和小腿，仿佛一点也不知道冷。

他进教室的时候，上完竞赛培优课的丁雪润，也抱着资料书回到了教室，陈治邦像丁雪润的跟班，紧紧跟在丁雪润后面。

楼城心里念叨着："好你个丁雪润，哼，现在都会收小弟了。"

他心里越发不爽，手指尖转着篮球，大摇大摆走到座位上坐下。他一手把篮球拍到课桌上，一手毫不客气地把刚刚坐下来，身上干干净净很清爽的丁雪润拽了过来，在丁雪润话还没说出来时，他便一把把丁雪润的脑袋摁在自己被汗浸湿的球裤上，幼稚地叫嚣道："学习好不是万能的，小丁，好学生要德智体美劳全面发展懂不懂？闻闻，这叫男人的味道。"

丁雪润一瞬间感觉天旋地转。等他回过神，第一反应就是抓起一本书扇到楼城脑门上。

他尚存理智，没有用力，书掉在了地上。

结果楼城捂着脑袋，"咝"地叫了一声，好像很疼的样子，"小丁，你干吗打我？哎呀，你打人好疼啊！"

丁雪润一张脸通红，喘着气瞪了他一眼："你说我为什么打你？"

楼城茫然道："你为什么脸红？"

"别跟我说话。"丁雪润转过身去做题，楼城弯腰捡起地上的书，小心翼翼地推到他的桌上："你的书，不要生气，我……开个玩笑。"他摸了摸头。

楼城从来不跟人开这种玩笑，倒是跟他一起打篮球的兄弟，有时在换衣间嬉闹会这样，但是没有一个人敢拿楼城开玩笑。

丁雪润吐出一口气来："下次不要开这种玩笑，真的。"

楼城差点想说"你是不是嫌我臭啊我都没嫌弃你呢"，但没有说出口，只是低声说道："不开了……不开了……"他从桌上拿起一本书，盖在了自己的腿上，仿佛在遮掩什么。

丁雪润瞥见了，但是什么都没说，伸手把他挂在椅子背后的冬季校服披在他背上，"别着凉了。"

因为竞赛的事，丁雪润变得忙碌起来。

陈治邦因为最近很关注丁雪润，发现原本应该跟丁雪润一个宿舍的楼珹，每天都没有回宿舍——应该是在外面住。

他认为像丁雪润这种好学生，不应该跟楼珹那种坏学生打交道，接触多了楼珹会对丁雪润产生不良的影响。上次丁雪润提醒他从学校后门出去，他在后门坐上了车，车子绕到了前门，他看见了楼珹，还有楼珹的一票小弟们。

十点下晚自习，陈治邦就看见丁雪润背着书包，一个人走回宿舍。他快步跟了上去，问道：“丁雪润，楼珹呢？”

“不知道。”

“他不是跟你一个宿舍的吗？”

丁雪润以为他又要去打报告，嘴风很严地说：“嗯，他一般回来得比较晚。”

他回到宿舍换了件衣服，就听见敲门的声音。

“谁啊？”丁雪润一个人独享这间宿舍，楼珹只有周四回来，而今天是周一，他不可能来。

外面传来一个男声：“是我，陈治邦。”

丁雪润把门开了一道小缝，问道：“怎么了学委？”

“楼珹在吗？”

“他在厕所。”丁雪润道，“你找他有什么事吗？”

“没有没有，我找你。”陈治邦一脸尴尬。

“你找我做什么？问楼珹干什么？”

“今天下午那道填空题，a 的值我看你求出来了，我还没有求出来，想问问你怎么做的。我们去一楼自习室吧？”说完，他顿了一下后道，“还有，我知道楼珹不住在学校，我不会告状的，你放心。”

丁雪润没说话，眼睛直直盯着他，有点冷。

陈治邦莫名有些发怵，越发尴尬，“我说实话了，我觉得他不住校反倒对你好，免得你被他带坏了。”就冲着这个原因，这一次他也不可能告状。

丁雪润摇摇头，觉得这个人一点也不识趣，但他把紧紧压着的门松开了，解释了一句："楼城很好，你不了解而已。"说完，丁雪润从书包里找到试卷和草稿本，接着拉上宿舍门，对陈治邦说，"走吧，去自习室。"

陈治邦数学不差，哪怕他有些题解不开，也是一点就通。丁雪润给他讲了两道题后，陈治邦越发觉得丁雪润厉害，太厉害了，在数学这科上，他很少服过谁，可如今竟然有种崇拜的感觉。

然而丁雪润对他还是非常疏离，学习上的事情可以交流，其他的事情一概不谈。他好几次想跟丁雪润谈谈楼城的事，发自内心地觉得丁雪润不该和那种坏学生搅和在一起。

但是他知道他们是好朋友，他这样是多管闲事，所以爱告状的他，硬生生憋在心里没有说。

到了十二月底，越发寒冷了，学校发放了一批体育器材下来，鼓励学生们在课间打打羽毛球、乒乓球，或者跳跳绳。

丁雪润不怎么爱动，他习惯了下课也坐在教室，捧着热水杯做题。然而楼城是个好动的，第一节课刚下，他就强硬地拖着丁雪润，"小丁，走，打羽毛球去，三缺一。"

丁雪润正在做题，他最近做题量很大，晚上还直播做竞赛题，把很多看直播的人看蒙了，大家问他做的是什么，怎么完全看不懂题目。

然而看他直播写作业的，只有一部分是为了学习，大部分只是享受看别人刷题的"快感"，看着别人写作业，自己也跟着写，效率会非常高。

丁雪润不太会打羽毛球，说："我不会，不去了，你们打吧。"

"不行、不行，你起来你个懒骨头。"楼城先是拽他，没有拽动，就走到他背后来，两条手臂直接穿过他的腋窝，"你不起来我抱你走了啊。"

他把丁雪润从座位上带了起来，几乎将丁雪润勒进怀中，丁雪润无奈地靠在他的胸膛上，完全不能动弹，也放弃了挣扎，把笔揣进了校服兜里，任由楼城半搂半抱地拖出了教室。

"好了好了，别抱了，我自己走。"丁雪润出了教室，感觉这样不太合适，就让楼城松开。

楼城没有撒手，又抱了他一下，从背后将他整个人脚悬空抱了起来，接着放下，手掌在他长长了些、忘了理发的发顶揉了一把，“你怎么又轻又瘦的？”

他们四班教室就在一楼，外面才设置了几个打羽毛球的场地，大光头很凶地赶跑了别人：“我们大哥要来打球了，你们去其他地方。”

丁雪润跟着楼珹走到场地，看见球网对面站着一个大光头，还有另一个吊儿郎当的男生，也是楼珹众多小弟中的一员，长了对招风耳。旁边还有个裁判，丁雪润知道是个高三的同学。

“楼珹，”丁雪润轻轻拽了拽他的袖口，“我不会打怎么办？”

“没事。”楼珹挑了一个手感最好的羽毛球球拍给他，“得分我来，你看着球往哪边来，就往哪边跑，接不到没关系，有我呢。”

楼珹运动神经好，丁雪润完全没有这方面的天赋，然而楼珹并不嫌弃他，毕竟人家脑子好，天赋都长在了头脑上。

楼珹拖他出来打羽毛球，不是为了让他助攻，只不过想让他运动一下，别那么懒惰，总是坐在椅子上对身体不好。

大光头打羽毛球的力道很重，而且角度刁钻，是羽毛球高手，然而遇上了楼珹这个冲刺速度和弹跳力都绝佳的运动健将，比分很快就拉开了。

丁雪润开始没有接到一个球，但他不断跟着两边跑，身体因为运动渐渐热乎起来，跑了几轮下来，丁雪润累了，弯着腰，双手撑在膝盖上喘气。

“小丁，你这身体不行啊，怎么就开始喘了呢？”楼珹走到他旁边，拍了拍他的背，“累啊？喝不喝水？”

丁雪润喘着气，点了点头。

楼珹叫了暂停，“我去接点水来。”

他很快接了点温水来，用的是丁雪润那个透明玻璃杯，杯子外面套着一个隔热套。

楼珹拧开盖子，握着水杯凑到丁雪润的嘴边：“接了点温水，不烫。”

丁雪润就着他的手喝了点水。

楼珹的三个小弟看得目瞪口呆，心想他照顾同桌，跟照顾老母亲似的，真是体贴入微。

小弟道：“珹哥，我也想喝水。”

“喝什么喝，想喝水不知道自己去接？”

楼城让丁雪润发了两次球，预备铃就响了。

收了羽毛球，两人回到教室，老师还没有来，四班同学自觉地开始预习，课代表走上讲台领读课文。

整齐的诵读声响起。

丁雪润双手干燥，从书包侧袋里摸出一支护手霜，往手背上挤时，不小心挤多了。

“楼城，”丁雪润把手伸过去，“我挤多了，你要吗？”

楼城有些嫌弃，“不要，好娘哦。”

“那算了。”丁雪润刚把护手霜抹开一点，两只手各沾了一半，楼城突然说道：“你护手霜什么味的？是不是奶味？”

他依稀记得好几次凑近丁雪润的手，闻到一股奶味。

丁雪润摇头道：“不是奶味，是乳木果味。”

楼城又问：“乳木果是什么果子？”

丁雪润瞥他一眼，不耐烦地说：“你到底要不要啊？”

“好嘛、好嘛，”楼城一脸的勉强，“那就给我来一点……可是你都抹开了……”

丁雪润直接说：“手给我。”

楼城便听话地把两只手都伸了过去，丁雪润用自己涂满乳木果味护手霜的手掌，裹住他的双手。

楼城以为抹两下就放开自己，让他自己抹，没想到丁雪润没有放开，反而抓着他的手，一根手指一根手指地、细心地为他抹匀。

空气里弥漫着一股类似牛奶的香气，这正是他经常在丁雪润身上闻到的味道。楼城想，原来这种味道叫乳木果味。

这种护手霜油脂多，很滑，楼城伸着双手，一时之间竟分不清到底是护手霜滑腻，还是丁雪润的手太滑。

Chapter 07

//////////////

纯洁的友谊

老师一进教室，丁雪润就松开了他。楼城有些失落地搓了搓手，还低头闻了一下，皱眉道："怎么跟你手上的味道闻起来不一样呢……你的好像要香一点。"他言之凿凿。

丁雪润在读课文的动静里压低声音说："那是因为你手上有汗。"

楼城噎了一下，顿时好像明白了为什么他感觉那么滑，原来是汗！

圣诞节前一天，也就是平安夜，学生之间流行互送苹果。

那天正好是周末，不上课，但要上晚自习。

丁雪润下午来得早，看见楼城桌上放着不少包装精致的苹果了。漂亮的盒子，用丝带系上蝴蝶结。

过了一会儿，又有外班的女生偷偷地进来，问他："同学，这里是楼城的座位吗？可以帮我把这个交给他吗？"

丁雪润掀起眼皮一看，又是苹果，还有一张告白小卡片。

"放他桌上吧。"

楼城桌子上被堆满了，抽屉里也满了，那些女生连他的椅子也不放过。

丁雪润没那么夸张，也收到了几个苹果，是班上女生送的，看起来像是外面文具店卖的那种，盒子不如楼城桌上的那些精致，心意也不一样。他的前桌赵曼莎说："你给我送了好多支笔，礼尚往来——苹果在今天送寓意比较好。"

他把楼城桌上的盛况拍了照给他发过去，楼城过了好久才回，然而不得要领："小丁，晚上出来吗？在帆船广场有平安夜活动，我来接你。"

丁雪润说不去。

"你要写作业是吧？那元旦放假我再带你来跨年。"

次日，楼琙来上课的时候，正好撞上两个女生在向丁雪润请教问题，丁雪润对她们很有耐心，他讲题的时候声音很温柔，两个女孩子也听得很认真，不时还发问：“那 M 是在 BC 的中点？还是……”

楼琙完全听不懂他们在说什么，他坐下来，跟丁雪润说了声“早”，不知道是不是他讲课太认真了，竟然没有反应，楼琙心里不爽，然而没有打扰他给别人讲题。

过了一会儿，他讲完了，两个女生恍然大悟道：“原来是这样，黄老师讲半天我都没懂，还是丁学霸厉害，一讲我就明白了。”

楼琙扭过头去嗤笑一声，这马屁拍的，哪有那么厉害，还不是看人家小丁学习好、人好看，脾气还好。

丁雪润长得好看，然而因为太瘦，不够壮，不太吸引女生。加上刚转学时脸上带伤，而且沉默寡言，让人感觉不是很好接触，所以基本上没交到什么朋友。

可现在不一样了，学神光环一笼罩，再普通的人也有了闪光点，何况丁雪润长得这么白净，说话温柔又有耐心，自然时不时有人找他问问题了。

楼琙本来还挺淡定，因为这种事他已经习惯了。

然而等他看见丁雪润从抽屉里拿了两个包装好的苹果出来，送给她们，他立刻就不淡定了。

楼琙瞄了两个女孩子一眼，心说她们也不咋样，除了学习好还有什么优点吗？丁雪润也真是够贪心的，一次送俩，还当着两个人的面一起送。

之前他趁着丁雪润去交作业的工夫，偷偷看了一眼他的抽屉，看见还剩两个苹果时才安心——这个应该是给我的吧？

楼琙期盼了一个上午，结果亲眼看见丁雪润把两个苹果都送给了班上的女同学。

他也太花心了！同一个班的他居然这样撩？不检点！

楼琙克制不住愤怒，手里握着一个不知道谁送的苹果，啃得咔咔响。

出于报复，中午楼琙跟着丁雪润回了宿舍，一看他桌上居然还有几个苹果，稍微放了心，心想："班上也没几个好看的女生，丑的都被丁雪润撩了，还剩两个长得稍微好点的，这里还有三个苹果，至少有一个是我的吧？”

他也不懂自己为什么要纠结这种小事情。

按捺不住，楼城装作不经意地问：“你是不是有什么事情忘了？”

“什么？”丁雪润要睡午觉，他正在换衣服。

楼城看也不是，不看也不是，便用余光瞥着他后背那一抹刺眼的白，“你没想起来什么吗？”

“想起来什么？”

楼城彻底无奈，心里憋着一口气，粗声粗气地说：“没什么。”

他没换床单被套就不想睡觉，中午一直玩手机，也不知出于什么心理，还偷偷把丁雪润放在枕头边的眼镜藏了起来。

中午一点半，丁雪润被闹铃吵醒，起来时没有找到眼镜，刚开始并不紧张，而是下床去找，找了一会儿没找到，自言自语道：“去哪儿了……”

他东西一向收得很好，从来不会乱放东西，也从来不丢三落四。

“楼城，你看见我的眼镜了吗？”他还急着两点到教室，所以手忙脚乱地把衣服换了，一边换衣服一边找眼镜。

楼城说：“你没找到？”

“没，你看见了吗？”

“那你过来。”楼城坐在椅子上，脚翘在桌子上。

丁雪润一下反应了过来：“在你那里是不是？”

“在我身上，”楼城张开双臂，挑眉道，“你来找找。”

丁雪润衣服换到一半，外套还没穿，叹了口气走过去，“你干吗藏我眼镜？好玩啊？”

楼城抬头看着他，他不戴眼镜的样子是很好看的，因为他眼睛特别漂亮，又大又黑，而且晶莹剔透，像两丸黑水银。

楼城心里委屈：“小丁……你都好多天没来我家给我做早饭了，家里冰箱里的菜都坏掉了。”

“最近我在准备竞赛，很忙。”他走到楼城身旁，伸手道，“眼镜给我。”

“不给，”楼城摇头，十分无赖的样子，“你要眼镜就自己来找，反正就在我身上。”

丁雪润近视两百度，其实能看清楚，他感觉楼珹身上应该是没有眼镜的，但还是弯腰去找了。

从楼珹的衣兜摸起。

楼珹冷不丁被他碰到腰，不禁喊了一声："哎呀，好痒。"

丁雪润冰着一张脸，默不作声地去摸他的裤兜，楼珹伸在桌上的两条长腿一下变得僵直，他一时苦不堪言，喉咙发干："你别乱摸啊……"

丁雪润不为所动，"不在你身上，在哪里？"

楼珹哼哼道："就在我身上，不信你再摸一遍。"

丁雪润本来当他小孩心性，像小学生那样幼稚故意藏东西，但有个度，知道适可而止。没想到他居然幼稚到这个地步。

"算了，"丁雪润看了眼时间，"快五十分了，我去教室了，你最好等下给我拿来。"他一时半会儿不用眼镜也没什么，只是他坐在最后一排，看不清黑板。

见他穿上衣服就要走人，根本没有拿桌上的苹果，可见那根本不是送给自己的，楼珹生了闷气，在他从自己旁边走过的时候，故意伸手一拽。

"你是不是忘了什么？你是不是想跟我们班上哪个女生谈恋爱？"

"你在说些什么？"丁雪润闷声说道。

楼珹酸溜溜地说："你还装听不懂，我早上看见你给他们送苹果了，渣男！你不知道她们几个是好朋友吗？你也不怕翻车！"

"我那是回礼。"

楼珹一下子僵住了。

"人家昨天给我送了礼物，我没有准备，今天早上在水果店买的苹果。"丁雪润无奈地解释道。

楼珹怀疑地说："她们一个小团体都喜欢你？"

"你想多了楼珹，都是同学。"

"我也是同学，还是你同桌，你怎么不给我买？"

"为了个苹果，至于吗？"丁雪润几乎能听见楼珹的心跳声，到这个时候，他反而不急了，不疾不徐地在楼珹肩膀上撑了一下，起身，"你想吃？我去水果店给你买。"

他双手放在楼珹肩膀上，微微弯着腰，目光清澈地注视着楼珹。

楼珹本来没什么想法，但接触到丁雪润的眼神时慌了。丁雪润离他太近了，而且眼睛太好看了，目光那么专注，看起来……

宿舍门忽然被人敲响了。

丁雪润仿佛知道是谁，直起身，在楼珹头上拍了两下，“我不能迟到，你等下记得把眼镜给我带来。”

楼珹愣愣地应了一声，丁雪润开了门，看见门外站着的人是谁后，顿时怒气上涌。

居然是陈治邦！

他居然来找丁雪润一起去教室！还要不要脸了！

陈治邦看见他也脸色微变。

楼珹赶紧爬起来，慌忙收拾一通，追出去时，两人已经走远了。

他腿长，跑得快一些，等他进教室时，居然没看见丁雪润和陈治邦——也不知道他们走的哪条路。

上课铃响，丁雪润跟陈治邦才踩着点冲进教室。

丁雪润坐下时还在喘气，书还没拿出来就被楼珹抓住一条胳膊盘问：“你怎么跟陈治邦那傻子一块走？你知不知道傻也是会传染的？”

“我平时都一个人来教室，他来叫我，正好就一起来了。”丁雪润说着，忽然塞了什么东西在楼珹手里。

楼珹低头一看，是个红苹果，就像此刻丁雪润的脸一般红的红苹果。

“水果店那种包装好的都卖光了，我就给你挑了个好看的。”丁雪润解释道。

楼珹心里一暖，感觉不那么生气了，把眼镜放在他桌上，说道：“那陈治邦干吗跟着你？他跟你说什么了？”

丁雪润戴上眼镜，拿出了课本，翻到正在讲的那一页，头也不抬地道：“他让我们不要在一起。”

闻言，楼珹差点拍桌而起，等反应过来立刻抄起一块橡皮擦砸过去。

他是神投手，一砸一个准，陈治邦痛呼一声，摸着后脑勺往后面看。

丁雪润瞥了他一眼，“你干吗打人？”

“谁叫他多管闲事。”楼城有点无措，拿着苹果脸有点红，原来……别人是这样看待他跟小丁纯洁的友谊的。

别的学校元旦放三天假，六中只放一天半，今天是周末，学生本该放假却被要求补课。

别的学校跨年夜要搞活动，开音乐会，而等待六中学子的只有多如雪花的试卷，毕竟马上要考试了，跟着又是期末考试——他们根本没时间玩乐。

老窦说：“我知道你们都想放松，但现在不是放松的时候，等你们高考完了，考上了理想的大学，想怎么放松就怎么放松。

“好了，放学。大家新年快乐。”

丁雪润背着书包出去，打算吃份扬州炒饭就回宿舍写作业。校外的炒饭比校内的便宜，而且更好吃。

他刚准备过马路，面前就横了一辆黑色路虎，冲他鸣了两声喇叭。

后座车窗摇下来，露出楼城戴着黑色墨镜的脸庞，他从内里推开车门，喊了一句：“上车。”

“哎呀，”副驾驶座坐的是楼城的小弟，他看见丁雪润有点意外，“城哥，丁学霸也去？”

楼城“嗯”了一声。

丁雪润问：“去哪儿？”

“先上来再说，挡着人过马路了。”楼城伸手一拽，把丁雪润强硬地拉上了车，他力气很大，加上丁雪润无意挣扎，几秒就上了车。车上坐着四个人，开车的丁雪润也认识，似乎叫李东，那张饭卡的主人。

丁雪润还看见后座挤了一个很壮实的大块头，大光头，他抱着车上的抱枕在呼呼大睡，占据了后座很大的空间。

所以丁雪润只能紧紧挨着楼城。

楼城把车门关上，“下午给你发消息你不回，打电话关机，忙？”

“做题，手机没电了。”楼城这样的学生，该放假的时候他是绝对不会去学校的。今天本来就是周末，他认为学校是“非法补课”，所以翘课翘得光明正大。

车子发动。

“你们去哪儿？”丁雪润又问了一遍。

楼城说：“去听三中举办的音乐会，去不去？很好玩的。”

“是啊是啊，”小弟附和道，“超乎你的想象，简直不像是高中生，学什么韩国女团跳舞啊，美女特别多。”

三中是一所跟六中氛围完全不同的高中，这所学校升学率很高，以艺考生闻名，全校有一大半都是艺术生。

正因如此，学风很不一样，六中的女生素面朝天，三中的女生个个都要化妆，连校服的颜值都比其他学校高。

丁雪润对“美女”完全没有兴趣，一听就摇头道：“算了，我就是出来吃个饭，作业还多，你们放我下车吧，我回学校好了。”

“回什么回，写什么作业，你成绩这么好，写不写都一样吧？”楼城不满地说。

小弟立刻道：“当然不一样了，城哥你不学习所以不知道，学霸在背后都付出了常人难以企及的努力。你可以不写作业，丁学霸不可以。”

楼城一巴掌就从后面招呼过去，打在他的脑门上，“学霸还没说话呢，有你小子什么事？不学无术的文盲。”

年级排名前三百的小弟哭笑不得。

楼城面对丁雪润，变了态度，语气放软，说道：“明天来我家写？你写作业快，一会儿就写完了，今天去玩。”

丁雪润还在犹豫，楼城又凑近一些道：“你想回去，那肯定不能让你走回去，得把你送回去是不是？”

“好吧。”丁雪润妥协了，但他被楼城压着，整个身体几乎贴着车门了。

“楼城……你挤到我了。”虽说是大 SUV，但后座就这么点大，大光头杜時特别壮，楼城也是大块头，这么一挤，丁雪润还真有点坐不下，而且被挤得有点喘不过气了。

楼珹赶紧道歉说："都怪杜畤。"说着，他抬腿踢了大光头一脚，"起开，你占这么大面积做什么？我们小丁都没地儿坐了。"

杜畤似乎从睡梦中惊醒了，头跟着抬起来，可眼睛都没睁开，脑袋又歪着垂了下去，张开的嘴角流出口水，果真一副傻样。

楼珹见了，恶心得全身发麻，赶紧朝丁雪润那边躲。楼珹想把杜畤这个流口水的脏东西踢下车，但又不愿意碰他；想离他远一些，可旁边就是丁雪润——丁雪润都被他挤得没空间了。

楼珹左右为难不过两秒，做了一个决定，"小丁，你坐我腿上，我抱着你，行不行？"

丁雪润一时之间哭笑不得。

到了三中，小弟给每人发了一套三中校服，说道："校裤套在外面，进去后脱了就行了。"说到这里他鼓掌，"感谢校花姐姐赞助。"

然而没有一个人理他，楼珹更是没听见，因为他正在找充电宝给丁雪润没电的手机充电，"他们开音乐会，人多，等会儿哥哥上个厕所回来就找不到你人了，你说怎么办？"

终于清醒的大光头听见了，嘿嘿笑着说："珹哥，你瞅瞅自己说的话，像不像当爹的？"

"滚犊子。"

他们换上校服，分批进了学校。

三中校内还有人接应他们。丁雪润抬头一瞧，挺漂亮一姑娘，肤白眼大，化了明艳的舞台妆，礼服外面套了件白色的长款羽绒服，估摸着就是小弟方才"感谢赞助"的那位三中校花了。

校花跟几个人估计比较熟，闲扯了几句后娇滴滴地说道："楼珹……去年叫你你没来，今年怎么来啦？"

楼珹不亲热也不疏离地说："听说你们学校这个好看，我就来看看。"

校花说："我先带你们过去吧，不过我今晚有节目，可能顾不上你们，你们自己玩得开心呀。"

楼珹心想：顾不上最好了。

校花带着几人去了学校体育馆，三中整体硬件设施不如六中的新，但体育馆非常大，四千人规模的看台，可以容纳全校师生。

由于各班都有规定的座位，校花带他们去的是没有人的空看台，往下一看是大片大片的灰色校服，“这里虽然比较远，但胜在清静，没有人，你们就坐这儿好了，等会儿开场了可以去前面站着看。好啦，我去后台了。”她伸出一只戴着手套的手，轻轻地挥了挥，又目光灼灼地望着楼珹说声“拜拜”。

楼珹没说话，小弟抢着说道：“拜拜，等下见。”

校花一走，小弟就说：“你怎么对唐晓蓉爱搭不理的，人家都追你多少年了？从初中追到现在，一个男朋友都没有交。”

“我不喜欢她啊，我要是还理她我不渣男吗？”楼珹理直气壮。

几人坐下来，丁雪润说自己想上厕所，楼珹立马说：“我也去。”

“我去抽烟，你也去？”

楼珹噎了一下，“现在厕所肯定人多，你去那里抽烟别被抓住了，万一被哪个老师抓住，问你几班的，你怎么说？”

丁雪润没回话，他在书包里摸了一阵，拿了一支烟和打火机出来，起身便走。

楼珹看着他离开，过了会儿不放心，站起来道：“我也去。”

“珹哥你开始抽烟了？”

“我膀胱胀，不行吗？”楼珹看见丁雪润正在充电的手机没拿上，就顺手给他拿上了。他想，人这么多，丁雪润没有带手机，等会儿迷路了怎么办。

楼珹追了出去，小弟感慨道：“珹哥对他同桌好上心，要是对唐晓蓉能有对他同桌一半上心，这事至于不成吗？”

“人家成绩好，脾气好，不清高，还爱干净，试问谁不喜欢这样一个同桌呢？”大光头道。

“校花成绩也好啊，脾气也好，不清高，也爱干净……”小弟一脸痛心，“她要是喜欢的是我该多好。”

楼珹没在厕所找到丁雪润，他暗骂一声，跑出去找人了。

天色已晚，新年音乐会马上要开场了，大家都蹲在里面看呢，所以外面空无一人。

楼城找了一圈，最后看见一个人在暗淡的路灯下，靠着墙抽烟，烟雾缥缈地笼罩着他，身形单薄落寞。他离得稍远，不知怎的，一眼就认出来那是丁雪润。

楼城站在原地没有动。

楼城手里拿着的手机忽然亮了起来，来电人显示“爸”。

楼城仿佛拿着一块烫手山芋，也不知道要怎么办，正打算给丁雪润送过去，结果手滑点了接听。

“喂？润润？”对面传过来儒雅的男声。丁兆文教语文，平日跟丁雪润不说方言，他们家日常就是讲普通话的。

楼城不得已把电话放到耳边，抬脚往丁雪润抽烟的方向走。

电话那头传来电视的声音，夹杂着男声：“润润，放学了？在宿舍写作业吗？”

楼城尴尬地咳了一声后说：“叔叔您好，我是丁雪润的室友。他在上厕所呢，等等我现在就把手机拿给他。”

他飞奔过去，也顾不上烟味臭不臭了，把手机递给丁雪润，说：“你爸的电话。”

“谢谢。”丁雪润一手把手机拿过去，一手掸了掸烟灰，最后把烟头丢在地上，用脚踩灭。

“吃了，吃的炒饭……”丁雪润一边讲着电话，一边指着地上的烟头示意楼城，“帮我捡一下。”

楼城脸都黑了——你还挺会使唤我的。

“嗯，过两天就要考试。”

见楼城没有动，丁雪润想到了他讨厌烟这一点，于是从兜里摸出纸巾，打算弯腰捡起来时看见楼城臭着一张脸，拿着几张纸，蹲下来嫌弃地把烟头捡了起来。

楼城跑到垃圾桶旁，把烟头丢了，回去找丁雪润时，他电话已经讲完了。

“你没吃晚饭，饿了没有？”

“还好。”

楼城发现他很喜欢拿“还好”两个字来搪塞人，双手插兜道：“走吧，旁边就是食堂，我们去看看。”

丁雪润跟着他走。

食堂果然还开着，还有学生在吃饭，楼城找人借了张饭卡，给丁雪润刷了个带鸡腿的套餐，再把现金还给借饭卡给他们的学生。

楼城无所事事，说：“你爸声音还挺好听。”

“嗯，他教书的。”

“难怪你成绩这么好，原来从小免费课外辅导……”

丁雪润笑了笑，垂头安静地吃饭。

不远处音乐会吵闹的声音传过来，放了一首网红歌。

“月底就放假了，桂市远吧？你要回家吗？”

“到时候再看吧。”

楼城看见丁雪润吃鸡腿不是拿着啃，而是用筷子一点一点剔下来吃，好斯文。

这顿饭吃了挺久，楼城跑食堂外面去买了两杯奶茶，三中有品牌奶茶店，口味很不错。

两人喝着奶茶回到体育馆内，音乐会已经开场挺久了，正进行的是一个街舞表演节目。黑暗的体育馆内，两人找不到原来的座位了，就随意找了个空位坐下，楼城说：“你书包我让小弟帮你看好了，不必担心，我们就在这里看。”

丁雪润点点头，问道：“这个多久结束？”

“我也不知道，貌似挺晚的，你要是听不下去了，咱们就走人。”

三中的节目排得挺好，街舞唱歌什么的，都挺厉害，但是有些无聊，估计只有本校学生看得津津有味，学校不大，大家都认识，可以在看台上随意八卦。

丁雪润大概是困了，听了会儿就闭着眼睛睡着了。

楼城发现的时候，他头是往另一侧歪的，眼镜都快从鼻梁上滑落了。

楼城怕丁雪润睡得脖子疼，就伸手过去把他眼镜摘了，然后拿手轻轻地放在他的脑侧，给他拨正了。

过了会儿，丁雪润脑袋再次朝旁边歪去，不过这一次，他是朝着楼珹这边偏的。

他的头靠过来时，楼珹心脏都要骤停了。

肩膀上忽然多出一点重量，楼珹一动也不敢动。

他屏住呼吸，垂头看了一眼。舞台上灯光亮的时候，能看清他秀气白净的五官轮廓，密长的睫毛安静地垂下来。

从他这个角度看，丁雪润好看得不可思议。

丁雪润做了一个挺长的梦，梦醒了，他还听见震耳欲聋的音响声。

“几点了？”他或许没有醒，还靠在楼珹身上没有起来，伸手揉了揉眼睛。

楼珹肩膀有点麻，另一只手掏出手机一看，说：“快十点了。”

“表演还有多久？”丁雪润终于意识到自己是靠在楼珹肩膀上睡觉的了，他坐直了身体，道了歉，看着他道，“你肩膀累吗？”

楼珹嘴上说着不累，心里想着他要是能再靠会儿就好了。

“表演估计还有一会儿。”楼珹侧头看向丁雪润，“不知道这么吵你是怎么睡着的。”

“有时候吵更容易睡着。”丁雪润彻底清醒了，没有戴眼镜，眯眼看着舞台上的独舞节目。

楼珹说道：“节目是不是挺无聊的？我叫上李东他们，咱们一块走了吧。”

丁雪润说“好”。

楼珹开始打电话，因为四周吵闹，他一直对着电话大喊：“我说走、走！走啦！！”挂了电话，楼珹说，“他们说要去吃夜宵，麻辣小龙虾，你吃吗？”

“走吧。”三中离六中挺远的，打车回学校起码得一个小时，学校门禁时间也到了，丁雪润也无处可去。

“那好，不过这样，时间就晚了，你不能回学校住了，不然……”楼珹侧着头，一直看到了对方的眼睛里去，低沉着声音道，“润润，你晚上就住我家吧？”公主房打扫干净了。

一听这个称呼，丁雪润就掀起眼皮看他，“你怎么这么叫我？”

“刚才你爸……电话里这么叫，我听见了，哎，我不是故意的啊。”你爸这么叫你，我也这么叫你，四舍五入，我不就是你……

丁雪润哭笑不得。

麻辣小龙虾店就在三中附近，唐晓蓉说："这是我们这儿的一绝，我跟老板熟，刚打了电话订位才有座。"

楼城不知道她也来，不是很高兴，暗地里踹了小弟好几脚，给他发消息道："下次你再干这种事，我削死你！"

小弟委屈地回道："是唐晓蓉说这家好吃，她请客……"

楼珹不再理他，冷若冰霜。

李东叫了两打啤酒来，明天不用上课，又是跨年夜，自然得喝个高兴。他都想好了，在座的除了李东，就只有楼珹成年了，也只有楼珹有驾照并且滴酒不沾。到时候他们几个打车走，楼珹就可以顺理成章地送校花回去了。

唐晓蓉也是这样想的，她看楼珹没有吃小龙虾，就主动剥了一个夹给他："楼珹，吃一个吧？我给你剥好了。"

楼珹站起来说道："谢谢，我不爱吃这个，我去买奶茶，你们要吗？"

校花不要，怕长胖，几个大男人喝酒，也不要。

楼珹买完奶茶回来，看见丁雪润在喝啤酒，就把奶茶放在他旁边，"给你买的，喝这个别喝酒。"

校花闻言，下意识抬头看了这个楼珹没有介绍过的同学一眼。

这个男生比她见过的其他所有男人都要白，斯斯文文的，长得不错。

丁雪润跟他道谢，插上吸管喝了一口，又开始喝酒。

"让你别喝。"楼珹皱着眉，一筷子给他夹了个小龙虾过去，"给我剥虾，我要吃。"

丁雪润抬头看了他一眼，说："我也不太会。"他很少吃这种东西。

楼珹气急败坏，拆开一包一次性手套，说："那我剥，你吃。"他说完就低头剥起来，他剥虾的手法显然很不熟练，说明他不经常干这个，但他剥得很认真，龙虾肉剥出来就放到丁雪润碗里，干净利落一个字，"吃。"

旁人看得啧啧称奇。

唐晓蓉吃惊地压低声音问小弟："那个同学是谁？楼珹有弟弟吗？"

"不，是他的同桌。"

“怎么对同桌比对我还亲热啊……”

一顿夜宵吃了一个半小时，大部分时间大家在喝酒。

丁雪润没少喝，也没少吃。结账时，唐晓蓉要扫码付款，楼珹的现金先她一步递给服务员。

“楼珹你干什么抢着给钱？说好了今天我请客的，你……”

“不用你请，我带着人呢。”

“李东他们也都是我朋友，我们都认识，我请一顿怎么了？”

“就是，跟晓蓉见外做什么？”小弟道。

楼珹冷冷扫了他一眼，指了一下丁雪润，挑起眉跟唐晓蓉说：“他，我的人。这些，”楼珹指了一下自己面前的小龙虾壳，“都是他一个人吃的，别跟我抢了。”

唐晓蓉愣了一下，探究的目光投向丁雪润，过了几秒，丁雪润对她笑了一下。

几人打车走了，走之前，李东说：“放女孩子一个人坐车不安全，珹哥你开车送她回家吧。”

楼珹没有拒绝，说“好”。

网约车事件发生得太多了，女孩子晚上一个人坐车回家，的确不安全。

丁雪润倒是很自觉，拉开后座的车门，把副驾驶座留给了校花。校花看见他的动作松了口气，看来他们应该只是关系稍微好一点的兄弟。

她上车后，对楼珹说道：“先送这位同学回家吧，我不急的。”

“没事，我先送你，”楼珹发动汽车，“他跟我住一起。”

校花愣住了，“你们？”

楼珹不置可否地“嗯”了一声，没有解释。

丁雪润默契地没有说话，楼珹感觉他应该是喝多了，有点神志不清。

唐晓蓉心里翻腾起了惊涛骇浪，这才多长时间，楼珹这是怎么了？她在后视镜里注视着丁雪润：他半眯着眼，静静地靠在椅背上，而他的皮肤竟然比她的还白。

过了一会儿，丁雪润在后座躺下了，楼珹在前面开车，看见了，就把自己的外套往后边递去，“盖上睡觉，润润，别生病了。”

语气很体贴。

丁雪润一副特别困倦的样子，接过来盖上了。

唐晓蓉勉强地笑了一下，车子到了她家小区门口，她下了车，楼珹跟她说拜拜，唐晓蓉嘴唇动了动，到底什么都没说。

倒是楼珹，在摇上车窗前，跟她比了个“嘘”的手势，“别说出去了。”

唐晓蓉心都凉了。

关上车窗后，楼珹叫了一声：“喂，小丁？”

没有人理他，丁雪润大概是睡着了。

“跟你说了不让你喝酒的,看,喝多了吧？”楼珹一个人时嘴巴也闲不住，开始叨叨。

“我为了拒绝女人，居然开始装傻了。”而且装得那么像，楼珹有些沾沾自喜，觉得自己演技比装瘸子那会儿又进步了。

丁雪润半梦半醒地躺在后面，能听见他说话的声音，但听不太清晰。

到家的时候，已经过了零点。

楼珹把车停在车库，拉开后座车门，叫道：“小丁，到家了，快醒醒。”

丁雪润迷迷糊糊地“嗯”了一声，没有动。

楼珹便弯腰摸了摸他的脸颊，丁雪润睫毛颤了颤，怀里抱着楼珹的黑色外套。

楼珹“啧”了一声，捏了把他的脸，“睡得可真死，小猪。”

丁雪润没有理他，其实他已经清醒了大半，只不过还不想动。

楼珹看他果真不动了，无奈地说道：“你难道要睡在车上吗？”过了几秒，他又推了丁雪润一把，“好歹动一动啊，不然我怎么抱你下车？警告你，要是吐在我身上，我非打死你不可。”他抓着丁雪润的胳膊，把丁雪润从车厢里拖了出来，接着一把将丁雪润拦腰抱起。

他力气很大，而丁雪润体重比较轻，楼珹不是很费劲。他抱着丁雪润的时候，丁雪润的脑袋自然而然地靠在他的肩头，楼珹心头有种被人依赖的感觉，觉得很舒服。

他把丁雪润抱到客厅沙发上放下，丁雪润这才慢慢睁开眼睛。楼城见他醒了，低声道："是不是不舒服？"

丁雪润摇摇头，说道："我没事。"

他的声音轻得像一只在夜色里悄然掠过的黑猫。

楼城给他倒了一杯温水，说："醒醒酒。"

丁雪润一双璀璨如星的眼睛注视着他，"谢谢，你先去休息吧，我一个人就行了。"

他的礼貌让楼城有点吃不消。

元旦假期一过就是第三次月考，丁雪润这次不负众望，考了年级第一，总分甩了第二名十多分。

而六中现在的第二名，也就是以前的第一名孙浩良，一直是个传说，因为从来没有人能在考试成绩上压过他。

丁雪润这个名字，出现在校园金榜上。六中以学业为主，这样一个横空出世的第一名，很引人注目。

楼城发现，最近有很多人来他们四班打听丁雪润。

"我第一次见到语文能考一百四十几的神人，是哪位？"

楼城感觉他越来越受欢迎了，朋友也越来越多。

但丁雪润该什么样还是什么样，其间还去考了一次竞赛，再次杀出重围，进入了下一轮。

快期末考试了，窦老师发了一张文理分科志愿表下来，并简单说了几句。

"我们四班是理科班，大家如果要读理科，自然是留在原班，如果想读文科，也没关系，只是要重新进行分班考试。

"不着急，回家跟家长好好商量一下，在志愿表上签个字，如果家长不在本地呢，叫家长给我打个电话。

"选完文理科，下周就考试，然后就放寒假。"

楼城对分班无所谓，他反正什么都不行，无论选文科还是选理科都是一样的。

他看见丁雪润正在填表，探头看了一眼，"小丁，你读理是吧？"

丁雪润回道：“嗯，你呢？”

“我无所谓……那就理科吧。”他爽快地填写了自己的志愿。

楼城把志愿表放进书包里，打算周末拿去给他妈签名，然后问丁雪润道：“春节你要回家吗？飞桂市要多久啊？”

“不知道，我坐火车回去。”

“坐火车？那得坐多久？”楼城从来没有坐过火车，不知道那是一种什么样的体验。

“三十多个小时吧。”

“哎呀妈呀，那人不得坐疯？你干吗不买飞机票？”

丁雪润吐出两个字：“春运。”机票价格上涨。

楼城上课的时候，用软件搜了一下，火车得坐三十六个小时，而飞机只要四个小时。

火车票是三百多块钱，而飞机票是一千多块钱。

两者的价格差距，在楼城眼里跟不要钱似的。他一下课就跑去窦老师办公室，找到了丁雪润的身份证号。

他暗自记了下来，发现再过一个月，丁雪润就要生日了，要满十八岁了。

楼城回到教室，向丁雪润打听：“小丁，二十六号考完放假，你打算几号走？”

“怎么？”

“没怎么，”楼城眨眨眼，“你走之前，我带你吃一顿好吃的。”

丁雪润笑了笑，说：“二十七号走吧。”他并不是很想回去，可丁兆文今年一个人在家，一个人过年，丁雪润放不下他。

过了一会儿，楼城靠了过来，把手机拿给他看，“嗯，机票给你买好了。”

丁雪润错愕，似乎没想到楼城会这样做。他嘴唇动了动：“楼城，你怎么……机票能不能退？”

“我给你买的经济舱，最便宜的，不能退改的那种。”楼城怕他非要还钱，本来想给他买头等舱的，但是忍住了。

“可是……”

“没什么可是的，”楼城一双剑眉竖起来，“我用里程兑换的，只花了三百块钱，不信你自己看，比火车票都便宜。”楼城是这家航空公司的白金会员。

丁雪润看见价格，松了口气道：“我把机票钱转给你吧，谢谢你。”

楼城不缺这点钱，但丁雪润坚持要给他，他也没说不要，而是点开机票信息截图发给他，“二十七号早上十点起飞，我七点钟送你过去，八点到机场，刚刚好。”

“不用了，太麻烦你了，我打个车就行了。”他不是个喜欢麻烦别人的人。

楼城抬手在他那白生生的脸蛋上轻轻拧了一把，“我们的关系，你见外什么？”

他脸皮被轻轻一捏就出来一个红印，楼城一松手便看见这个红印，内疚地抚摸了两下，又道：“润润，你脸好滑。”

丁雪润无奈地把他的手拿下来，“别摸了楼城，谢谢你愿意送我。”

“我摸两下怎么了？”楼城趴在桌上，弯着一双眼睛低声说，“你要是不高兴，也可以摸我的。”

丁雪润侧头看着他，两人对视了好几秒，看得楼城都有点不自在了，随即丁雪润伸出手去，在他那耳垂上轻轻地揉搓了一下。

考完试第二天，楼城在学校门口接到丁雪润。

丁雪润的行李很少，只有一个书包，还有一个手提袋，里面是这边的特产。

“怎么就这么点东西？没啦？”

“就这么点。”

“你书包里该不会都是作业吧？”楼城见他行李这么简单，不由得道，“早知道你东西这么少，我就多给你准备点了。”

“准备什么？”丁雪润上了车，车上的暖气让他下意识拉开衣服拉链。

“给你爸妈带了一点礼物，帮我跟他们说声过年好。”

丁雪润这才看见后座，有一些茶叶、燕窝雪蛤什么的礼盒。东西不多，但看起来都挺贵重的。

“这些我不能要。”他语气笃定坚持。

“为什么不要？我家里特别多，都是别人送的，我们家里人又不吃，放在家里就过期了。”楼琙能有那么多小弟，不是没有原因的，他妈妈很会做人，经常替楼琙送同学礼物，而且楼琙的每一个朋友，岳筠都很清楚。

丁雪润摇头道：“放过期也好，我不能要。”

“那你少拿点吧，茶叶和燕窝可以拿回家，茶叶你爸喝，燕窝你妈妈喝——当然你也可以喝，美容养颜的。”

两人就这话题，争了一路。

机场路外面不能停车，丁雪润一下车，楼琙就把茶叶和燕窝从车窗丢出去，丢在地上，喊道：“拜拜，润润，我走了。回来记得给我带你们桂市的特产啊！”

楼琙一说完就迅速开车逃跑。

丁雪润只好把地上的两个礼盒捡起来，提在手上。

他进了机场取到登机牌，坐下来后才给楼琙发消息：“下次别这样了，这么贵重的东西，怎么能随便送人呢？”

楼琙在开车，他发送的是语音，丁雪润喜欢他的声音，所以戴着耳机听，“你不知道啊，我家里有矿嘛。”

丁雪润知道这件事，还以为是他朋友开玩笑。

毕竟“家里有矿”这个词现在很火，谁能想到楼琙是真的家里有矿呢？

语音跟着又来一条：“别说谢谢，你要真的谢谢我，就叫声爸爸来听听。”

丁雪润看见消息就笑了，“叫别的行吗？”

“你不想叫爸爸也可以。”楼琙声音慵懒地道，“那你就叫哥哥，二选一吧。”

他们篮球队经常这么玩，但楼琙还没有这么玩过别人。

“别敷衍我，要撒娇懂不懂？”

丁雪润听见这条语音消息的时候，眼前仿佛浮现出楼琙脸上似笑非笑的神情。他反复听了几遍，觉得叫也不好，赖掉也不好，便发消息给他：“我先欠着，下次再叫成吗？”

“不行，”楼琙说，“你不能耍赖。”

“我不会赖掉的。”他跟人发消息不习惯语音，都是一条条的文字消息。楼城大概是拼音学得不好，总是发语音，上次还问丁雪润“好热”的“热”字怎么拼。

楼城以一种“我看透你了”的语气道：“你不打算赖掉，那现在怎么不叫？”

丁雪润正准备过安检，他东西多，没有手打字，于是也发了语音给他：“楼城……我不好意思，机场人多。”

楼城听见了，似乎能想象出他腼腆的模样，忽然觉得心痒。原本楼城不打算为难他的，赖掉就赖掉吧，这下也不行了，非要听到不可，“这有什么不好意思的？撒娇你不会啊？”

丁雪润过个安检的工夫，楼城这个停不下来的话痨一口气发了一连串消息。

“放不开就找个没人的地方，比如厕所。”

“你声音小点，就不会有人听见了。”

“快点儿的丁雪润，人呢？怎么不理我啦？”

“真的不理我？”

“哎润润别不理我呀……”楼城声音变得有点委屈。

“好嘛不叫就不叫嘛……”

丁雪润终于过了安检，他找到登机口坐下。国内航班到处都是人，丁雪润是真不好意思，因为从小到大也没这么叫过人，他没有兄弟，也不管人叫哥哥。

楼城让他叫，他也叫不出口，在别的事情上他都有胆子，可在这件事上不一样。

就在丁雪润犹豫不决，最后走到了安静的地方打算妥协的时候，楼城的语音电话打了过来。

“喂，小丁？你干什么不回消息？这就生气啦？”

“没，刚才在过安检，正打算回你。”

楼城的手机连着车上的蓝牙，音量开到了最大，是环绕立体声。

“不是生气了就好，我说呢，你怎么这么小气，叫声哥哥都不肯……”

楼琺嘟囔着。

“你真的想听？”

“那当然，不是谢谢我吗？快。”

丁雪润特别无奈，对楼琺他有点没脾气，因为楼琺就是这种小孩脾气，你不顺着他的意思来，他就生气了。丁雪润走到接热水的地方，把声音压得极低，低到不知道有没有被手机录进去，叫了一声“哥哥”……

楼琺单手握着方向盘，冲上了路中央的花台。车子猛地剧烈一抖，楼琺一个急刹，连车带人狠狠地颤了颤，车上连接了手机蓝牙的音响传来丁雪润着急的声音：“喂？楼琺？！你没事吧？”

他这才回过神。

“没事没事，”楼琺有点恍惚，他心脏乱颤，喘着气道，“有个傻子追尾，刮了我车，真傻子。”

丁雪润松了口气道：“人没事就好。”

楼琺不要脸地说：“小丁，刚才出事没听清，你叫了没？”

“叫了的。”

“那你声音也太小了，不作数，再叫一次、再叫一次嘛。”

丁雪润拒绝道：“不行，楼琺，你不能耍无赖。”

“我不管，我没听见！”

比起丁雪润那声毫无诚意也毫无撒娇意味的“哥哥”，楼琺耍无赖的样子反而更像是撒娇。两人争论不休，楼琺还想再听一次，觉得那声“哥哥”太动听了，可是丁雪润不肯。

来往司机扭头过来看这辆开车开歪了、冲上花台半天没有动静的路虎。

然而路虎司机没有下车查看车子有没有被刮花，也没有打保险公司的电话，而是像个幼稚小学生一样跟电话那头的同桌纠缠不休，他拗不过丁雪润，最后愤愤地说：“小丁你有种！刚刚才叫我哥哥，现在就不认了！”

丁雪润声音平静地道：“所以你刚刚听见了？”

楼琺语塞。

“好了楼琺，我马上登机了，你小心点开车，别再被人追尾了。”

楼瑊这才长叹口气，“哎呀，追尾的司机看我一直打电话，就偷偷跑了，算了，不跟他计较。你飞机落地，要发消息给我报平安知道吗？”

丁雪润记得他这句话，所以落地后，先给他发了个消息，再回复了丁兆文短信，说自己到机场了。

丁兆文知道他今年是坐飞机回来，还很高兴，因为丁雪润从小就是个特别懂事的孩子，不乱花家里钱。他初中就开始拿奖学金，钱一直存着不花。他妈妈生病的时候，他一下子拿了两万块钱出来，把丁兆文吓了一跳。

这孩子舍不得花钱，吃穿都很节省，问他为什么攒钱，他说以后想创业，等有钱了就办个基金会，帮助那些残障儿童。

丁兆文开车来机场接他，车子开了两个多小时才到家。

房子是丁兆文的教职工宿舍，学校分配的，住了二十多年的老房子了，打扫得很干净，窗户洁净明亮，桌上和墙上都放有丁雪润妈妈的照片。

丁雪润把东西放到房间，他房间不大，还是小时候的装修，墙上贴着很多奖状。

他把茶叶拿出来，放到客厅茶几上，说：“同学送的茶叶。”

丁兆文正在淘米，回头看了一眼道：“跟同学关系好？这么客气送茶叶呀，那你也得给你同学带点礼物回去。”

他从前不太跟丁雪润交流，如今交流起来，觉得有些别扭，但是出人意料的没有以前那种隔阂的感觉了。

丁雪润低声“嗯”了一声，说：“我给他带点糖桂花过去。”

“桂花花期都过了呀。”

丁雪润想了想说：“他喜欢吃甜的，我用干桂花给他做点南糖吧。”

“过两天我去买点特产，给你同学带回去，”丁兆文在厨房里忙活道，“期末成绩出来了吗？”

“还没。”由于寒假不足二十天，所以期末考试的成绩等到开学再公布，到时候也会分班。

父子俩到底是缺乏交流，话没说几句就聊不下去了。

假期作业多，丁雪润是习惯于早点把事情解决掉的性格，从来不堆积事，所以他三天没出门，把寒假作业全部写完了。

四号那天是除夕，丁兆文带着丁雪润回了乡下老家，老家亲戚多，孩子也多，像一群放养的鸭子围着丁雪润要糖吃，脆生生地管他叫“哥哥”。

丁雪润早有准备，他一面发放大白兔奶糖一面录了个短视频给楼珹，说道：“你欠我一颗糖。”

楼珹在外面跟朋友吃午饭，吃完还得去机场接他爸。

他点开视频笑得不行，说：“小丁，那可不行，你只唤了我一声哥哥，你看看他们叫了你多少声？”

坐在他对面大吃特吃的小弟立刻抬头看了他一眼。

丁雪润回复道：“你为什么不看看我给了他们多少颗糖？”

“几颗？我也给啊，你多叫几声听听？我把糖厂给你买下来！”楼珹摆出矿老板的阔气。

他不喜欢打字，基本上只要不是不能说话的场合，就都跟人发语音。

小弟听得差点呛到。

丁雪润打发掉小孩子，坐在树下乘凉的石凳上，发了一条文字消息过去：“那我考你道小学数学题吧，你要是能在十分钟内做出来，我就答应你。假设我有两百颗糖，给女孩子一人九颗，给男孩子一人八颗，分到最后我还剩两颗糖，你告诉我有多少个男孩多少个女孩。”

楼珹扫了一眼这道题目，一脸茫然，头瞬间大了。

丁雪润补充道：“你自己做，不能问别人。”

楼珹哪里会听他的话，立刻把手机拿给小弟看，着急地说：“快，帮我看看这道题怎么做！”

小弟迷惑地看了楼珹一眼，在心里算了一下，但是算不出来，连忙喊道：“服务员，给我拿纸和笔过来。”

楼珹看见小弟快速设了一个方程式出来，“9x+8y+2=200”。

只见小弟笔下一个式子接着一个式子的，楼珹根本看不懂，骂了一句：“他居然骗我这个是小学数学题，这哪里像小学题了？”

小弟刚好解出答案，一脸复杂地道：“珹哥，这真的是小学数学题。”

“不可能，小学生怎么可能会做？我都不会。”楼城瞄了一眼他的答案，“x 是男生还是女生？”

小弟回答了，楼城火速把答案发过去，问道：“我是对的吧？”

“对是对了，但是，是你自己做的吗？”

“当然，小学题我还不会吗？丁雪润我警告你啊，不能这么羞辱我！”

楼城聊天上了瘾，脸上一直挂着傻笑。小弟表情越来越奇怪，最后实在忍不住了，问道：“城哥，你跟丁学霸……什么关系？”

“大哥与小弟。”楼城头也不抬，幼稚地跟丁雪润争论自己到底有没有小学文化的问题。

小弟饭也吃不下了，“城哥，你是不是对丁学霸太好了？”

“你觉得我对他好吧？我也觉得我对他太好了，这是为什么？”楼城单手托着下巴，一张英俊面庞染上少年的愁思，仿佛自言自语般道，“我该不会真的喜欢他吧？”

小弟愣住了，不敢相信这个事实。

大概过了十秒钟，对着小弟那副呆滞的神情，楼城忍不住了，弯腰猖狂大笑道：“我的妈呀！你居然信了，真是个猪脑子！哈哈哈哈！我是不是演得很逼真？

“要是真的，我就从这里跳下去，哈哈哈哈哈！”楼城信誓旦旦指着餐厅二楼的窗户。

小弟看着他，一时无语，他感觉自己认了个傻子当大哥。

Chapter 08

//////////////

夹心奶糖

楼瑊在机场接到了他爸。楼宏业是从澳大利亚飞回来的，他在那边有个锂辉石矿场，那边正值夏季。

他一件行李也没有，拎了件外套就上了飞机，从机场出来，被外面纷飞的鹅毛大雪劈头盖脸吹了个透心凉，深一脚浅一脚地踩在雪地上，袜子瞬间被打湿。楼瑊摇下车窗，冲他喊道："爸，这里。"

楼宏业还没上车就看见楼瑊的车前盖被蹭掉了漆，保险杠都歪了。

"你这车都破了还开？"他关上车门，从后座翻了条毛毯出来，紧紧裹在身上，"你爹明天去给你提个新的，想要什么车？超跑？"

雨刮器扫着挡风玻璃上凝固的雪花。

"我不爱开车，算了。"楼瑊喜欢摩托，可是他车库里限量版的摩托已经很多了，看得上的他都买了，暂时还没有看中新的。

"那你想要什么？"楼宏业把座椅放低，躺着问他。

楼瑊想了想说："学校食堂太难吃了，奶茶也难喝。"

"小事。"楼宏业开始打电话。

楼瑊知道他爸是个行动派，见他电话已经打到了大人物那里去，补充道："学校食堂太贵了，该降价了。"

楼宏业纳闷地看了他一眼。

食堂？贵？能有多贵？连楼瑊都觉得贵？

楼瑊把车开回家，他平日一个人住在学校旁边的小区，妈妈岳筠一个人住，她跟楼宏业一样，也经常出差，企业做到这么大，自然忙得不可开交。

到家时，岳筠还没回来，打电话一问，她人还在公司。

他们一家三口都不会做饭，岳筠平日里请了个阿姨做饭，可现在过年了，阿姨也回老家去了。

楼珹下午四点就下单点了年夜饭的外卖，晚上八点才送上门来，岳筠正好回来，她把手里东西放下，楼珹看见一个大红色的小手提袋，问道："哪儿来的喜糖？"

"行政部一个经理结婚，给我送了请柬和喜糖。"

楼珹"哦"了一声，随手就把糖盒上的丝带拆了。

楼宏业见了，就说："都长蛀牙了儿子，还吃糖！先吃饭。"

"吃一颗嘛，牙齿好端端的又不会烂掉。"他根本不听，旋即就剥了颗糖塞嘴里——是颗草莓夹心奶球。一口咬下去，外面的奶味硬糖碎成两半，柔软的夹心流了出来，在嘴里慢慢融化了。

楼珹垂首，鬼使神差地把糖纸放到鼻子下面轻轻嗅了一下。

浓郁的奶香混合草莓香气侵蚀了他的嗅觉，楼珹突然想起什么似的抬起头来。

"爸，"他忽然叫了一声，手里拨弄着喜糖盒，打算再找一颗那样的夹心糖出来，"咱们家有糖果厂吗？"

丁雪润收到一张图片，楼珹的掌心里放着一颗圆滚滚的白色小奶球。

丁雪润问道："这是什么？"

"夹心奶糖。"楼珹这次发的文字消息，"小丁，你不觉得这个很像你吗？"

"哪里像了？"

楼珹说："很像啊！"

味道很像。

他可能是跟丁雪润当同桌当久了，所以几天不聊天就有点心痒似的。

楼宏业见楼珹一刻不停地跟人聊天，一边聊一边笑，可疑得不行。他看了岳筠一眼，她头也不抬地说："好像是又恋爱了。"她问道，"这次是跟同桌？"

楼珹乐了，笑着说："妈，你怎么知道是我同桌？"

"听你提了几次。"

楼珹眉眼带笑道："我同桌是个男生，你们介意我找个男儿媳回家吗？"

岳筠正在优雅地用餐，一听这话就顿住了。

楼宏业筷子也放下了，表情一瞬间变得有点纠结，似乎在努力消化这个事实。

好半天，岳筠捏了捏眉心，妥协道：“男的就男的吧，你喜欢就好。”

楼宏业没有表态，但楼城已经演得差不多了，他忽然一下绷着脸，严肃地说：“我还有件事没有说。”

岳筠盯着他，以为他又要宣布一个大消息。

楼城绷不住笑出声来：“我刚刚逗你们玩呢，哈哈哈哈……哈哈哈哈……”

楼宏业暴怒，起身想揍他，“楼城你过来！看我不打死你！”

楼城还是笑，这段时间他都不知道装第几回了，越来越炉火纯青，他有点迷恋这个了。

丁雪润家里面长辈亲戚很多，但都不是太亲。他爷爷去世了，奶奶上了年纪，老年痴呆，跟丁雪润的三伯一块住。

丁兆文有几个兄弟姐妹，他是老二，老大家十几年前就搬到市里去了，小姑也嫁到了外地。

今年过年，丁兆文的兄弟姐妹也都回来了，小姑家的儿子看着跟丁雪润差不多大，叫汪千凡。小姑让他去跟丁雪润玩，说：“凡凡，你们是同龄人，玩的东西都一样。”

汪千凡看了穿着旧棉衣的丁雪润一眼，没有理他妈妈。

小姑尴尬地说：“这孩子，内向。”

他们老家是小县城，一有不好的事发生几天就传遍了。

丁雪润几个月前突然转学的事也没能瞒住。

丁兆文起先跟老家人解释：“润润去了更好的高中，我们整个学校才出一两个清华北大生，他们新学校，一个班就有好几个考上清华北大的。润润去那里，是为了考更好的大学。”

后来不知道哪个嘴碎的亲戚回老家说：“丁老师家那个仔，是打架被开除了才转学的！”

风言风语一传，大家都笑话丁兆文这个做老师的，说他不会管教孩子，又说他娶聋哑人当老婆，孩子肯定管不好的，有人说：“打架被开除了，肯定很严重！那个小孩子成绩不太好吧？”

不知道谁传的，说丁雪润没有转学，而是辍学去北方打工了。

丁兆文不常回老家，因为他娶聋哑人当媳妇，而且结婚没多久就生了小孩。老人家认为孩子不是亲生的，外面也有人说：“那个聋哑人就是丁老师他媳妇，哎哟漂亮得天仙似的！结婚没几个月就生小孩了，你们说有没有猫腻？”

老人家觉得这丢了丁家的脸，甚至不让他回老家过年。丁雪润爷爷去世后，他才回老家走了几次亲戚，亲戚们知道他是做老师的，都对他挺热情，想着以后孩子上高中有个关系。

一家人吃年夜饭，小辈的学习成绩问题总是被问到。

汪千凡回老家的次数比丁雪润还少，完全是个城里小孩，大家对他非常好奇，问道：“千凡读高中了吗？多久高考？成绩怎么样？”

“高三了，”小姑替他回答道，“这不马上就要高考了，千凡还在努力，他一直是班上前三名，想考厦大呢，不过还差点分。”

“哇，成绩这么好呀？千凡喜欢老家吗？多待几天吧，给你妹妹补补课，她读高二了。”

汪千凡挑着碗里的饭粒，不作声，小姑又说：“我们还要住几天呢，丹丹随时可以来问哥哥问题。”她转向话题里的女孩子，是她大哥家的闺女。

丹丹在市里读书，是所国际学校，成绩中游，老师总喜欢布置些刁钻新颖的思考题给他们。

她羞涩地笑了一下说：“老师正好布置了一道很难的物理题，班上还没人做出来。”很多同学给家长看了，可家长也不会，看见题就满头雾水。

汪千凡终于出声了，说道：“等下我帮你看看。”

大伯还问了丁雪润的成绩，问道：“我听说你转学前成绩还可以，是吧？转学后怎么样？想考什么大学？”

丁雪润不喜欢在这种场合说话，但他不是闷葫芦，回答说：“考上什么读什么。”

大伯理所应当地认为他成绩肯定不怎么样，说：“那你得跟千凡多学习，少玩点手机，你们近视啊，就是因为玩手机。下午你玩手机的时候，我看见千凡在那儿写作业呢。”他训道，“丹丹也是，多学学你哥哥，少玩手机。”

吃完饭，大人们看电视的看电视，打牌的打牌，丹丹就从书包里拿出练习本去找汪千凡，这道物理题不是练习册上的，练习册上没有这种难度的题目。

她的图画得很标准，一个等边三角形里面有九条连接的直线，三只蜗牛，A 朝 B 爬行，B 朝 C 爬行，C 朝 A 爬行，给出了速度，问运动几分钟后相遇，最终相遇时蜗牛各转了多少圈，运动了多少厘米，运动轨迹是怎么样的。

汪千凡拿出自己的笔，看见题时还没在意，结果算了半天也没有算出来，丹丹就站在旁边，看他解不出来就跑开去看春晚，过了一会儿回来，汪千凡还没算出来。

“哥哥，这道题是不是很难？班上同学家长都不会做呢。”

“我就快解出来了，你等等。”汪千凡又算了十多分钟，还是不行，问丹丹，“你的题是不是抄错了？是不是还有条件？还是你的图画错了？”

“题没有错，我照着老师发的抄下来的。”

汪千凡一口咬定道：“不可能，肯定哪里错了。”他觉得不可思议，语气里带着一丝质疑，“你才高二，老师怎么给你做这种题？高考也没有这种难度的题。”

丹丹被他的语气吓到了，细声细气地说：“我照着老师的抄下来的，题没有错，是你不会做……”

她拿着练习本跑了。

丁雪润在外面坐着吹夜风，看见丹丹抹着眼泪跑出来，问她怎么了。

丹丹一五一十说了，丁雪润道：“给我看看。”

借着不算强的灯光，丁雪润低头看了大概半分钟，说：“这道题有六种算法。”

“三只蜗牛在运动过程中，始终保持等边三角形。同时，这个等边三角形一边旋转一边缩小，当缩小至……”他还没开始算就给丹丹讲解了，同时用笔快速列出公式。

他说的丹丹压根就听不懂，但她稀里糊涂地听下去了，也没有哭了。

丁雪润解题速度快得吓人，答案解出来，他又换了第二种、第三种甚至更多的解题方式。

丹丹看着满篇的解题过程，听得云里雾里的同时非常震惊。

过后，她把答案交给老师，老师很意外，因为没想到高二的孩子能做出来，他把作业布置下去是为了拓展学生思维的，让他们多多思考问题。老师疑惑地问："这道题网上是没有的，你是怎么解的？"

丹丹说："不是我自己做的，我问了人。"

她兴高采烈地拿着练习本进去，说："爸爸！题解出来了！"她爸爸正在一边看电视，一边和除了逢年过节平日难得一见的家人聊天。

客厅坐着七八个大人。

听见丹丹的话，他抬头，拿过练习本，问道："做出来了？"

丹丹重重点了一下头，大伯看了一眼也看不懂，但不妨碍他夸赞："哇，六种解题方式，字写得真好。"他由衷地道，"小妹，你们家千凡学习好厉害，怕是要考清华啊！"

小姑不明所以，笑着说："还差得远呢，不过他学习很努力，还有半年，可以加油。"

此时汪千凡正好出现在门口，小姑继续道："我相信千凡是可以的。"

"不是不是，"丹丹没看见汪千凡，赶紧手忙脚乱地解释道，"这道题是二叔家的哥哥做出来的！小姑家的哥哥做了好久，非说我题抄错了……"

小姑脸上的笑顿时僵住了，觉得丹丹很不懂事。

然而汪千凡更不懂事，他怒不可遏地大步迈进来，大声说道："谁解出来了？不可能，你这道题就是有问题！"

小姑眼看气氛不好，赶紧道："好了好了，千凡，过来坐下看电视，不就是一道题吗？"

"不可能！"他吼道。

丹丹气得跺脚，把本子给他，"你自己看，我的题没有问题！老师都夸了我呢。"

汪千凡接过本子一看，结果越看脸色越难看——居然真的解出来了？

六种解题方式？这才几分钟？！

大人们最喜欢比较孩子之间的成绩，发生了这种事不太愉快，小姑赶紧把儿子拉过去坐下，低声警告道：“别说了。”

丁雪润听见里面在吵闹，觉得心烦，便拿出耳机戴上，听手机里下载的BBC广播。他爬上天台，从天台上了屋顶，坐在了瓦片堆积的屋脊上。

老家的空气和天气都很好，晚上能看见淡淡的云层，月明星稀。

丁兆文在打牌，知道儿子不会乱跑，所以一直没有发现丁雪润不在屋内。

其他大人也根本不关心这么一个大孩子跑哪里去了，总不会跑丢就是了。

丁雪润开始是坐着，后来就躺在那片屋脊上，硌着背了也不在意。他双手放在脑后，托着后脑勺，望着如水的夜色，心里很平静。

大概晚上十一点的时候，丁雪润收到楼珹的消息：“我拉你进群，你进去抢红包。”

他还没反应过来就被拉进去了，群里加上他总共十三个人，应该都是楼珹的朋友。

只见楼珹介绍道：“我同桌，年级第一。

“比第二名多考了十六分，贼牛的。”

群内哗然，丁雪润不得已出来回应了一声，然后私戳楼珹：“我不抢红包，我退了吧。”

“你傻啊，别退！他们都几百上千的发，等会儿我发五个两百块，我要发的时候提前跟你说一声，你手快一点，或者开个外挂。”楼珹还说，“你抢完了最后意思一下，发个一两百就完事了。”

丁雪润想了想，说“好”。

红包游戏进行了一个小时，丁雪润抢了上千块钱，快十二点的时候，他发了一半出去，剩下一半单独发给了楼珹，说：“晚上抢了你挺多的。”

楼珹退回去丁雪润却不要，他生气地骂道：“拉你进来就是让你抢红包的，你全部还给我算怎么回事……你有没有脑子？”

“脑子比你好。”

呃，这一点楼珹无法反驳。

正好十二点，新年了，墨蓝色的夜空绽放出烟花，半个城镇亮如白昼。

楼城的声音在烟花迸发的轰轰声里，显得微乎其微，他说：“润润，新年快乐。”丁雪润听了一遍又一遍，也发了个“新年快乐”过去。

楼城问：“你什么时候回来？糖果厂都给你买了，就不信你不叫哥哥。”

年三十那天晚上，丁雪润受了寒，太冷了，所以烤了会儿小太阳，第二天手便一直很痒，没两天就生了冻疮。丁兆文去药店给他买了冻疮膏。

初五他就坐火车回学校，一路颠簸，三十多个小时后精神都变差了。他在宿舍里沉沉睡了十几个小时，醒来后感觉肚子都饿扁了。

由于还没开学，食堂还没开，丁雪润去外面吃了碗煲仔饭。他吃得很慢，座位正对着校门口，似乎在寻找什么。

看了许久，他还是没看见楼城。

丁雪润回了宿舍，没一会儿就接到了楼城的电话：“丁雪润你坐的驴车吧？这都初六了你还没回学校？”

“回了。”

“什么时候？不是跟你说了一回来就给哥哥打电话的吗？！”楼城语气不悦。

丁雪润有些疲倦道：“我太累了就睡了，刚醒没多久。”

楼城偃旗息鼓，不再咄咄逼人，担忧地道：“那你休息好没有？”

“休息好了。楼城，我给你带了东西，等会儿拿给你。”

“什么东西？”

“桂花寸金糖。”他自己做的。

“糖？哎巧了！咱俩想一块儿去了！”楼城年三十那天就说要买家糖果厂，折腾了几天终于定下来了。这家糖企不大，原本叫“喜哈哈”，主要生产喜糖、巧克力。楼城觉得太俗气，抄人家娃哈哈呢，大笔一挥，改了个“喜临门”。

楼宏业特别满意这个名字，赞叹道：“我儿子书果然没有白读，有文化多了。”

楼城因为丁雪润要过来，特别高兴，专门洗了个澡，对着镜子张大嘴检查了一下自己的蛀牙。

他一直有轻微的蛀牙，以前牙医就让他少吃点糖，他管不住嘴。好在也不是小孩子了，就大牙有点蛀，不影响他吃糖。

丁雪润进了他家，楼珹穿着睡衣，头发滴着水，张嘴就问："桂花糖呢？"

"我做了很多，"丁雪润把手提袋给他，"你可以慢慢吃，天热起来后就要把这个放进冰箱了。"

"你自己做的呀？"楼珹惊喜又意外，伸手接过糖。就在这时，他忽然瞥见丁雪润戴着露指手套的手指，特别红，长了红色小肿块——原本很漂亮的修长手指，都看不出原样了。

他不知道这是冻疮，吓得糖也不要了，一把拉过丁雪润的手，心疼地问："润润，是不是给哥哥做桂花糖的时候烫到手了？"

他自己都没有意识到，就把丁雪润的手捧到唇边吹了吹。

丁雪润愣住几秒，仰头望着他。只见楼珹特别认真地吹着他的手指，热气吹拂在皮肤上，暖暖的，痒痒的。他站着没有动，看着楼珹，嘴边慢慢浮出笑意来。

楼珹看他笑，瞪了他一眼，"还笑呢，烫得这么严重！要去医院了！"

他刚洗完澡，头发还是湿润的，水就那么滴下来，滴在丁雪润的手背上。

楼珹用拇指抹去。

"楼珹，我的手没事。"丁雪润仰脸对着他微笑道，"不是烫伤，是冻疮，你没有见过吗？"

楼珹一愣，健康的小麦色面颊一红，咕哝道："我不知道，冻疮原来是这样的吗？我看着好严重，要去医院吗？"他这么说着，没有把丁雪润的手放开，低头仔细看着丁雪润的手指，回想起丁雪润有一天给自己抹护手霜的异样感觉。

他的神情染上了心疼，自己并未察觉，一直望着他的丁雪润却发现了。

他抿唇笑道："不碍事，我以前也长，有时候几天就消了，有时候半个月，消下去了手就不会肿了。"

很多人长了冻疮手会变得粗大一圈，但他不会。

楼珹小心翼翼地摸了摸他的手指，问："那……痛不痛？"

“也不痛，就是会痒。”

楼城低声“嗯”了一声，又轻轻地摸了摸。丁雪润把手抽回来，说道：“别摸了，摸得我好痒。”

楼城从丁雪润给的手提袋里拿出了一个盒子，袋里还有几个盒子，包装得都很精美，特意用带印花的包装纸裹了起来。楼城感觉像是包书纸，丁雪润好像很喜欢买这种乱七八糟的文具。

他在旁边像拆礼物一样拆包装，这时，丁雪润问道：“寒假作业写了吗？”

“有寒假作业？我怎么不知道？”

“有的，”丁雪润无奈地说，“我还帮你把发下来的试卷全部收了起来，放在你书包里，你是不是放假后就没有打开过书包了？”

楼城有点不好意思，挠了挠头道：“我也不会做……我好久没有写过作业了。”因为老师不管他，他连抄作业都懒得抄。

他不想在这种学习的话题上继续下去，果断转移了话题，说道：“这个糖长得好漂亮……哎呀也好吃！你是怎么做的？”

丁雪润大致说了一下制作方法，什么熬化蔗糖，用了多少克芝麻和多少克干桂花作为原料……楼城反正听不懂，只会夸他厉害，说：“润润好聪明。”

下午楼城本来想带丁雪润去看喜临门糖果厂，但是那家糖企生产的糖楼城吃了，觉得一般，决定换配方。

他掐指一算，反正丁雪润快过生日了，楼城想，可以等那一天再带他去，当成生日礼物嘛。而且丁雪润有事，他下午要去向日葵家园托养中心做义工，他几乎每周都去，只有放假这几天没有去。

楼城推着摩托车跟他一起走出小区，问他去哪儿，丁雪润说：“清泉路那边。”

“那跟我挺近的啊。”那边属于城中村，几年前还没有开发出来，地价非常便宜。楼城他爸看他总在公路上骑车，觉得不安全，就掏钱买了百亩地，修了个专业的摩托车赛车场。而且由于占地面积太广，有一半空了下来，后来从国外移植了草坪，打造了一个拥有大片果岭的高尔夫球场，楼宏业有时候会请一些老板过来打高尔夫。

由于是完全私人的一个球场加赛场，连当地人也不知道那里是干什么的，在地图上一划拉，居然是个什么矿业有限公司。

而丁雪润口中的清泉路，就在那旁边。楼城每天从那里经过，都有印象了。

“你怎么去？”他看着背着书包，模样特别乖巧的丁雪润。

“坐公交车。”

“那么远你坐公交车？得坐多久？要不打车吧？”

“我坐地铁再转公交车，一个多小时吧，不是很久。”

“不行不行，你还病着呢。”

“冻疮而已。”他把手放在衣兜里插着。

“不行！今天才初七，没开学没上班呢，我看新闻上说地铁站挤爆啦！你这么矮这么瘦弱去凑什么热闹？小心被人挤成饼。”楼城是很想送他过去的，因为确实离得很近，但他摩托车不载人这个规矩……从来没有破例过。

连岳筠有次想坐他的车，楼城不敢说不行，只说危险，就是不让岳筠坐他的车，爱护得不得了。

摩托是他的老婆，别说坐他的车了，碰都不让人碰的，谁碰一下他跟谁急。

他犹豫了半天，坐在摩托车上没有动。

丁雪润看他不说话，就跟他挥手说道：“再见楼城，我得赶紧过去了。”

“站住。”楼城轰了一下油门，“你回来。”

丁雪润回头，看见楼城满脸认真地在纠结，最后，他仿佛做了一个特别重大的决定，咬着牙说：“你在这儿等着啊，我回去换辆摩托车。”

他现在骑的这一辆红色MVAGUSTA，是他的新欢，被誉为两轮的法拉利。而他车库里还有一些排量小的摩托，是专门买来参加CRRC（中国公路摩托车锦标赛），相对没那么珍贵，但他也从没让人碰过。

楼城反复说服自己：“十万块的川崎而已，它还不配做我的老婆！润润坐就坐了，没什么大不了的，反正就这一次……”

他骑着车回去，大概五分钟换了一辆没有那么拉风，但酷炫得让路人移不开眼睛的黑色川崎。

楼城在丁雪润面前停下车，长腿微曲伫立，把自己的摩托车头盔递给丁雪润，说道：“骑车的时候很冷的，你戴上。”

“那你怎么办？”

“哥看起来像是怕冷的人吗？”楼城一扬下巴，往前面坐了一点，给丁雪润空出一个座，“上来。”

他跨坐上车的时候，楼城特别紧张，第一次总是紧张的，他从来没有骑车带过人——这是真正意义上的头一次。

“坐好没？”楼城低头检查，沉声告诉他，“你把脚放在这里，还有，我骑车的时候你得抱紧我的腰，不然会被甩下去的，懂？”

丁雪润点点头，接着，他把楼城刚才给自己的头盔，给楼城戴上。

“你做什么？”楼城回头看他。丁雪润从没有用过头盔，但他看见构造就知道怎么用。他一边给楼城系好头盔的安全带，一边透过玻璃盯着楼城道：“冷的话我就靠着你的背，你挡着风，我就不会很冷了。”

楼城有点发愣，心湖像是忽然被人丢下了一颗石子，微微荡起了涟漪。

他慢吞吞地应了一声，觉得戴上头盔空气就不足了，不然他怎么有点热了呢？

楼城佯装平静，转过身去，轰上了油门给川崎热身，声音透过头盔传出，音色变得更沉：“你手套是露指的，肯定会冷，把手放进我衣兜里，这样就不会冷了。”

丁雪润应了一声，手臂从后面缠绕上去，找到楼城的衣兜，轻轻把手放了进去，把他搂紧了。

楼城往常骑着大排量的MVAGUSTA，在马路上非常拉风，横冲直撞。或许因为今天换了一辆便宜车，也或许因为今天史无前例载了人，楼城不敢骑太快了，慢悠悠地，怕刺激到丁雪润。

骑车跟坐公交车速度差不多，也是一个多小时，楼城上了清泉路，问道：“润润，你在哪里下？”

结果没有回应，楼城微微动了动，可是丁雪润抱他抱得很紧，手臂像是长在了自己身上似的。

楼城猜想他是睡着了，忍不住嘀咕道：“这么暖和吗？这都可以睡着……”

楼城左手摘掉头盔，低头随意咬掉右手的皮手套，接着把手伸进自己的衣兜里，打算把丁雪润的手拿出来。

就在手放进去的瞬间，丁雪润醒了，有点迷糊地仰起头，把下巴放在他的肩膀上蹭了蹭，像一只奶猫，惊得楼珹侧头，擦着他雪白的脸颊而过。

丁雪润下巴很快离开了他的肩膀，只是他好像还没有彻底清醒，额头抵着他的后背，迷糊地说道：“楼珹，到了吗……”

“还没……你想睡就再靠会儿，”楼珹在衣兜里摸了摸他变得很温暖的手指，压低声音道，“在哪里下？”

“前面那个小区门口。”他声音懒懒的。

楼珹心不在焉地“哦”了一声，“你去那里干什么？有亲戚住那里？”

“不是，小区里有个残障人士中心，我去做义工。”

“哦，义工。”楼珹心想，小丁果然是好孩子，而且是很好很好的那种，他们学校那么多学霸，有几个人跑出去做义工啊？真是善良又可爱。

楼珹重新戴上头盔，他一只手插在兜里，舍不得拿出来，另一只手握着车把手，骑得特别特别慢，慢吞吞地挪到了小区门口，才道：“润润，到了，还困吗？”

丁雪润摇了一下头，意识到楼珹应该看不见，就把手从楼珹兜里抽了出来，说自己不困了。他双手撑着楼珹的肩膀，单脚撑地，另一条腿跨下了车。

“谢谢你了楼珹。”

“不谢，”楼珹戴着头盔，看不见神情，他随手一指，“我就在那里，前面十字路口，有个被围起来的园区，我在那里骑车。”

丁雪润不知道他要说什么，就“嗯”了一声，又说：“谢谢，那我就走啦。”

楼珹把车把手捏得紧紧的，手汗几乎渗透他的皮手套。“润润！”他把丁雪润叫住，长腿落在地上，“那个……你做义工，要做多久？我骑车带你回去吧，反正，嗯……就很近。”

他给自己找了个超棒的理由。

丁雪润在小区快递收发处拿了快递上去，都是他给向日葵家园那些孩子买的一些益智玩具。

他还带了自己做的糖，园长见到他非常高兴，说：“孩子们都想你了。”丁雪润是这么多来家园里帮忙的热心人当中，来得最稳定的。最让园长觉得惊喜的是，这孩子会读唇语，还会打手语，十分熟练，而且善解人意。

整个残障中心有四五十人，大半是孩子，剩下的大部分是老人，坐在外面对着窗户，也不说话。

而家园的护工都是中年妇女，人不多，得忙四五十号人的吃喝拉撒。整个家园就园长一个人有点文化，教孩子们学拼音。

丁雪润便手把手教他们剪纸，用的是安全的剪纸剪刀，时间过得很快。

晚上七点左右，他从向日葵家园出去。

楼珹在小区外面等他，他跨坐在摩托车上，弯腰在玩手机。天色已暗，路灯昏黄，打在他身上光影斑驳。

他在网上搜了一下清泉路这家残障人士家园，很老旧了，网上也查不到什么信息。

楼珹百无聊赖地等着丁雪润，一侧头就看见他走了过来。

楼珹立马坐直了，拿了个头盔给他，“晚上降温，我专门给你拿来的，喏，还有手套，你的手套看着挺旧了，还保暖吗？”

丁雪润先把头盔戴上了，略微犹豫后把手套也摘了，放在了书包隔层里，说：“保暖，我戴了很多年，是我妈妈给我织的。”

他妈妈不容易找工作，丁兆文也舍不得她出去工作，然而她坚持要出去，认为自己需要融入社会。正好他们市里有一家愿意招聋哑员工的餐厅，结果工作不久，她就因为一张过于漂亮的脸蛋惹上了麻烦。

不得已辞了工作后，妈妈就闲在家中，给他织毛衣和手套。妈妈病逝后，丁雪润长高了，衣服小了、旧了，却还在穿，手套旧了紧了，也还在戴，连雨伞都没换过。

他坐上车去，两个人便贴得紧紧的。楼珹有些不自在地说：“抱好我腰啊，别松手，也别睡着了，睡着了很危险的。”

“不会了。”丁雪润说完，把手臂缠上去，他戴的是楼珹的手套，套着整个手。丁雪润两条手臂从背后围着他的腰绕了一圈，在他的身前扣住。

“这样够不够紧？”丁雪润问道。

楼珹“嗯”了一声，连忙发动摩托车。骑了几分钟吹了点冷风，声音随风断断续续传入丁雪润耳中，“润润，晚上吃什么？”

丁雪润大声回道：“回学校门口吃吧。”

楼珹想了想，说“行”。

他在赛车场骑得野了，回去的路上车速有点控制不住，摩托引擎声极其风骚，从公交站台旁呼啸而过时，掠起路边姑娘的长发。他们只用了半个小时就到了学校门口。

丁雪润常吃的那家是沙县小吃，但今天有楼珹，楼珹喜欢有包间的餐厅，校外也有几家不错的餐厅，他都吃遍了，常吃的那家是他认为味道最好的。

上电梯时，丁雪润敏锐地观察到楼珹走路有点瘸，和来时不一样。

从电梯出去，他又盯着看了几眼，追上去问：“楼珹，你腿怎么了？”

“没怎么啊。”楼珹还以为自己走路挺正常的。

进了包间，楼珹第一件事就是问服务员要一次性筷子和热水。

丁雪润看了他一眼，又问：“骑摩托摔了？”

“你先点菜。”

服务员拿着菜单出去，丁雪润从楼珹的对面坐到了他旁边来，“问你话呢，你腿是不是骑摩托的时候摔了？”

楼珹涮筷子的动作一顿，无奈地说：“没什么大事，我这样的专业赛车手哪能不摔呢？很正常的。”

他把洗干净的筷子递给丁雪润一双，嬉皮笑脸地说：“润润担心哥哥啦？”

“别肉麻。”丁雪润面无表情，“等下去你家，我看看。”

“有什么好看的……”楼珹小声嘀咕。

丁雪润瞥了他一眼。

楼珹：“好，你看你看。”

吃饭的时候，丁雪润又发现了奇怪的地方，楼珹今天用左手吃饭，奇怪的地方在于，他左手用得很好，可平常他玩手机打字都是用的右手。

“手也伤了？”

“你怎么又看出来了？”

“下次受了伤，不要骑车了。”

“我又……”楼珹还想抬杠，丁雪润扭头就瞪他，把他瞪得不敢再抬杠，委屈巴巴地说，“好，不骑了。”

赛道 2.2 公里长，总计 14 个弯道，他今天不太专注，导致在一个弯道上出现了失误。

摩托车转弯幅度太大，他整个人几乎贴在地面滑行，这原本是他拿手的，结果今天走神了，右边肩膀和腿侧就在地上摩擦了一两米。

车队的队友帮他简单处理了肩膀的伤，幸好他穿了防具，就是皮肉蹭伤而已。

腿上的伤楼珹没好意思让人帮他处理，打算回家自己弄。

他觉得没什么大问题，也没在意，所以还是骑车载着丁雪润回来。

吃完饭，丁雪润帮他推着车走回小区，说道：“你左手用得挺好。”

“我小时候是左撇子，然后学着用右手，现在两只手都能用。”

“左撇子的人一般都聪明。”

楼珹不好意思地说：“别这么夸我，我学习那么不好，还是润润你更聪明。”

丁雪润脱了外套，让他坐在沙发上，问道：“你们家医药箱呢？”

楼珹跟他说了位置。他们家虽然很多药没有，但楼珹骑车难免受伤，处理外伤的药品倒是齐全。

他提着医药箱走回沙发，楼珹已经脱了上衣，露出肩膀上经过简单包扎的伤口来，“你看，我都处理好了，没什么事了。”

纱布贴着伤口，看起来的确没什么事。

“腿呢？”

楼珹立刻摇头道：“没有事，你别看了。”

“裤子脱了，我看看。”丁雪润的语气不容置喙。

楼珹满脸为难，“润润……别看啦。”

丁雪润看他拽着裤腰，皱眉说道：“你穿的粉红色内裤？我看见了，没什么好害羞的。”

“不是……我才没有穿粉内裤，别乱说……”

“楼珹，我看一眼你腿上的伤。”

争执不过，楼珹深深垂着头，把外裤扒开，丁雪润看着他身上穿的粉红色秋裤，沉默了。

楼琙脸更红了，“我妈给我买的秋裤，硬要我穿，我、我一点也不怕冷！”

“你自己看看，血都渗出来了。”

楼琙低头一看，果然是这样，但没那么夸张，就几个血点罢了。

丁雪润半蹲在沙发旁边，楼琙的粉秋裤脱到脚踝，微微歪着身子，把右腿腿侧的蹭伤露出来给他看。

丁雪润冷着一张脸，动作娴熟地给他上药、包扎。羞过了那阵劲儿，楼琙也就没那么害臊了，调笑般问：“润润你手法很熟练啊，以前经常打架？”

他还没忘记丁雪润转学的时候，脸上手上那些伤。楼琙一眼就能断定，哪怕丁雪润挨了打，他肯定也把别人打得伤不轻——不然手指关节不会是那样的。

丁雪润没有回答，楼琙也不恼，趴着扭头又问：“你打架很凶吗？看不出来啊。”

“你想试试？”他抬头看了一眼楼琙。

“哪能啊，哥哥不欺负你，你这么乖……哎疼疼疼，润润，你轻点……”

“抱歉。”丁雪润一个没忍住，手上力气用得大了，摁在了楼琙的伤口处。他让楼琙抬起腿，用医用纱布在他的腿伤处裹了一圈又一圈。

因为受了这么点不轻不重的伤，丁雪润监督着他，让他近期不要再去骑车。楼琙委屈地说自己有摩托车赛要参加，要多多训练，丁雪润只冷冰冰地丢给他两个字——“不准”。

楼琙一个从来不听话的人，不知道怎么回事，丁雪润说什么就是什么，他没办法不听，好像不听丁雪润的话就是做了什么坏事。

没两天，便开学了。

上学期期末考试和分班成绩都出来了，班上走了十多个文科生，新来了接近二十个理科生。这二十个都是上次考试中成绩优异的尖子生，个个眼高于顶。

新同学一进这个班就纷纷打听道：“丁雪润是哪个啊？”

丁雪润蝉联第一，他选理科，所以也只考理科，分数刚出来就吓坏了六中一大片学霸。

他在特别显眼的排名第一的位置上，满分七百五，他考了七百四十二。

无论是四班原本的同学，还是刚分到四班的新同学，都发自内心地感到敬畏，认为丁雪润是神坛上不可冒犯的存在。

或许是因为丁雪润身上的学神光环，正视他的同学们，意外地发现这个年级第一长相不赖，皮肤白皙，五官也很好看，他学习时跟大多数人不一样，他的背挺得很直，显得脖子特别修长。

丁雪润参加了数学竞赛，进入最后一轮了，继续参加比赛的话免不了跟学委打交道。

中午在食堂吃饭的时候，丁雪润意外地发现食堂降价了，而且降得不少。原来十块钱只能打两个素菜，现在能多打一个荤菜，而且味道变得更好了。同学们都赞不绝口。

食堂工作人员还是老员工，一打听，似乎是换了承包商，新承包商不仅调整了食堂菜价，连员工工资也提高了。

周五，数学竞赛复赛落幕，分数很快出来，六中拿了省团队一等奖，要从中选学生进省队，角逐全国一等奖。

六中的竞赛水平，在全国而言不算特别高，后期老师都不建议学生继续参加竞赛，因为如果最后进不了国家集训队，那么在取消省一等奖保送资格的政策下，竞赛就等于浪费时间。

今年班上出了个丁雪润，窦老师知道他报名了其他四科的竞赛后，不知道该劝还是该鼓励了。他沉默半晌后问道：“有把握吗？”

“有。”丁雪润坚定地回道。

因为参加五科竞赛，丁雪润变得更忙了，而楼城还是老样子。开学后第二个周六，是楼城在丁雪润身份证上看见的、他的生日。

楼城周六从来不上课，他伤好后就又去赛车了。周六那天他很早就回家了，踩着下课铃声把车开出去，在校门口吹着口哨等丁雪润出来。

“你换车了？”丁雪润看见他靠着车前盖上，人高腿长、身形挺拔俊朗得像个超级车模。

“路虎送去修了，就换了辆。”

上车后，丁雪润才问道：“要去哪里？”

“到了你就知道了。”楼珹卖了个关子。

买糖果厂，不过是突如其来的一个念头而已，至于目的，楼珹没什么特殊目的，或许就是因为跟丁雪润的一句玩笑话。

这家糖企原本就不大，糖厂就更小了，但进去后，流水线的生产车间给人机械式的目不暇接之感。空气里弥漫着浓浓的巧克力味，不腻人，就是单纯的甜香。

厂棚顶满是彩色的氢气球，顶上是新招牌，红色的“喜临门”三个大字高高挂着，俗气中带着土味。

楼珹带他进了电梯，站在了高处，昂首挺胸意气风发地说道：“这里这么多糖，都送给你当生日礼物好不好？”他狭长的眼睛闪着光，直视着丁雪润。

他一贯对朋友很好，兄弟生日他送礼物都很上心，但上心到这个程度的还是头一遭。

丁雪润还没说话，楼珹又说道：“润润，一颗糖换你一声哥哥，这得换多少声？”

丁雪润一言不发地望着他。

过不了两秒，楼珹就心虚了，摸了摸脑袋道：“好吧，又被你看穿了……别多想啊润润。”他心想他是喜欢这个同桌的，但是跟那个喜欢，肯定不是同一种啦。

丁雪润反应倒是很正常，笑着说：“你对我这么好，我都要误会了。”他扫了楼珹一眼。

楼珹脑子不太灵光，有点没来由的心慌，还是没心没肺地笑道：“大家都是好朋友嘛。”

丁雪润弯着眼睛笑了笑，转移了话题：“楼珹，谢谢你的生日礼物，不过这么多糖我也拿不走。心意我领了，谢谢。”

“那……”哥哥还叫吗？

楼珹顿了顿没有问出口，怕又引起误会，果然戏演多了，差点就出不了戏了。

从厂里装了点刚制好的糖果，他们在附近的西餐厅吃了一顿。楼珹在餐厅订了个生日蛋糕，结果一大半都是楼珹在吃——丁雪润吃这些吃得很少。

随后楼珹便把丁雪润送回去了，车子停在学校门口，楼珹问丁雪润晚上过来他家住吗，丁雪润摇头道："明天我要早起，会吵到你。"

楼珹想了想，没有硬要他过来。他回到家，一直在想明天丁雪润肯定又要去那个残障人士家园，他自己也要去赛车场，但是他的生物钟肯定跟丁雪润的不一样。

如果硬要他起那么早……也不是不行，但楼珹一想到下午丁雪润看着他的眼睛说出的那句"我都要误会了"，就感到羞赧，还有点无地自容。这个玩笑开了这么多次，这次让楼珹最无所适从，有点不知道怎么面对丁雪润了。

他纠结到了半夜，深夜里给住在附近的李东打了个电话。

"你明天七点钟来学校门口。"

李东很快回复道："珹哥，怎么了？"

"你在学校门口等着丁雪润出来，然后把他送到我的赛车场那附近。"

李东："珹哥你怎么不自己送……？"

"我明天有点事。你在学校门口看见他，就问他去哪儿，然后说好巧啊你也去那里，表演得真实一点，懂不懂？"

李东满头雾水，他搞不懂楼珹这是什么操作，送个人还要他表演是路过的！

"就当帮我个忙，谢了兄弟。"

李东一口答应："就这点小事情，保证办妥。"

楼珹解决了送丁雪润的问题，这才慢慢进入睡眠状态。

丁雪润跟楼珹说过，自己周末一般七点就从学校出发，周末早上的地铁没有工作日拥挤，他八点到向日葵家园，工作到下午五点再回学校上晚自习。

他早上刚出校门，准备步行九百米到地铁站。他刚走没几步，一辆奥迪就停靠在路边上，车上的人冲他招手道："丁学霸？是你啊，这么早去哪儿？"

丁雪润扭头，看见了开车的李东。

李东和楼珹都有驾照。

丁雪润不相信会这么巧在早上七点的学校门口遇上李东。

他回道："我有点事，你呢？"

“我……我也有点事……”他有点蒙，这跟说好的剧情不一样啊！

丁雪润眼睛微眯，“李东，你是要去楼城的赛车场吗？”

“啊哈哈哈……对啊，好巧好巧，我跟你顺路啊！我顺便带你过去吧。”

丁雪润还没说他要去哪里，李东就自己暴露了，但丁雪润并未说什么，道了声谢后，拉开车门坐上了车。

“你这么早去那里做什么？”

李东支吾道：“我……打高尔夫。”

楼城带他们几个去过，那个赛车场修得很豪华，居然还有个高尔夫球场，草坪比他去过的私人俱乐部的还要好。

丁雪润点点头，没再说什么。

楼城醒来第一件事就是问李东：“你接到人了吗？”

“都送到了。”

“你怎么说的？”

“就假装路过，城哥你放心，我演得很真实的，绝对不会被怀疑。”

楼城放下心来，说：“那就好那就好。他下午五点从那个小区出来，你再去偶遇一次，然后送他回学校。”

李东哭笑不得。

“城哥……今天是周末。”

“我知道是周末，你晚上不上晚自习？”

“上……可是我有约会。”

“算了算了，你去约会吧。”楼城有点没辙了，他不知道自己为什么要躲着丁雪润。他焦虑地抓了抓自己的头发，终究放不下心来，中午就骑着车去了赛车场，下午摸准了时间在小区门口等丁雪润出来。

“楼城？”丁雪润见到他有点意外。

“我……路过啊，走吧，送你回去。”他把特地准备的头盔拿给丁雪润，说是路过还特地带两个头盔，一看就有问题。

丁雪润没有点破，只是问道：“你今天晚上要回学校去上晚自习？”

“不上……我路过嘛，我正好回家，送你回学校。”他如果说去学校上课那才有鬼，毕竟四班的各科老师都知道他晚上要上托福课。

丁雪润戴上头盔坐上车，但这次没有抱着楼城，而是用两只手抓着他的衣服。

楼城低头看了一眼，问道："你怎么不抱着我了？"

"你想让我抱着你？"丁雪润的声音平静如水，不露端倪。

"我不是……你想哪里去了！"楼城乱了阵脚，胡乱解释道，"抱着才、才安全啊……不然你会被我的车甩下去的。"

"好。"丁雪润把手臂绕了过去，在他身前打了个结。

楼城感受着这种束缚般的拥抱，感到后悔，难怪丁雪润那天会误会，连他自己都要误会了。

丁雪润被选入省队，要代表省队去参加全国数学竞赛的决赛。

楼城是上课忽然听见老窦说，才知道他要去湖南比赛，叫什么 CMO，也叫全国中学生数学冬令营。

他搞不懂这些竞赛，但老窦站在讲台上，与有荣焉地道："拿到一等奖，就能保送清华北大。我们学校今年入围的有三名同学，我们班只有丁雪润一位同学。"

听见清华北大，四班同学都不淡定了。

"天，那他不是一周后回来，就是清华北大的学生了？"

"这也太厉害了……"

"还说不准……你以为国家一等奖是那么好拿的？不过他现在至少是国家三等奖，保送复旦已经稳了。"

六中年年都有保送名校的学生，但当这种学生出现在自己身边时，还是会有种不现实的感觉。

楼城听得有些茫然，他扭头一看，丁雪润一边在听老窦说话，一边在认真做题，神情波澜不惊。他经常一心二用，却总能把题做对。

似乎是感受到楼城的视线，丁雪润侧过头，问道："你看我做什么？"

楼城怕被老窦看见说他影响丁雪润学习，拿起一本书挡着脸，压低声音道："润润，你是不是要读清华北大去了？"

"八字还没一撇呢。"

“你这么厉害，肯定能拿一等奖。”楼珹虽然不关注学习，但他意识到了丁雪润是真的很厉害。毕竟理科总分七百五，这是一个能考七百四十几分还说自己失误了的人。

他眨了一下眼睛，问：“那你什么时候走？”

“下周一，学校有带队老师跟着一起去。”

楼珹“哦”了一声，似懂非懂。

丁雪润看他整个脑袋都躲在书后面，就伸手过去轻轻在他头顶摸了一下，“楼珹，我走的这一周，你也开始学习吧。”

楼珹蒙了一下，旋即脸有点红，“我学什么啊，你又不是不知道我学习多差……”

丁雪润看着他的眼睛，认真地问道：“你准备出国读书吗？”

“我爸妈是这么说的，他们也是没办法了。我才不想出国，我英语那么差，在国外说不定被拐卖了。”

“不出国读书，考大学吗？”

“总有大学能让我读的。”楼珹倒没有担心过这个，因为他爸妈交际圈很广，为了解决他读大学这个问题，早就通过朋友了解不少一本院校。他能通过别的方式进入大学——就是有时候，他会觉得自己挺废物的。

“你想不想在首都读？”

“首都……”楼珹心跳漏了一拍，长睫毛忽地一颤，“跟你一起吗？”

丁雪润面不改色地“嗯”了一声。

楼珹摸了摸头，其实去首都读大学是可以办到的，就是他成绩太差，进好学校他自己都感到丢人，再说毕业也是个问题，没准刚进去一个月就因为成绩太差被开除。

丁雪润无奈地笑了笑道：“那你等我回来。”

楼珹听见他温柔的语气，耳根子顿时有点红了，这……哄小孩呢。

“你周一走，那你周末还去那个向日葵家园吗？”

“不去，我跟园长说了要走一周。”

“那……”楼珹摸了摸鼻子道，“周六放学，我请你吃饭，给你践行。”

丁雪润说“好”。

楼珹还叫了几个人。他小弟虽然多，但是跟丁雪润吃过饭、关系尚可的就那么几个。

丁雪润下课收拾了一下，楼珹在车上坐着等他，跟其他几人吹牛道："他要去考那什么 CMO，去湖南考试。考上了可以保送清华北大，清华北大得抢他你们懂吗？考不上都有复旦垫着底呢！"

听得几人啧啧称奇，"复旦垫底，牛啊！"

小弟震惊道："丁学霸的脑子到底是怎么长的？看着脑袋小小的，脑容量那么大？"

楼珹冷笑一声说："你管人家脑子里装的是什么，反正你脑子里是猪饲料。"

小弟有点委屈地说："珹哥，我上次考试考了全年级第二百五十名。"他心里默默补充一句"而你是零分"。

楼珹笑道："这个名次挺适合你的。"

小弟哭笑不得。

Chapter 09

//////////////

可乐的滋味

第二天早上，丁雪润没有去上课，他在校门口跟同校入选省队的同学集合。楼珹在上课时间跑了出来，站在远处看了半天。

他本意是要去跟丁雪润击个掌什么的，鼓励一下他，结果站了很久都没有动，就这样目送丁雪润上了车。

一行四人出发去了机场。此次省队共计十八名学生，六中就占三个。

湖南学霸很多，竞赛实力非常强劲，冬令营两百人里，湖南学生就占了四分之一。

丁雪润以前参加过华罗庚金杯，拿了一等奖后就很少参加竞赛了。

入营后，是不允许使用手机的。

当天报到过后，听了一场讲座，丁雪润和同校来的几个同学在一个房间睡下。

冬令营时间安排得很紧凑，有几堂培训课，星期三看完考场，星期四就开始考试。

第一天考理论，第二天考实验。

明明考试时间不长，可是考完试的每一个人都好像打了一场硬仗。回到房间，其他两名同学叫上丁雪润一起讨论题目，过后便早早睡下。

他睡得很快，可是另一边的楼珹，无论如何也无法入睡。

丁雪润走了一周便回来了，周一早上他来上课，许多同学迫不及待地围着他的座位，争先恐后地问：“怎么样？”

“录取了吗？”

“考了多少分？”

“题都是什么样的？很难吗？”

丁雪润不疾不徐地道：“分数和排名还没出来。”

虽说只有两百名学生，但试卷没有那么快批改出来。

楼珹知道丁雪润考完回来了，今天特地起了个早。结果看见这么多人围着他，问他打听考试情况——连他座位旁边的通道都被堵上了。楼珹沉着一张脸走过去，不悦地嚷道：“都闪开。”

众人一看楼珹来了，立刻让他过去，然而围着丁雪润的人并未减少，还是水泄不通。丁雪润仿佛一夜之间变成了班里最受欢迎的人，所有人都在跟他说话，而且非常热情。

“丁雪润，我帮你抄了这一周老师布置的作业。”

“我的笔记可以借给你……”

“我……”

楼珹坐下后，看了一眼丁雪润，发现他在认真解答同学们的疑惑，根本不跟自己打招呼。

他忽然沉下脸来，没好气地道：“没听见上课铃响？别跟这儿杵着，你们影响我看黑板了！”

众人作鸟兽散。

楼珹装模作样地整理了一下自己桌上的课本，咳了一声道：“考得怎么样？”

“还可以。”

“被录取了吗？”楼珹眼睛一亮，“清华还是北大啊？”

“还没，排名还没有公布，录取的话会直接寄提前录取通知书给我的。”

楼珹已然一副“你肯定被录取了”的笃定模样，“没问题的，我等着你的通知书啊。”

丁雪润看着他笑了笑，又问道：“你眼睛怎么回事？”

“什么？”

“黑眼圈，很重。”丁雪润抬手用食指轻轻点了点他的眼窝，“上周还没有的，怎么？没休息好吗？打游戏了？”

“没有打游戏……”楼珹扫了他一眼，垂下头来，“就是有点失眠。”

丁雪润给CMO奥赛组留了丁兆文的联系方式，也留了学校的联系方式。

他的分数和名次一出来，第一个得到消息的是学校。

学校下发通知，先通知到了班主任，再通知到丁雪润。那天正在上一堂语文课，老窦忽然出现在教室门口，脸上是掩盖不住的狂喜。

他站在教室门外一直没有离开，背着手沿着走廊窗户绕来绕去，目光一直停留在丁雪润身上。

楼城本来在玩，结果看见老窦一直盯着自己这边，有点不好意思了，拿出书来，问丁雪润："多少页啊？"

他把课本翻到正在讲的那一页，假装学习。丁雪润看见了，低声问："想学习了？"

楼城说："我学不好。"

丁雪润抬头看着黑板道："你什么时候想学了，就告诉我一声。楼城，现在还不晚。"

楼城摸了摸头，"哦"了一声。以他的家境，他想读什么大学都行，但是能不能毕业就是另一回事了。名校对他而言易进难出，那些好学校怎么可能让他这样的学生毕业？

以他的废物程度，大学读四年什么都学不到，反而是浪费时间。

下课后，窦老师立即推开后门大步迈进来，高声喊道："竞赛成绩出来了。"他脸上的喜色完全控制不住，用嘶哑的嗓音喊道，"第二名！二百九十分！银牌！"说到这里他叹口气，"第一名只比你高了零点五分，是雅礼的。"

数学竞赛决赛分为理论和实验两个科目，每科满分是一百五十分。

历年来的那些奖牌获得者，都能顺利拿到清华或北大的录取通知书。

据说今年的保送政策收紧了，窦老师依旧胜券在握，以丁雪润这个分数这个名次，保送清华北大是板上钉钉的事了，"你要念哪所学校，完全取决于你自己，你想读哪个就读哪个。"而且专业任他选。

"回去跟家长商量一下吧。"

楼城都听傻了，什么？这就录取了？？

坐在丁雪润四周的同学更是傻眼了，比丁雪润这个当事人还激动，"这是真的吗？录取了啊？啊啊啊，丁雪润好厉害……”

下一节课是体育课，可没人跑去操场，都激动地围了上来打听情况。

“天哪第二名吗？那李雷和韩梅梅呢？”他说的是另外两个去参加CMO的学生，这两位也是成绩保持前五名的“大佬”，高三了，就靠着这次竞赛搏一把。

反观丁雪润，他这个当事人不骄不躁，一如既往平静淡泊。

窦老师解释道：“不是，别出去瞎传。还没录取呢，只是机会非常非常大。”他连着用了两个“非常”。

窦老师完全没有想到，丁雪润能这么争气。

“好样的。”他欣慰地拍了拍丁雪润的肩膀，有种在全校师生面前长脸了的感觉。

因为这件事会在周一升旗时对全校通报，而他作为班主任，作为数学老师，也会作为指导老师出现在广播里。

老窦一走，一大堆同学凑上来说恭喜。

一所好大学代表什么，大家心里都清楚，丁雪润显然不是书呆子类型的学生，他的前途不可限量。

陈治邦也过来了，楼城本来要骂走他，却听见他跟丁雪润说：“你什么时候去国家集训队？”

楼城当即听得一愣。

丁雪润摇头道：“还没通知呢，应该就这两天了吧。”国家集训队每年要从CMO成绩优异的同学里选拔三十名，丁雪润位列第二，自然是会进入国家集训队的。

陈治邦经常研究竞赛，曾经也想通过数学竞赛直接拿到保送名额，可现实打了他一巴掌——省一等奖的成绩，只够他在高考时加上五分，而且听说马上要取消竞赛加分政策了。

楼城平时最喜欢体育课了，今天上课铃响了也没动。

教室里的人快走光了，楼城拉着丁雪润的手臂晃了晃，问道：“你又要走？”

“舍不得我走？”丁雪润起身，两人慢悠悠往操场走去。

“我就是问问，那个什么国家集训队的，听着好厉害……那你被录取了，是不是就不读书了？不用来学校了？”楼城露出了羡慕又有些落寞的表情。

“国家集训队也就离开十天半个月，要去国外比赛。”丁雪润解释了一句，接着扭头说道，“如果我不来了，楼城，你准备怎么办？”

楼城一愣，心里紧跟着一慌，眼睛都红了，斩钉截铁地把他推到旁边教学楼的墙上，逼近道：“丁雪润，你不准不来！”

丁雪润只是逗他玩而已，没想到楼城反应会这么大。

丁雪润不打算为难他，笑了笑道，“走吧，上体育课了。”

果然，没两天丁雪润就接到了通知，他要去参加国家集训队，集训一段时间过后，三十名学生中选出六名代表国家去国外参加 IMO（国家奥林匹克数学竞赛）。

学校广播里播了三遍，全校都知道了丁雪润这个名字。

丁雪润去集训的前一天，给楼城安排了一个任务：“我可能十天就回来，也可能十五天。我不在的时候，楼城，你能帮我记一下笔记吗？”

“啊？”楼城以为自己出现了幻听。

因为他知道，丁雪润的学习方式跟其他人的有些不太一样，其他同学拼命记笔记，而他很少动笔。楼城问过他，他说都记在脑子里了。

忽然让自己给他记笔记，楼城有点想不通，“我字那么丑……我给你去复印其他同学的吧，就那个一班的，孙什么的笔记。”

“你自己记，不要去抄其他人的笔记，我不嫌你字丑。”丁雪润拿了一本新的笔记本给他，笔记本很漂亮，黑色牛皮封面，他叮嘱道，“你稍微认真一点听，听不懂的话就问我……”

“我肯定听不懂的……”楼城都多久没学习了。

丁雪润摇头说：“不难懂的，你记好笔记，等桂花开了，我就给你做糖桂花。”

楼城眼睛瞬间亮了：“糖桂花？好吃吗？”

“不知道你会不会喜欢吃。”丁雪润说，“我爸爸给我妈妈做这个吃，后来我妈就嫁给他了。”

丁雪润要去集训十天，楼珹记得他说的话，真的开始很认真地给他记笔记。

老师讲课速度快，楼珹一边听一边飞快地记，但是只能记一半。而且他们班老师，同一个知识点从来不会讲第二遍，所以楼珹下课只能硬着头皮跑去办公室找上堂课的老师，说：“我笔记没有记完，我还想再看一遍课件。”

老师吃惊坏了，不认识一样看着楼珹，“怎么，太阳打西边出来了？开始学习了？”

“我帮丁雪润记笔记呢，他不是去集训了吗？”

老师看了一眼他的笔记，心说你这笔记记得乱七八糟的，丁雪润那样超前学习的学生，压根就不需要你这样的笔记。

老师专门打开课件道：“楼珹，你哪里没听懂，我再给你讲一遍。”

楼珹为了记笔记，坐下听起了小课堂，但是一知半解，好歹把任务完成了。

为此他还对丁雪润抱怨道：“你都不知道……为了给你记笔记，我追到老师办公室里去问问题，啊！我容易吗我？！”

丁雪润的集训管得很严，但手机在下课时是允许使用的，他回复道：“你好好听。”

“我头都听大了！不知道讲的什么，抛物线看得我火大。不行，越想我越觉得自己亏，一罐糖桂花就把我打发了？丁雪润你也太小气了……”

丁雪润又隔了好一会儿才回复，估计在上课。

“楼珹，你要好好学，以后跟我考去同一个地方，那我每年夏天都给你做。”

楼珹看见这条消息的瞬间，心里泛出了无法言说的滋味，有些雀跃。

他顿时像打了鸡血一样听课、记笔记。认真听了几天课后，虽然还是不太懂，但老师经常在上课的时候夸他，说：“你们看看人家楼珹，现在多认真！”

所以楼珹产生了一种自己真的可以考上大学的错觉，甚至兴致勃勃地拿手机搜索首都的大学，看看清华和北大周边有哪些普通一点的、适合他去读的学校。

大家起初都以为他吃错了药，听见楼珹特别认真地说自己要考大学了，小弟第一个表示不信，说："三分钟热度，珹哥最多坚持一周。"

果然，一周过后，楼珹就有点颓了，尤其是摩托车赛开赛在即，他不想学习只想好好比赛，带领他的车队拿个好名次。

第十天，丁雪润集训结束，他从三十名集训的学生中脱颖而出，将加入国家队去参加 IMO。

清华和北大的电话都打到了他家里去，而且不止这两所学校，因为听说他想读法律，人大、西南政法的电话也打来了，他们不仅给丁雪润家长打电话，还联系了学校。

丁兆文得知丁雪润的竞赛成绩，特别高兴，给丁雪润打了一通电话，让他好好考试。

消息传到学校，第二天学校就拉上了横幅，挂在校门上边。

楼珹早上去上课，看见横幅上面写着：恭喜我校丁雪润同学代表国家参加 IMO……

他还没进学校，就听见好些个学生说："我们学校高二年级的第一名是不是？进国家队了？天哪……"

送孩子来的家长也说："看看人家好会学习……"

楼珹与有荣焉，走路昂首挺胸，恨不得见人就说："这人，我同桌。"

他走进教室，发现今天都没人早读，大家热火朝天地讨论。

"我刚去办公室，你知道我听见了什么吗？老窦说清华北大还有什么人大西南政法……我的妈呀全在抢他！！"

"大家同样都是人，为什么他就像开了挂一样？"

"我们这样的顶多叫会学习，人家那样的才叫学霸。"

楼珹本来想逃课去赛车，结果就那么坐下了，沉默地记起了笔记，一时间特别刻苦，把自己都感动了。

然而楼珹对于现在教的知识，确实不能全盘接收，理解一半都很难。

他晚上给丁雪润打了一通电话，哭诉道："你都不知道我为了给你记笔记，现在有多认真，他们叫我打篮球我都不去了，手都写酸了！太辛苦了！

还好我两只手都能用，右手累了用左手。”

丁雪润说：“你把手伸出来。”

楼珹下意识把没有握打电话的那只手伸出来了，有点茫然道：“干什么？”

“给你揉揉，记笔记辛苦了。”

楼珹的手明明伸在空气里，却在听见他的话后倏地收了回去，好像真的有人揉了他的手一样，他大声喊道：“丁雪润你干什么？你骗小孩子吗？”

“你不就是小孩子吗？幼稚鬼。”他的笑声透过电话传了过来，笑得楼珹又窘迫又害臊，汗水渗得他手心都湿透了，不知所措地道：“你别笑了。”

楼珹怀疑起了人生。

他生怕话题继续歪下去，连忙转移话题，问道：“我听说清华北大，还有人大、西南政法，都想录取你是不是？你要读哪个？”

“我还没有想好，等 IMO 考完再说吧。”

“什么时候考完？我马上要参加 CRRC 了，你想来现场看吗？”楼珹问。

“十天左右吧，考完我就能回学校了。你比赛是什么时候？我不知道能不能赶上。”

楼珹说了比赛日期，丁雪润回道：“应该能赶上，是车队比赛吗？还是你一个人？”

“有团体奖和个人奖项啦，CRRC 获得名次就可以升级参加 CSBK（中国超级摩托车锦标赛），我的下一步目标是 ARRC（亚洲公路摩托车锦标赛），成为亚洲车王……”他说起自己喜欢的事情，滔滔不绝。

丁雪润特意去了解过这方面，他知道 CRRC 是中国公路摩托车锦标赛，CSBK 就是更高一级的、排量更大的摩托车锦标赛，前两者都是国内的顶级赛事，而 ARRC 是全亚洲的赛事。

楼珹没想到丁雪润了解得这么清楚，特别话痨地拉着他说了很久，说他们车队的车手其实都很牛，不过最牛的当然是他了……

丁雪润耐心地听完，说道：“如果你能拿到名次，我就给你买可乐。”

楼珹的脸瞬间变黑。

丁雪润听见电话那头的嘟嘟声，没有说什么，只发了条消息提醒道：“学习辛苦了，早点睡，晚安。”

楼城想到了去年，有个学姐不知道怎么知道了他的电话号码，每天给他发天气预报，雨天让他带伞，冷了让他注意保暖，语气特别亲近，然而楼城根本不知道她是哪位，只觉得莫名其妙，后来把她拉黑了。

但是到了小丁这儿，他偶尔一次关心的话语，都让楼城觉得很窝心。

丁雪润知道他什么性格，没指望他会回复，要等他缓过劲儿来，起码得过两天才行。

结果那天晚上，丁雪润要睡觉的时候，一条消息跳了出来。

楼城跟他说晚安。

虽然只有两个字，但楼城犹豫了半天，反复删改，才发出去。

丁雪润知道他愿意跟自己说话了肯定是纠结了半天，所以一丝犹豫也没有，问道："楼城，你有什么想跟我说的吗？"

丁雪润见他半天没有回答，说道："我去睡了，明天要坐十几个小时的飞机。"今年 IMO 在德国不来梅举行，因为他是国家队成员，签证一天就下来了。

第二天上午的数学课，是一场较为特别的公开课，还占了楼城最喜欢的体育课。可是楼城没有逃课，乖乖去阶梯教室听课了。

上课的老师是他们的班主任老窦，而上课的学生除了四班的，还有四个班的，一共五个理科班，把教室坐满了。

这场公开课针对的内容是数学竞赛，内容比较高深，涉及微积分。老窦说："其实竞赛题本身并不难，在座很多同学做过。它的难度不在于解决试题需要多么高深的知识，而在于对数学本质的洞察力、创造力。"

楼城吐槽了一句，他听都听不懂，这还不难？

而且他瞧着坐在阶梯教室里的学霸们，也有好些是搞不懂的。

要是人人都能懂了，为什么只有丁雪润进了国家队？

快下课时，老窦让同学们随意提问。大部分来上课的同学，最感兴趣的还是竞赛保送这一项。他们现在高二，明年高三参加数学竞赛，还有机会保送，但同时承担着不小的风险。

老窦从所有举手的同学里，随意抽了一个。

"老师，丁雪润进了国家队，很多大学包括清华北大给他打了电话，想让他报他们学校，这是真事吗？”

“是真事。”老窦言简意赅。

台下一片哗然：“真的啊，这么牛……”

又一个同学站起来，问道：“那他是不是被录取后就可以去读大学，而不需要再读一个高三了呢？”

老窦笑道：“理论上是可以这样的，他被录取后，是可以在今年九月直接去大学报到的，也可以继续读一年高三，然后参加高考。”

“那高考成绩怎么算呢？”

“如果已经拿到了录取通知书，那高考对于他的意义就是一个排名吧。”

同学们纷纷发出羡慕的声音，“他可以不用读高三了。”

“这也太好了吧……他要是读了高三，那我们学校的第一不得一直被他霸占啊？恐怕得霸占到高考去！”

“丁雪润要是去高考了，那明年的高考理科状元肯定是他啊！”

楼城做梦似的坐在原位，等教室里人走得差不多了，他才慢吞吞地拿起数学书，浑身低气压地站起来走回教室。

走廊上，楼城迎面撞上一个女生，那女孩子一封情书握在手心里，正准备给他的样子。楼城心情不佳，路过时装作没看见，那女孩子羞涩地说：“楼城同学，能帮我把这封情书交给你同桌吗？”

楼城以为自己听错了，他来不及说不，女生就把情书塞在他的手心里，小声说：“一定要给他哦，谢谢你。”

说完她就转身跑了。

“喂！同学，你……”要给你自己给！我才不给人跑腿！

——楼城差点把这封情书揉碎。

他回到教室，先是把情书放进丁雪润干净整洁的抽屉里，过了会儿又神不守舍地偷偷拿了出来。

不行，不能给小丁。

丁雪润是要去清华大学的人，怎么能跟女孩子谈恋爱呢？多影响他学习啊！

楼城把情书放在手里研究了一下，粉红色的信封，是楼城经常收到的款式，信封背后印着一只白白软软的卡通兔子。

他觉得就这么拆人家丁雪润的东西不太好，纠结了好半天也没好意思拆开，但他把那封情书带回家了。

因为丁雪润坐飞机，楼城估摸着时间，过了凌晨才给他发消息，问道：“到德国没有？”

“刚到。”丁雪润发了一张图片发给他，“买了张新电话卡，才连上网，现在去酒店。”

图片是黄昏时分的不来梅落日，隔着车窗玻璃拍的，模模糊糊地倒映着丁雪润的清冷面孔，还有他车上那几个同是数学天才的同伴。

楼城把图片放大，盯着车窗玻璃上倒映出来的丁雪润，看他有没有因为太努力学习变瘦了。

丁雪润没收到他的回复，又说：“已经凌晨了，楼城，你还不睡？”

“我还不困……”

楼城不知道怎么跟他说，说自己今天收到了一封专门给他的情书？

丁雪润脑袋靠着车窗，问道：“又失眠了吗？”

“不是……”或许是他这段时间学习特别用功的缘故，睡眠质量好了些。

楼城从书包里找出那封被他夹在书里的情书，十分想毁尸灭迹，不给丁雪润看了。因为楼城今天也见到了，递情书那个女孩长得还挺乖，一看就是好学生，疑似是重点班的班花。

说不定丁雪润会很喜欢。

商务车开到了酒店，带队的两位教授先下车，司机帮着同学们拿行李。

丁雪润就背了一个书包，脖子上戴了个睡觉的 U 型枕，而且书包里装的一半是资料。

他看楼城那边“正在输入”了半天，就是没有消息，问了句：“楼城？”

“润润，你……想不想谈恋爱？”

丁雪润刚进电梯，看见这条消息，他的信号就没了，消息转了半天都没发出去。

楼城不想让丁雪润去跟其他人谈恋爱，苦口婆心地劝道：“我想说的是，你才高二，别谈恋爱，多影响你学习，虽然你差不多算是拿到了录取通知书……”

丁雪润没有接话，过了一会儿发消息让他早点睡觉：“明天你还要去上课，别玩手机了。”

四月底，丁雪润考试结束，他还没回国，消息就传到了国内，上了各大媒体的头条：国家队在今年 IMO 上拿了金牌。

这个竞赛举办以来，中国队拿冠军的次数位居第一，今年也拿了奖，并不让人意外，但不失为一个振奋人心的好消息。

学校连夜赶制了横幅，这次是“恭贺我校丁雪润同学荣获 IMO 冠军”，还上了本地新闻。

楼城得知丁雪润乘坐的飞机将在劳动节那天晚上抵达首都机场，到达后他还要乘坐红眼航班回 D 市。

到 D 市机场的时候，差不多是凌晨三点了。

老窦特别关心丁雪润，特地跟学校申请了资金，给他在机场附近订了一家星级酒店，校长没有一丝犹豫就批了，说丁雪润是全校同学的榜样，要在五一节放假过后，让他上台演讲。

楼城提前给丁雪润发了消息，说自己来接他。他调了一点钟的闹铃，早早就睡下了。

丁雪润一直在飞机上，没有看见楼城的消息，到机场看见后立刻跟楼城说：“不用来接我，你好好睡觉。”

然而没有得到回复，他就赶着转机去了。

或许是拿了金牌的缘故，国家队回国时买的都是公务舱，丁雪润坐着把演讲稿写完了。

航班落地时间提前了十五分钟，两点半就到了，丁雪润没有行李，所以直接出了机场，准备打车去学校给他订的酒店时，忽然接到了楼城的电话。

“我看见你的航班落地了，你人呢？哪儿呢？”楼城有点困，手臂撑在车窗框上打了个哈欠。

丁雪润站在深夜的出租车通道旁，不可思议道：“你在机场了？”

“是啊，半夜三点了宝宝，你要露宿街头不成？”楼珹拿起车上的报纸，这是学校发下来的——因为报纸头条是关于他们六中的学生丁雪润的。

楼珹一个从来不看报纸的人，看了好几遍并念道：“丁雪润能取得同龄人遥不可及的骄绩，与他有着超常的数学天赋有密切的联系。他从小就对数字很敏感，热爱数学……啧啧，这么优秀的同学，学校怎么都不来接你？还是我对你好，半夜都爬起来接你了！”

一辆出租车在丁雪润面前停了下来，司机摇下车窗冲他摁喇叭，问：“走吗？”

丁雪润摇了摇头，对着电话说：“你在哪儿？我过来找你。”

“在停车场呢。机场不能乱停车，你在哪儿，我过去找你啊。”

两人保持着电话联系。楼珹下了车，往机场出口方向走，丁雪润也从地下坐电梯上来，跟楼珹碰了面。

五月初的深夜，楼珹只穿了个短袖就出来了，露出小臂肌肉，帮丁雪润拿书包，说：“你就这么点东西，这十天你是怎么过的？”

“穿一套洗一套。”丁雪润跟在他身旁，“你穿这么少，冷不冷？”

“都要夏天了，冷什么冷啊。”楼珹本来想去勾他肩膀，忽然不知想到了什么，手臂在半空中停顿了一下，默默地收回去了。

丁雪润装作没发现，打开车门，坐在副驾驶座。

他低头系安全带，楼珹一边启动汽车一边说：“你现在成本市名人了。你看，”他把报纸丢给丁雪润，“这报道不知道谁写的，据说是来学校采访，老窦声情并茂地跟记者说你多么多么有天赋……说你是他最喜欢的学生，哈哈哈，他那么喜欢你，怎么不来接你？还是哥哥好吧。”楼珹看了他一眼，补充道。

丁雪润嘴角一弯，低头看报纸，看见自己获奖照片以及学生证上的照片，都被刊登了。

“楼珹，你知道附近哪里有一家万怡吗？”

“万怡？你要住酒店？你住我家啊住什么酒店！”

丁雪润摇头，看着他道：“学校知道我凌晨才到，给我订了酒店。”

“你怎么不早说？”

“我说了，没想到你真的来了。”丁雪润有些歉疚，轻声问他，“你困不困？”

“你说困不困？我都多少天没睡个好觉了……”他特别委屈。

正聊着，丁雪润忽然瞥见窗外，硕大的酒店标志挂在一栋高楼顶上。

“在那里。”他给楼城指了一下方向，“你开车回家还要一个小时，跟我一起住酒店吧？”

楼城没有说话，心里却在想，万怡的房间是不是太小了？学校肯定很抠门，不可能给丁雪润订套房……肯定还没他卧室大，住着多难受啊。

虽然他这么想着，却已经朝着酒店的方向开去了。

一分钟不到，他的车就停在了酒店大堂外。

楼城还没决定好，丁雪润就凑过来，把他的安全带解开了，说：“你跟我一起吧。”

楼城说道：“你是不是怕一个人住？”

“还好,不怕的。我只是不想你这么疲倦还开车。”他说,“疲劳驾驶不好。”

五一劳动节学校只放一号、二号两天假，二号晚上就得去学校上晚自习了。

楼城马上要比赛了，所以赶着去练车，丁雪润回宿舍收拾了一下就去上课了。

他成了名人，许多同学来恭喜他拿冠军，赞他“为国争光”。

晚自习上了一会儿，老窦把他单独叫了出去，问他要明天的演讲稿看了一遍，说：“写得很棒。”

他赞许道：“你现在是全校……不，应该说是全国高中生的榜样了！你看，就连楼城那样不学好的，都被你带得开始用功了。”

丁雪润谦虚了几句，认真地说：“楼城很聪明，他能学好的。”

老窦不置可否，对于楼城的智商，他保持怀疑，不过只要他肯用功，成绩肯定比之前要好。他换了个话题道：“对了，是不是又有几所学校联系你了？你怎么想？”

于是两人就到底选哪所大学的问题，在教室走廊外促膝长谈了一整节课。

丁雪润回到教室坐下，摸出抽屉里的手机看了一眼，果然有楼城的消息。

楼城问他："马上下课了，你出来吃夜宵吗？"换作之前，他不太好意思打扰丁雪润学习，但丁雪润已经是名校随便挑的状态，没关系了。

而且楼城想看他一眼。

"好。"丁雪润回复。

楼城立刻回道："那我在校门口等你啊。"

下课铃没一会儿就响了，走读生开始收拾东西，英语课代表黄丹露走到了丁雪润旁边。她坐在丁雪润前桌空出来的位置上，说："学霸，你是直接今年就走，还是明年再上大学？"

"明年。"他早就做好准备了。

"那你要读哪所大学？"

"还没考虑清楚。"清华北大的法学院都很牛，选择起来很难。丁兆文推荐他读清华，老窦说人大的法学院更好。

"肯定是去首都对吧？"

丁雪润应道："嗯。"

黄丹露眼睛转了转，压低声音道："学霸，你认不认识潘静珊？"

"不认识。"

"你真的不认识啊？她挺有名的，是旁边五班的班花啊。"

丁雪润摇了摇头。

黄丹露理解道："你平时学习肯定很花时间，不爱听八卦也正常，不过你肯定见过她，她很漂亮。"

丁雪润笑了笑，只见她犹豫了一下，说道："那个，潘静珊问你，有没有看她给你的东西……"

"什么东西？"

"就是……"黄丹露不知道怎么说，支吾道，"信，一封信。"

丁雪润下意识看了一眼抽屉。

黄丹露看他在找，嘴快地说："她说她给你同桌了。"

"哦？"丁雪润顿了一下，接着忽然笑了，"我知道了。"

“你回去看看，行不行给个准话。”她瞅着丁雪润，发现这个数学天才果真长得很招人喜欢，唇红齿白的，像漫画里走出来的美少年，她又说，“你见过她没有？就是那个，她在后门看你呢。”

丁雪润扭头看了一眼，果然看见一个女孩子躲在后门，校服穿得整整齐齐，背着书包，很娇小。

丁雪润站了起来。

他朝后门走了过去，那女孩不知道该往哪里躲，红着脸站在门外，看着他出来。

丁雪润走到她旁边时停了一下，问道：“你要出校吗？”

潘静珊意识到他在跟自己说话，嗫嚅道：“嗯……”

“一起吧。”

黄丹露被他雷厉风行的作风吓了一跳，一拍大腿，惊叹道：“我的天，学霸就是学霸！”

但是情形不像她想的那样。丁雪润态度温和，说自己现在读高中，暂时没有那种想法，大家可以当朋友。

潘静珊很失落，丁雪润说：“你好好学习，等你上了大学，会遇见更好的。”

两人走到了校门口时，丁雪润其实已经看见楼珹了，但是他装作没有看见，问潘静珊：“你吃竹筒饭吗？我请你。”

竹筒饭是校门口的流动小吃摊卖的。

楼珹看见丁雪润和一个女生走出来，还以为她是班上哪个女生，本来没想太多，认真一看，居然是那个给丁雪润写情书的！

丁雪润居然这么快就跟人家搅和在一起了！那封情书他还藏着呢！

楼珹冷眼盯着丁雪润给那个班花打包了竹筒饭，心里的怒火烧到了顶峰。说好的跟我一起吃夜宵，你请别人吃竹筒饭算是怎么一回事……

楼珹怒气冲冲地大步迈向丁雪润，丁雪润跟班花正好互相告别分开，楼珹上去就抓住丁雪润的肩膀，喊道：“丁雪润！”

“楼珹，你小点声……”丁雪润忽然看见了他的眼睛，愣住，“你怎么要哭了？”

“我才没有！”楼城也怕丢人，抓着他快步朝自家小区那边走，阴沉着一张脸，“那女生怎么回事？你请她吃竹筒饭？你是不是喜欢她？”

“没有，就是同学。”丁雪润没想到楼城会这样生气。

“你不喜欢她，干吗请她吃竹筒饭？！”楼城感觉自己气得快喘不过气来了，把他抓进了小区里，红着一双眼睛盯着他，“你是不是跟人家好上了？”

小区里没几个人，进门右侧就是一片竹林，他们就站在竹林旁，路灯在两米远的地方，很暗，两人斑驳的影子和竹叶交融。

“碰上了才请的，我都记不清她叫什么，怎么就好上了？”丁雪润解释了一句，把手里的食品塑料袋递给他，轻声道，“别生气，喏，给你买的。”

楼城看他果真买了两份，其中一份是给自己买的，脸色才稍微好看点，但还是生气。仗着身高优势，楼城微微垂首俯视着他，沉声道：“别以为给我买了吃的就可以把我哄好了！我们还没和好呢！”

丁雪润仰头，近距离注视着他燃烧着怒火的眼睛，说：“那怎么才算和好？是不是要我给你买猪耳朵？”

Chapter 10
//////////////
拥抱奖杯

天地间仿佛只剩下竹叶在风中微微晃动的声音，楼琙方才的气势消失得无影无踪。

“走了，别愣了。”丁雪润拉着楼琙的手腕。

楼琙一脸茫然地跟着他走，“去哪里？”

“你家。”

“哦。”楼琙忍不住摸了摸自己的耳朵，好烫。

楼琙飞快跑上楼去，丁雪润打开客厅灯，喊道：“下来吃夜宵，把书也拿下来。”

楼琙在二楼问：“拿什么书？”

“教科书，你家里有高一的课本吗？有的话就拿下来，楼琙，你想听哪一科？”

“你要给我讲课？”

“嗯，”丁雪润抬头望着站在二楼的他，“你不想听？”

“想听。”楼琙感到不自在，摸了摸自己的耳朵，心想丁雪润为什么要这样做……

丁雪润把竹筒饭倒在餐盘里，又倒了两杯温水。

楼琙换了一身睡衣下来，手里拿了几本教科书，他实在找不齐以前的课本了，估计是丢了。

丁雪润也从书包里拿出了资料，拍了拍身边的沙发，“坐这儿。”

楼琙有点局促地坐在他旁边。

丁雪润把筷子给他，问：“饿了没有？”

“饿了，本来等着你吃夜宵的……”结果看见你跟其他班的班花一起走出来，你还给人家买竹筒饭……

“就吃这个吧，先吃，学习完如果你又饿了，我就给你做夜宵吃。”

楼城点了点头，说“好”。

丁雪润又问：“我走的那几天你记的笔记呢？”

“都在这里呢，你看。”楼城像面对老师的学生一样忐忑，老实把笔记递了过去。

丁雪润一边翻一遍问：“高一的题你会做吗？”

楼城诚实地说：“可能不会……”

“我带的是初中的资料。”丁雪润打印了点初中题，整理了一份数学公式，各科的资料他都有。

楼城有点窘迫，马上要读高三的人了，居然刚开始做初中的题，而且不一定会，这也太丢人了吧……他拿起资料看了起来。

丁雪润说：“理科就是记公式，如果你觉得公式难，就试着学文科，但是文科要背的多。”

“那我还是学理科吧。”楼城抓了抓头。

“那我开始给你讲数学。”丁雪润的方法是拿一道典型题给楼城，然后给出相应的公式，告诉他这是什么公式、什么原理、怎么套进去，讲的过程中无比有耐心，连讲三遍，楼城如果还是不懂，他就讲四遍五遍。

楼城稀里糊涂的，不敢问为什么，更不敢说自己不想听不想学习，莫名其妙地听了两个小时，背下了好几个初中公式，还会用了。

转眼就到十一点半了。

丁雪润讲得嗓子有点哑了，楼城立刻去给他倒温水，扒拉出几颗糖递过去，说：“润喉。”

丁雪润剥开糖纸，感觉糖的味道有点熟悉，问道：“这是你说味道像我的那个？”

楼城不好意思地点了点头。

“我自己都不知道自己身上有什么味道。”丁雪润说着把糖放进嘴里，同时收拾了一下茶几，“今天就讲到这里，不给你讲太多，怕你消化不了。”

楼城摸了摸鼻子，点点头。

丁雪润站起来准备洗漱了，突然想起什么来，又问道：“你是不是有什么东西没有给我？”

“没啊，”他茫然道，“笔记不都在这儿吗？”

丁雪润吐出两个字：“情书。”

楼城语塞。

“那是给我的是不是？你藏起来不想给我，是怕我谈恋爱？”

楼城哑口无言。

丁雪润站着，而楼城坐着，他低头望着楼城的眼睛，说：“你喜欢她，所以刚才才那么冲动？”

“怎么可能？她谁啊我怎么可能喜欢她？？”楼城下意识反驳道。

丁雪润和他对视几秒，换了个问法：“你不喜欢人家，为什么把她给我的情书藏起来？”

“那、那是……”楼城狡辩道，“她字写得太丑！我看不惯！”

“情书呢？”

“不知道！”

丁雪润忽然笑了，圆滚滚的奶糖抵住腮帮子，脸颊撑出一个圆润的形状，说：“不想给我？”

楼城坐着，不安地喃喃：“不想……”

“你知道为什么吗？”丁雪润弯着腰，逼近他的面孔，目光如水，“傻子。”

楼城已经失去了狡辩的能力，他想说自己不是傻子，一点也不傻！可是当他闻到丁雪润说话时那股草莓夹心奶糖的味道，仿佛失去了判断力，直愣愣地盯着他。

丁雪润叹了口气，又直起身来，道：“明天我要演讲，五点就要起床，六点半就要到学校。我给你做好饭就叫醒你？”

楼城摇头道：“我叫外卖吧，你别自己做了，多睡一会儿，做饭很累。”他在想要不要再请个阿姨来家里做饭。

“你过两天不是要比赛吗？外卖容易拉肚子。”

楼城没法拒绝，只能说“好”。

他晚上睡不着，把那封夹在书里的情书拿出来拆了，女孩子的情书总是弄得香喷喷的，有股草莓味。楼城不爽地自言自语道："居然还知道润润是草莓味的……"

他看见人家那娟秀的字后，更不爽了，尤其是这封情书写得很美，楼城这个没什么文化的人都觉得写得很好。

还好他没收了，不然让丁雪润看见可怎么得了。

楼城看完就把情书丢了。

丁雪润不仅数学好，也有文采。但他演讲不是那种常见的抑扬顿挫式的，他声音很温和，又很耐听，搞得下面站着的全年级学生都拼命踮脚仰头去看这个学霸长什么样子。

"看报纸上，证件照还蛮帅的……"楼城听见有人这么说。

大课间的时候，外面有一批专门来看丁雪润长什么样的学生，他们是组团来的，有男有女，一脸好奇地围在后门。

楼城受不了，嘀咕道："瞎瞅啥呢，等下是不是要进来要 QQ 号了？一群变态！"

"看我的，又不是看你，有什么好生气的？"

"就是不行，看你就不行！"

丁雪润笑了笑说："放心吧，我不会跟谁谈恋爱的。"

楼城脸埋在书里装哑巴。

或许有人单纯觉得丁雪润有文化，人长得也不赖，真的进来管他要联系方式了。这些事楼城小学的时候就经历过了，因为长得特别帅，穿得又好，他自信心"爆棚"，走路都是鼻孔朝天。小学生一看他这么"拽"，觉得他更帅了，好多小女生跟他告白。

他早已习惯，然而丁雪润遇见这种事，楼城第一个横眉竖目地帮他拒绝道："没有！你看他像用手机的人吗？他要是玩 QQ 空间能拿 IMO 冠军吗？都走开，别打扰我同桌。"

丁雪润纵容着他，也不说什么。

楼城比赛连着两天，是周五和周六，丁雪润周五没去，就听楼城报了个喜，说拿了第一回合的冠军。周六本来也是要上课的，为了去给楼珹加油，他特意请了个假。

因为他情况和其他学生不太一样，老窦对他特别宽容。

今年在本市举行的 CRRC 比往年更加热闹，丁雪润看见硕大的招牌，上面写着“锡盛矿业杯”全国公路摩托车锦标赛。

今年有接近一百名车手参加比赛，二十多个车队，经过昨天第一回合的比赛后，淘汰了一大半，只剩下三四十个车手了。

丁雪润拿着楼珹给他的票，坐在一个顶好的位置上。他本来要给楼珹打电话，问他在哪儿、他们车队叫什么，结果他一站在看台上低头往赛道看，就瞥见了一溜风骚的大红色摩托车。

几辆改装摩托车，都漆成了大红色，车身上印着一个亮闪闪的“双喜”字。

丁雪润听见广播里的“喜临门车队”，有些哭笑不得，拿出手机给楼珹发了条加油的消息，然后坐下认真看比赛了。

参加比赛的车手都戴着头盔，穿着流体服，但丁雪润一眼就认出来哪个是楼珹，楼珹身高腿长，哪怕不露脸也特别显眼。

下午四点开始第二回合的排位赛，比赛进行得非常快，丁雪润站起来观看，目光锁定着楼珹，看见他领跑，在弯道上膝盖蹭地滑行。哪怕知道他膝盖上有护具，丁雪润还是感觉很心疼，怕他磕着碰着。

楼珹虽然是第一次参加 CRRC，但因为起点很高，平时没事就跑去练习，还有私人赛车场，所以像一匹黑马，把其他车手远远甩在后面。

第二回合结束，楼珹拿了第一。他昨天就是第一，今天又是第一，理所应当拿了冠军。喜临门车队则拿到了团体奖。

退场时，丁雪润听见有些 CRRC 的忠实粉丝说：“不是吧，团体奖和个人奖都让那个喜临门揣走了？听都没有听过这个车队，名字跟闹着玩儿似的，也太好笑了……”

“你们没看人喜临门车队都是些什么车吗？都是改装哈雷啊，还有川崎小忍者，我的天这种轻量级哈雷买都不知道上哪儿买……”

楼珹平时都不骑这种排量太小的车，他上路就是牛烘烘的大排量车，比一般跑车都拉风，要不是为了参加比赛，他买都不会买这种车。

拿了个冠军，楼瑊还是很高兴的，穿着赛车服拿着奖杯各种照相，笑得眼睛都没了。有媒体让他做一个亲吻奖杯的动作，楼瑊嫌弃这个奖杯太多人摸过，不肯亲。

赛后他本来要跟车队的队友聚餐，可是因为丁雪润和他几个小弟来看他比赛了，只好跟队友沟通了一下，说大家一块吃。

他是队长，他说什么就是什么。

楼瑊给队友介绍丁雪润，说："我同桌，世界冠军，牛不？"

"世界冠军？"他队友一共五个人，三个年纪比他大，一个跟他年龄相仿，但是已经上大学了，还有一个才读初三。

"是啊，他搞竞赛的，数学世界冠军，清华北大抢着要他！"

这种学霸和普通的学霸不一样，总是让人觉得敬佩、有距离感，而且丁雪润本身给人一种不好接触的高冷感觉。

聚餐的时候，总是逃不开喝酒，大家都知道楼瑊不喝酒，也知道他有洁癖，跟他一起吃饭大家总是礼貌地用公筷。

楼瑊吃了口菜，凑过去问他："今天晚上还补课吗？"

"你想上课吗？"

"补语文行吗？"

语文这种科目，并不适合楼瑊这种大字不识几个的人学。现在才开始补语文确实晚了，但楼瑊很想学一下——他也想写出那么美好的情书。

丁雪润点点头，不动声色地问他："你喝饮料吗？"

"我喝茶就行了。"

丁雪润站了起来，走到冰柜拿了一听可乐出来，他打开易拉罐，插了根吸管在冒着小气泡的碳酸饮料里。

楼瑊以为他要喝，结果丁雪润坐下，把易拉罐推到他面前来。

他仿佛明白丁雪润的意思，咽了口唾沫，手心出了汗，心脏也快要从嗓子眼里跳出来了。

今天在赛道上，他差点被人从弯道反超时，也没这么紧张。

丁雪润看着他，轻声道："楼瑊，你喝不喝？"

楼珹低声地应了，垂首含着吸管吮了一口。

整个聚餐，楼珹都心不在焉。小弟看他一脸茫茫然地咬着吸管，就提醒了一句：“珹哥，少喝点可乐。”

“我喜欢喝！你管得着吗？”楼珹不满地踹了他一脚。

他真的不喜欢喝碳酸饮料，因为这玩意儿对身体不好。楼珹喝了两三口就开始咬吸管，把吸管都咬扁了，时不时偷偷瞥丁雪润一眼，不知道在想什么。

丁雪润捕捉到他的眼神，但是不言不语，只是低头安静地吃饭，他没喝两口酒就停下来了，不再碰杯子。

楼珹的摩托车停在外面，车队有摩托车的便骑车回家，剩下的都是喝了酒的，就要拼个出租车走了。

李东就住在学校附近，他问丁雪润：“你是回学校吗？是的话我们坐一辆就行了，顺路。”

“嗯，我回学校。”

李东站在路边招手拦了辆车。

“他不跟你一起走，”楼珹把摩托车推了出来，霸道地来了句，“他跟我走。”

李东惊讶地看着他的摩托，一头雾水，“珹哥，你今天不打算骑车回去吗？”

“骑啊，我载他走。”楼珹顺手就把头盔和今天比赛拿的奖杯一起塞到丁雪润怀里，在其他人不可思议的目光中理直气壮地道，“看什么看？我车就一个位置，别看了，不载你们。”

直到丁雪润坐上车，他的队友和小弟面面相觑一脸震惊。

因为谁都知道，楼珹的摩托车真的从来不载人，没有破例过。

“为了抱学霸大腿，珹哥现在这么豁得出去？”

丁雪润假装不知道，神情自然地跟众人说“拜拜”。他坐在摩托车后座，一手抱着奖杯，一手抱着楼珹的腰。

楼珹怕自己骑快了丁雪润会被甩下去，全程控制着车速。

到家后，楼珹拿了一本语文书和一本《高考满分作文》下来，“润润，你教我写作文吧。”

“嗯，坐过来。”丁雪润从茶几下面抽了两个坐垫出来，茶几上放着台灯，暖黄的灯光映着一大堆雪白的资料。

楼城抱着书盘腿坐在他旁边，其实没什么听课的心情，就是想挨着他。

丁雪润找了几个较为经典的作文题目，手抄在 A4 纸上，先问楼城：“这个题目，你会怎么写？”

第一道作文题是材料作文，说的是父亲在高速路上打电话，不听孩子的提醒，最后孩子报警了，警察对这位父亲进行了批评教育。

这是一道很经典的作文题，丁雪润说：“你以此展开观点，写一封信，可以写给警察、女儿或者父亲。”

“这不是坑爹吗？这什么题？！”楼城戳着作文题目道。

这道作文题的确引起过争议，丁雪润对他说：“先不管这题是不是坑爹，你如果要写这篇作文，最容易写的角度是什么？你知道吧？”

“这我肯定知道，夸孩子做得对，然后批判父亲做得有问题，说警察教育得对，对吧？”

丁雪润点头，至少满分作文大多数是从这个观点出发的，也不乏有其他新颖观念的，但那种新颖的写法，并不适合楼城这种学生。他说道：“观点找对了，至少分数不会太低了……”

他又分析了几道作文题，楼城觉得他讲得很好，因为自己完全听进去了，不像平时上课，语文老师讲课感觉在催眠似的。

丁雪润讲语文的时候各种引经据典，楼城很多诗词啊句子听都听不懂，只是觉得很美。

丁雪润无奈道：“肚里没有墨水没事，有空的时候，你就背一些名句，放在作文里都是加分的。”

楼城脸红了又红，“也不是完全没有墨水，我也是会背诗的……”

“你背给我听？”

“床前明月光……”楼城自己都不好意思了，背不下去。

丁雪润却摸了摸他的头，夸道：“嗯，背得全对，不过生僻一点的诗词更加分，语文老师都喜欢那样的。”

楼城赶紧道：“那我也会一句。”

“嗯？”丁雪润摆出洗耳恭听的姿态。

“春飞雪粉如毫润，晓漱琼膏冰齿寒。”楼城口齿清晰，但是不太敢看丁雪润。

果然，他一背完，丁雪润就沉默了，问道：“你怎么会背这个？”

这首诗不是什么名句，但丁兆文一个语文老师，什么古诗词都见识过。丁雪润出生在春分那天，他妈妈生他的前一晚梦见下雪了，他一出生，丁兆文就给他取了这个名字。

“你有一次说过这句诗。”

“你还记得啊？”连丁雪润自己都不记得了。

楼城心虚地“嗯”了一声。

其实他也不记得了，只记得丁雪润那时候念了一首诗，不知道是什么诗，不常见，反正就是一句里面又有雪又有润的。楼城上网搜索含有这两个字的诗句，找得眼睛都花了，才找到这个。

丁雪润意外地笑了一下，在纸上写下“玉在山而草木润，渊生珠而崖不枯”。

楼城不解，他只看见里边有个“润”字。丁雪润翻开语文书，说：“荀子《劝学》里的一句话，你的名字，珹，就是这个字的意思。”他单独把那个玉字圈了出来，又解释了这句话的意思。

楼城暗自读了几遍，记了下来。一句诗词里既有他的名字，又有丁雪润的名字，而丁雪润仿佛信手拈来，出口成章。楼城越发觉得，有文化真的不一样。

揭过这个话题，丁雪润又换了一个题目。讲了一个多小时，丁雪润准备的作文题目终于讲到了最后一个，“《一地梨花》这个作文题目，你会怎么写？”

这种题目最考验楼城这种诗不会背几句，肚子里毫无墨水的学生。

“一地梨花、一地梨花……”楼城啃了一下笔头，“梨花好吃吗？我把梨花带回家烙个饼？”

“你饿了？”

“没有，我不饿。”他不好意思道，“不能烙饼吗这个花？”

“可以入菜、酿酒。先不说这个，我给你讲这个题目，这个题目看着难，其实内容很广泛，可以写很多，从亲情、友情角度出发，或者师长……如果真的考这种题目，反而不难。你考试前，我会监督你多写几个角度的开头、转折和结尾，你写了我给你改，你一字不漏背下来就好了。那么这个梨花，楼珹，你打算怎么写？”

楼珹抱着膝盖坐在地上，看了他一眼，“俺同桌给俺烙梨花大饼……”

丁雪润很无奈，说：“这个不好吃，你想吃饼？家里有面粉吗？我去揉个面团。”

“不不，别去做，”楼珹赶紧阻止他，“我就是想问……润润，你说好给我做的桂花糖呢？”

“桂花花期还没有到。”小区里倒是有桂花，去年丁雪润见到过，不过不是四季桂。

楼珹似有所指地问道：“那桂花花期是什么时候？”

“九月、十月。”

楼珹小心翼翼地问：“你那时候……不都去上大学了吗？”

“不去，明年再去。”他选了人大的法学院，录取通知书已经在路上了，全校都知道了这件事，很多老师拿这件事来督促班上的学生。

转眼就到晚上十点，丁雪润提出要回宿舍去睡觉。

外面飘细雨，楼珹不让他走，拽着他的手腕道：“你别走啊，住我家不好吗？”

“我手机没电了，充电器在宿舍呢，而且我想换个衣服。”

楼珹立刻道：“那你穿我的，不许走！”他还有点稀里糊涂的，可他心里想着的是，一定不能让他离开。

丁雪润摇头，说道：“我真的得回去了。”

他打开伞走进雨中，楼珹穿着睡衣光着脚，追出去几步，丁雪润回头说：“回去吧，我走了，你早点睡。”

楼珹没再强硬地追上去，注视着丁雪润独自撑着伞的背影远去。

他丧气地转身回家，感觉空荡荡的。

楼城撑着下巴坐在沙发上发呆，正准备给丁雪润打个电话，突然看见他掉在地上被坐垫遮挡的手机。

已经没电了。

丁雪润回学校的时间太晚，校门都关了。门卫本来要骂这个学生，结果认真一看，这不是高二年级的丁雪润同学嘛，所以只是温和地提醒道：“下次要早点回学校。”

天空掠过一道闪电，紧接着就是低吼一般的轰隆声。门卫大叔的脸被雷光照亮，他催促道：“要下暴雨了，快点回宿舍休息吧。”

丁雪润还没回到宿舍，大雨已经落了下来，进大门的时候宿管跟他说：“因为打雷，等下提前断电。”

丁雪润把伞晾在阳台，刚洗完澡出来，宿舍就断电了。

他换上睡衣，正准备调个闹铃，却发现手机不见踪影。想来应该是落在楼城那里了。

他除了直播以及联系楼城和家里，几乎是用不上手机的，所以并不着急。等待头发晾干的过程中，他慢条斯理地点了一根烟。头发一干，他便睡下了。

窗外的大雨哗啦哗啦，敲打着紧闭的玻璃窗。

丁雪润睡眠一直不错，可因为心里存了事，加上雷声的折腾，他好一阵子没能入睡。

似乎过了好久，他刚入睡，迷迷糊糊的，隐约听见拍打窗户的声音，他立刻警觉地睁开眼睛。

雨声混着比几十分钟前更加凶猛的雷声，掩盖不住那“砰砰砰”拍打窗户的声音。

他从床上坐了起来。

宿舍的阳台有扇窗户，而宿舍到阳台之间，还有一扇推拉门。平时为了通风都是不关的，今天因为雷声，丁雪润才特意关上的。

他摸索着自己的眼镜，没有找到，而那声音停了一秒，又重重击打了一次，只听吱呀一声，窗户慢慢开了。

丁雪润下了床，看见一个人从窗户那里爬了出来，身形高大，在没有光的宿舍，湿漉漉得像个水鬼。

对方还拿出手机，开着亮光照着他。

丁雪润虽然没看清楚他的脸，但已经知道是谁了。

“宿管把门锁了，我只能顺着水管爬上来了。”楼城身上的短袖湿透了，他抓起衣摆拧了一把水，哗啦一声推开和丁雪润之间的那扇推拉门，水珠顺着他的黑发滴到了眼睫毛上。

丁雪润听后特别生气，“你爬水管！学校水管都多少年头了，又是下雨天，你有没有想过你要是不小心……”

“不会不小心的，”楼城看他好像真的生气，忍不住走近一步，讨好似的，“我练过攀岩……”所以他手臂很有劲，加上有技巧，这种老式水管根本难不倒他。的确存在危险，可他没想那么多。

丁雪润冷着眉眼道：“你是脑子短路了吗？”

“你凶我……”楼城委屈，接着大声道，“我也不想爬的，你骂宿管吧，这才十一点半，他就睡了，死活不醒！”

“楼城！”丁雪润拿他没辙。

“润润别生气，”楼城赶紧把手机给他，“你手机忘拿了。”

丁雪润感到不可思议，气得声音都在发抖，“你爬水管上来就是为了送个手机？”

“不是不是……”楼城赶紧否认，一张挂着水珠的英俊脸庞青春又有朝气，此刻一副小心翼翼的样子，看着丁雪润低声道，“我……我这不是想跟你说话嘛！我不想等到明天了。”

丁雪润很无奈，拿自己的浴巾给他擦水，“你爬上来的时候有没有受伤？”

“没有没有，怎么可能受伤？我是谁啊。”楼城用丁雪润的浴巾裹住自己，想了想不妥，衣服还在滴水呢，于是把上衣脱了，湿淋淋地丢在地上。

丁雪润心里叹口气，问道：“你要说什么？”

楼城弱弱说道：“我冷。”

丁雪润想到他半夜爬水管上来就心有余悸，刚想训他就感觉楼城垂下头，把下巴放在了他的肩膀上。

“我睡不着，我忍不住了，我太想跟你说话了。”

他才离了一会儿就想了，现在见到了丁雪润，楼城更觉得高兴了，特别想跟他说一晚上的话。

丁雪润的录取通知书到得很快，邮递员叔叔打电话让他本人拿着身份证出来领取。邮递员好奇地问道：“怎么这么早就有通知书了？高考不是六月吗？”

丁雪润说：“提前录取。”

“小同学好厉害，人民大学。”

快递袋上印着人大的校徽。

通知书一到，老窦的心可算是稳了，校长在主席台上又表扬了丁雪润一次，让全校学生都拿他当榜样。

而楼珹，更是四处吹牛，好像考上人大的是他，甚至比他自己考上了还高兴，跟他爸妈视频聊天也不忘夸同桌好厉害。

楼珹整天这么吹，打球的时候，李东忍不住问道：“珹哥，你不是说清北抢着要他吗？他怎么去人大了呢？”

“这你们就不知道了吧？没见识。”楼珹在太阳底下转着球嗤笑道，“不知道人大的法律很牛吗？”

球没打几分钟，他就要走了。

“珹哥，怎么又走？”几人不乐意了。

这会儿是中午饭后，平时下课叫楼珹去打球，他都不乐意去了，好像变了一个人，下课都在学习。而且楼珹不叫他们一起吃饭了，最近都围着他的学霸同桌打转，两个人中午一起吃食堂。

烈日当头，楼珹大汗淋漓地跑去买了个小西瓜回宿舍。丁雪润早在半小时前就睡下了，楼珹跟他一起吃完饭，把他送回宿舍就跑去打球了。

他估摸着时间差不多了，浑身是汗，得回宿舍洗个澡，再跟刚好起床的丁雪润一起去教室。

楼珹进宿舍第一件事不是洗澡，而是脱了鞋往床上爬。他人高，原本就比床还高，踩一级爬梯就能俯视宿舍小床了。

他本来只是想看丁雪润一眼，看他睡得香不香。丁雪润脸压着枕头，侧着身睡觉，刚剪头发，露出清晰的五官，一股书卷气。

楼珹忍不住摸了摸他的脸，接着就冲进卫生间去洗澡了。

他还没洗完就听见丁雪润的闹铃响了，楼珹立刻结束战斗，拽了条毛巾就出去了。

丁雪润已经下床了，没戴眼镜，但一看楼珹就躲开目光，“你怎么又不穿衣服？”

“我刚洗完澡，热，不穿了。”楼珹有意在他面前炫耀身材，大大咧咧地走过去。

“别贫了，”丁雪润无奈一笑，“快穿衣服，我不想迟到。”

楼珹套上夏季校服。这时，门忽然被敲响了。

丁雪润已经收拾好了，去开门，门外是学委。

学委还没看见楼珹，说：“快上课了，走吧，我们一起去教室。”

丁雪润一句“你先走吧”还没有吐出来就听见楼珹在后面吼道：“滚。”

他不由分说把门重重关上了。

“这个姓陈的，他怎么又来找你？”楼珹脸黑着。

丁雪润无奈地说：“他是来找我一起去上课的。”

事实上，楼珹以前中午不住学校的时候，陈治邦确实每天来找他一起去教室，不仅如此，晚上还叫他一块去自习室。

丁雪润倒是无所谓，就跟他一起去了。自从 IMO 结束回来，他就去给楼珹补课了，晚上多数时间住在楼珹家的客房里。陈治邦也没来找他去自习室，可能是觉得他不需要自习了。

这样都快一个月了。

他不知道，陈治邦观察他们也有一周了。

陈治邦发现楼珹那个大煞星最近莫名其妙地，连中午都跑宿舍睡，还开始认真学习了！陈治邦今天看见楼珹在篮球场打球，以为丁雪润是一个人在宿舍，这才敢来找他。

没想到又碰面了。

陈治邦没敢吱声，灰溜溜走了。

楼珹跟着丁雪润去教室，一路上都在发脾气，“陈治邦那个傻子，整天找你，他仰慕你啊？”

“楼珹，别想那么多。他是爱学习。”

“我不爱学习吗？”楼珹笑眯眯道。

他是勾着丁雪润的脖子进教室的，高中生哥俩好，挺正常，老师看见也不以为然。

下午，楼珹不得不离开学校。他那个上托福课的谎已经扯了一年，其实他每天下午都骑车去赛车场，练到晚上才回家。

但现在不一样了，他在想办法跟老窦说自己不出国了，不上托福课了，他要回学校上晚自习。他又觉得，教室里人太多，他喜欢跟丁雪润独处。

因为丁雪润基本也不怎么听课，老师上课的时候，就让楼珹做题，楼珹遇上不会的，丁雪润就用纸笔演示给他看，通常要演示好几遍。他们的座位靠后，而且重点班的学生上课都很认真，没有人开小差，也没有人看见楼珹用左手写字。

楼珹建议道：“润润，你要不然……也开个长期假条，下午咱俩就一块走了。我最近没比赛，暂时不去练车了，我们一起学习。”

丁雪润也想给他好好补课，上晚自习不能说话，的确是浪费时间。但他听了这个建议没说好，也没说不好。

楼珹下午还是走了，他前两天找了个托福班老师被狗咬伤的借口，赖着上了几节晚自习。

他好些天没有骑摩托了，有点技痒了。

晚上九点第一节晚自习下课，老窦出现在教室门口，正打算走，丁雪润快步走到他面前，跟他说晚自习的问题。

楼珹已经提前在学校门口等了，他买了点夜宵提着，身上没穿校服。

随着人群出来的小弟，手里拿着一瓶消暑佳品——维他柠檬茶，正喝着，突然看见了楼珹，喊道：“珹哥，你怎么站这儿啊？”

“我等人。”楼珹眼巴巴地望着学校大门，心想人都快走光了，润润怎么还不出来。

小弟下意识说：“等谁？不会是等同桌吧？”

楼城整天炫耀同桌，跟同桌一起吃饭，一起回宿舍，一起学习，三句不离“我同桌”，叫得也亲密，整天润润、润润的。

他们这帮小弟都不敢说话了。

“不然我等谁？”楼城看都不看他，低头给丁雪润发短信，问他怎么样了。

“城哥，你这么黏着丁学霸，不会是……”小弟哈哈大笑。

“是啊。”

小弟在楼城身上吃过无数次亏，楼城每次都演得很逼真，但同一出戏演两次，他是断然不会信的。他露出震惊之色，恰到好处地配合楼城的演出。

小弟心想他这戏是越演越到位了，太真实了，忍不住道：“城哥，你不去考国家电影学院可惜了！国家电影学院需要你这种人才啊！”

“国家电影学院？考国家电影学院要多少分？”楼城忽然找到了方向一般，追问，“国家电影学院离人大远不？”

“你去考表演系吧，学都不用学，往考官面前一站就够了。听说学表演的，如果专业课过了，考两三百分就够了。”小弟倒是很鼓励他去，毕竟这么个一米八八的大帅哥，脑子不好使太可惜了，“离人大近不近我不知道，反正都在首都城嘛。”他打趣一笑，吸了一口柠檬茶，问道，“怎么？还想跟丁学霸在一块儿？”

楼城还没回答小弟的话，丁雪润就出来了。

这会儿，校门口学生已经很少了，他背着黑色书包，手上还抱着资料。

小弟跟楼城哈哈笑着说：“你俩跟真的似的，都同居了。”

丁雪润没说话，楼城看傻子一样瞥了他一眼。

三人互道拜拜，过了一会儿小弟觉得不对劲，回头又看了一眼，丁雪润跟楼城并肩走在一起，两个人刷卡进了小区。

楼城顺手帮他提着书包，问：“今天怎么这么晚？”

“我跟窦老师说了不上晚自习的事。”

楼城激动地问：“他怎么说？同意了？”

“嗯，让我写证明。还有就是主科考试的时候，我得去。”

“什么证明？”

“我跟他说我要参加高考，考文科，去外面补习。”他要考文科，但是老窦又不想他离开四班，丁雪润抓住他的这个心理，跟他说了几句，窦老师就松动了，说是要和校长请示一下，让他先去开个补习班的证明。

“考文科？”楼珹不解地说，“你一理科生，考文科干什么……”

“考着玩。”

晚上补课是在书房，楼珹把原来书房那张老板椅移开了，换了张宽一点的沙发摆在书桌前，正好能坐下两个人。

丁雪润把书房里的几盏灯全部打开了，整个书房亮如白昼，楼珹看见他在那里安装手机支架，似曾相识——以前他也见过丁雪润这样写作业。

“润润，你干什么？”

“直播。”他赚生活费是靠接广告，但他又不常接广告，一个月最多接一个。他这种搞学习刷题的博主不常见，有了名气之后，打个文具广告能挣一万块钱。

丁雪润的原则是不做硬广，要先试用，东西好才推荐。他也不太跟粉丝交流，除了直播做题的时候，压根就不说话。

楼珹见他跟摆盘似的，掏出漂亮的文具盒、钢笔、笔记本……叹为观止。“搞这个干什么？能赚钱？”

“能。”

楼珹嘴巴动了动，想说“我给你钱吧”，可之前他们已经说过补课费的问题了，丁雪润不要。

他顿了半天道：“你这样给我补课，按理说，我都欠你好多钱了，你又不肯要。”

丁雪润瞥了他一眼，说：“别说话了，我马上开直播了，要录音的。”

楼珹立刻紧紧闭着嘴巴。

丁雪润交代道：“你不能叫我名字，我也不叫你名字，记住这是直播，别暴露了自己的‘三次元’信息。”

“哦……”楼珹懵懂地点头，“那我叫你什么？丁老师？”

“去掉姓。”

楼珹脸微红，叫了声“老师”。

两人坐下，丁雪润打开直播，说：“今天的内容比较简单，是初中课题。”

弹幕开始刷：“X 老师现在给初中生做家教吗？”

丁雪润在直播平台注册的账号是个英文单词，第一个字母是个大写的 X。

“哎呀，终于有点能听懂的东西了，大佬之前总是直播做竞赛题，看得人都傻了。”

楼珹看不见弹幕，听见“初中”二字还是脸微红，他有些拘谨，没有说话。

但他入镜的一双手，很快就让弹幕刷爆了。

“初中生的手就长得这么大了吗？啊这个手跟大佬的手一样好看！一黑一白的。”

丁雪润不会一边开直播一边拿另一个手机看直播看弹幕，他学习的时候精力比较集中，而且他对粉丝评论不感兴趣，所以从来不看。

他掏出课本给楼珹讲理综，一般男孩子学理科有天赋，但楼珹没有这种天赋。如果不是因为他对楼珹有“滤镜”，他真的觉得楼珹有点傻，经常问出一些傻问题。

丁雪润拿了一道题给楼珹，楼珹看了几眼，说：“我不会，老师，这句话什么意思？”

不出意外，楼珹的声音也让评论尖叫了。看丁雪润直播的有学渣有学霸，大部分是学生，认为看丁雪润做题、听他说话、看他写的字，都是享受。

“初中生声音这么有磁性？为什么我初中是公鸭嗓，人家是男神音？”

丁雪润开了一个半小时的直播就关了，楼珹起身去上了个厕所，回来后，丁雪润继续给他讲。楼珹还有点不习惯，总是去看那手机，一口一个“老师”，不敢叫丁雪润的名字。丁雪润看他拘谨，说：“手机关了，可以不用那么紧张了。”

高度紧张的状态，比放松状态更适合学习，解题效率会更高——楼珹今天学习新知识的效率，的确比往常要高。

听见丁雪润的话，楼珹重重地吐出一口气，整个人往他那边倒去，像条大型犬歪倒在丁雪润身上，“差点把我憋死，都不敢随便说话。”

丁雪润让他抱着，扭头轻声道：“累了吗？那再休息十分钟。”

楼珹当然不可能承认自己累，他打球打半天都不觉得累，但学习真能要他命，时时刻刻都感觉自己什么都不懂，太累了。

如果给他讲课的人不是丁雪润，换成学校里的老师，他早把书撂下了。

丁雪润为了让楼珹放松，打开音乐给他听。楼珹哪怕英语不好，平时也很爱听英文歌，丁雪润说：“等下就不给你补理综了，讲英语。”

楼珹其实很不想学习了，但还是应了一声。

休息一小会儿，丁雪润又开始讲课。

英语讲完后终于下课了，楼珹伸了个懒腰道：“可以睡觉了。”

丁雪润说话说太多，楼珹心疼他，鞍前马后地给他倒水，捏肩膀，还真拿出了特意买的川贝润喉糖给他吃，“我在药店挑了很久，这个是最好吃的。”

楼珹准备把糖拿去“喜临门”化验一下，争取配出更好吃的润喉糖。

丁雪润摘了眼镜，揉了揉眼睛，大概是困了。他跟楼珹说了句晚安，准备下楼洗漱睡觉。

楼珹抓住他的手腕，说：“润润，你睡我房间吧。”

丁雪润摇头。

楼珹不许他走，说：“枕头我都给你拿上来了，你陪我一起睡。”

丁雪润无奈地说：“你都多大了，还要人陪着睡觉？”

“我就是怕一个人睡，怎么了！”他理直气壮，低头注视着丁雪润道，“或者我去你房间睡也行。”

丁雪润摇头说：“明天还要早起。”跟楼珹躺一张床，他容易睡不着。

楼珹生气道：“你就不知道听听我的话！”

丁雪润抬手摸了摸他的头，说：“听话。”然后丁雪润就下楼了。

他洗漱很快，简单冲了个澡，十二点不到，人就换上睡衣躺在床上了。

过了十分钟，紧闭的房间门被轻轻推开，没有发出一丝声响。

楼珹蹑手蹑脚地进了房间，又轻手轻脚地关了门。

丁雪润申请不上晚自习的长期假条批下来了，但老窦同时说：“就算你要考文科，也要在主科模拟考的时候回学校上课。”

一般主科模拟考，会占用晚自习的时间。

丁雪润同意了，不是每周都有模拟考，老师更倾向于让学生自习。他们班上的同学自习起来效率很高。

小考试不算密集，但大考试每个月都有。

转眼就是六月，六中也是本市的高考考点之一。

因为要高考，学校给学生放了三天的高考假。趁着这个时间，丁雪润正好给楼珹补习。

“高考过后的下一周，我们也得月考了，我先给你补习考试的重点。”

“啊？我也要去考？”

“嗯，你也要考。”

“不考不行吗……我考不好的。”

丁雪润知道楼珹这种心理，好久没认认真真考过试了，现在要上考场，自然是怕的。

“没事的楼珹，不用怕考试，它不是洪水猛兽。”

“我才不是怕考试，我会拖低平均分……”楼珹缺考很大一部分原因是他的分数太低，会拖低班级平均分。

“没事的楼珹，你把平均分拖下去，我就给它拉上来。”丁雪润用纸笔给他算了一下平均分，“班上四十五个人，除去你和我，平均分在六百二到六百三这个区间，根据难度上下波动。算上我的分数，只要你考两百五十分以上，就不会拖平均分。”

“为什么是两百五十分？你是不是觉得我笨？”楼珹的重点完全偏了。丁雪润正想说“当然不是，没人觉得你笨”，就听见楼珹揪着自己的头发苦恼道：“二百五，我考得到吗？润润你太高估我了……”

丁雪润无奈地叹口气道：“笨点也好。”

楼珹扑上去撒着娇道：“我知道你聪明，可不能嫌弃我笨。”两人本来在书房坐着学习呢，楼珹忽然一下把他按住了，玩闹般压在他身上，撒着娇说，“不许嫌我笨！”

丁雪润推不开他，嘴里说着：“好了好了，不要闹，我们继续。”

楼珹趴在丁雪润身上，喘着气说自己今天不想学习了。

数学考试结束了，传来了铃声。

“宝宝，我们今天就不学习了好不好？”楼城这段时间压力大，这会儿是真的有点提不起学习的劲头了。

丁雪润也稍微有点那种感觉，他觉得自己这个想法简直有问题，于是打算爬起来直播。

高考一结束，网上就出了试卷题目和众多不算标准的答案，丁雪润打印了试卷，开直播做今年的高考题。

楼城觉得丁雪润的手机摄像头不行，就给他换了个专门搞直播的摄像头，摄像头垂直对着桌面，丁雪润做题的同时，楼城也在旁边做题。

当然了，他大部分是不会的，选了半天才选出个答案来，他偷偷一看，丁雪润已经做到了后面大题了。他伸手翻过丁雪润的试卷看了一眼，发现自己跟丁雪润选的答案不一样，就擦了改掉，问道：“老师，为什么选这个？你跟我选的不一样啊。”

丁雪润停下来看他，翻到了他说的那道题，“你怎么选的？”

“三长一短选最短嘛。”

丁雪润心平气和，“平面向量之前给你讲过了，但这道属于难题，你认真听，我给你讲。”

楼城闲来无事，去看了一眼丁雪润的直播间回放，看完特别生气，暴躁地说：“你粉丝说我是初中生、初中生！”

也有人怀疑他是高中生，成绩不太好罢了，然而一看他的字就断定他是个小学生了。

考完后四天月考成绩就下来了，楼城这次听丁雪润的，参加了考试，分数在这个平均分逼近六百的学校里固然很丢脸，但楼城觉得自己考得挺好，总分三百多一点，而丁雪润的分数比他分数的两倍还多一百。

楼城有自知之明，不跟别人炫耀，只把试卷拍下来发给他爸妈看，说自己考了好高的分数。

楼城平日在学校什么作风，岳筠和楼宏业都很清楚，从来不考试，但是不给他们惹事——这才是他们把楼城送进好学校的原因，好学校里惹是生非的败类学生少，楼城想打架都找不到没脑子跑来惹他的人，久而久之学乖了。

猛地看见楼珹去考试了，还考了这么“高”的分数，两人都难以置信，说班主任教得好，岳筠喜出望外说要给窦老师送套房子感谢他。

楼宏业没什么文化，是个大老粗，所以希望儿子有文化，没想到“子承父业”，一代不如一代。他知道楼珹不是读书那块料，有人天生会读书，有人天生就不会读书，他也不强求，常跟楼珹说：“以后找个有文化的老婆，改善基因。”

没想到现在楼珹去考试了，一副要好好学习的模样，怎么不让他感动？

“我儿现在也是学霸了，再找个有文化的，岂不是双剑合璧？”

楼珹试探着问道：“还记得我跟您说过的同桌吗？”

“提前录取那个？”

楼珹前段时间整天吹，说他同桌厉害，楼宏业就记下了。

“是啊，”楼珹道，“近朱者赤您知道吗？他就有文化，没人比他有文化。他天天给我补课，对我特别好。我跟他待久了，现在都能考三百多分了，我要是再跟他多接触接触……”都不用改善基因了，我就是文化人。

楼宏业大喜，说道：“珹珹，这是你恩人啊！我过两天回去，请你同学吃饭。”在楼宏业看来，能对楼珹产生好影响的同学，那一定是好同学。

楼珹心里也高兴，说：“我得问问他。”

结果楼宏业到七月底才来，他发消息给楼珹说自己在他们学校门口等，让楼珹出来吃饭，“顺便带你那个同学一起过来，保送那个。”

“你爸妈想见我？”

“嗯。中午两个小时呢，吃顿饭够了，他们都是特别好的人，润润你别怕。

“他们见到你肯定会喜欢的，我爸妈就喜欢学习好的。我爸没什么文化，他就想我跟有文化的人玩。”

Chapter 11

//////////////

山间野趣

楼城父母都是看着不好接触，实则挺和蔼的人，而且颜值颇高，看起来都很年轻。

楼城的妈妈是做房地产生意的，并不像楼城说的那样没什么文化，而是毕业于香港中文大学的，拿到了市场营销专业硕士学位。

楼城的爸爸也很沉稳，不知是不是有丁雪润这么一个外人在的缘故。他问丁雪润："你是哪里人？家里人在 D 市吗？"

丁雪润说："我家人在桂市。"

"高考不陪读吗？"

丁雪润摇摇头。

"我们城城也是，不让我们陪读，来，吃菜，多吃点。"

楼城反驳道："明明是你们没时间，反过来说我不让。"

"我和你妈一人抽点时间不就行了吗？你非说不要。"他转向丁雪润道，"他说一定要你陪他一块读书，只有你陪他，他才会学习。我这个儿子，我自己都头疼，谢谢你宽宏大量。"

"爸。"楼城在桌子底下拍了一下他的大腿，"你用错成语了。还有，润润每天都给我补课呢，补到很晚才睡觉，我成绩越来越好了，过两天期末考试，我没准就能考四百分了。"

楼宏业似乎一点没觉得楼城的话有什么不对，单纯觉得楼城的同桌肯定很会学习、很有方法，所以才能让他那冥顽不灵的儿子开始学习。

岳筠感激地说道："城城说要考首都的大学，当然你们人大分太高了，他进不了。如果不是你给他补课，他到现在都还考零分。"

楼城低着头没有反驳，自己几斤几两重，他心里还是有数的。

“所以我在人大附近给你们准备了一套房，”岳筠本意自然是送给丁雪润，但不能这么明说，所以拐了个弯，“到时候你们上大学了，楼珹就可以时不时来你这里串门了。”

丁雪润看了楼珹一眼，拒绝的话还没说出口，楼珹就抢着说：“房子要大点儿的，两人住呢！”

但丁雪润并不理他，笑着说：“阿姨，我读大学平时肯定住校，周末可以去他那里串门，您看楼珹到时候读什么大学，就在那附近给他准备住处。”

回绝意思很明显，岳筠听出来了，只有楼珹听见“住校”就站了起来，问道：“你要住校？你不跟我住？”

“你到了大学，还要我给你补课吗？”丁雪润踩了他一脚，直接把楼珹踩醒了。

楼珹恍惚地坐下，眼睛直直盯着丁雪润，执拗又清澈，丁雪润也回望了他一眼，眼神像是在说：“等会儿我们再说。”

一般家长看见自家儿子和其他男同学关系好，是不会想太多的，更别提丁雪润表现得很完美，学习又好，又有家教。但自从上次楼珹开了一次玩笑后，岳筠就关注他的这个同桌。

她探究地看了丁雪润一眼，又扫向因为同桌一句话而闷闷不乐的儿子。

岳筠饭后还有工作，她让司机先把两人送回学校。

路上，楼宏业忽然想到什么，说道：“你们晚上补课到很晚，住一起？你们吃什么？得请个阿姨做饭吧。”

“嗯，是得请个阿姨，请个手艺好的。”

楼宏业：“请个会做东北菜的，你喜欢吃。”

“不要，请个会做桂市菜的。”

楼宏业在后视镜里看了丁雪润这个桂市人一眼，他儿子什么性格，他再清楚不过了，他儿子很少这么为别人着想，还是无微不至的那种，太奇怪了。

回到学校，在教室里，楼珹小声问丁雪润：“你大学要住校？”

“第一年都是要求住校的。”

“住校费几个钱，你交了不住就是了，你得跟我住。”楼珹攥住他的手，攥得很用力，捏得丁雪润手都疼了。

丁雪润没作声，上课铃敲响。楼珹骤然把他的手松开，倏地站了起来，大步走出去。

丁雪润看见走进来的英语老师，犹豫一下也站起来，上去请了个假。因为他学习好，又拿到了录取通知书，录取通知书和保送名额不同，这代表人大愿意在高二就录取他。

他自然和其他人不同。

丁雪润直接追了出去，他也不知道楼珹在哪，但下意识觉得可能在那个地方。

他跑过去，楼珹正在翻墙，人已经蹲在墙头上了。

丁雪润小声叫他："你下来。"

楼珹回头说道："你上来。"

"你下来。"

"我不，你上来。"

"你不下来我就走了啊。"

楼珹只好跳了下来，觉得丁雪润真是个坏心眼的。

丁雪润安抚道："别闹脾气。"

第二天，楼珹的妈妈上门来了。

楼珹看见岳筠抱着一个硕大的纸箱子，不知道是什么，就发问了。

岳筠笑道："给你们带的礼物。"

"来就来还带什么见面礼……"楼珹把纸箱盖子打开的瞬间，表情就僵住了。

"路过书店看见了教辅资料，你们应该用得上。我也不知道什么好，看哪本厚买哪本。"岳筠几乎把书店里高中教辅资料买全了。

楼珹有种要窒息的感觉，"妈，您为什么要这么客气……"

丁雪润倒是很平静，"谢谢阿姨，我会监督楼珹让他把这些做完的。"

楼珹哭笑不得。

"我还想给你们买点衣服，就是不知道雪润的尺码。"岳筠工作忙，平日没时间逛街买衣服，她都是请熟知她喜好的一位设计师，每个月给她送来量身定制的当季服装。

正好是中午，她给两个孩子叫了附近五星级酒店的外卖，说道："一般阿姨的手艺比不上这个，这家酒店就在附近，我跟他们老总打了招呼，留了你们地址，以后每日三餐准时送上门来，菜式都不一样。"

楼琙以前爱在外面吃，家里厨房没用几次，父母给他请了个阿姨，他也因为经常不回家把阿姨辞退了。现如今楼琙要学习了，营养肯定得跟上，父母不能让他再吃外面那些乱七八糟的食物了。

期末考试后，丁雪润没有参加学校的高二升高三的补习班，楼琙也没有参加，因为楼琙压根就跟不上学习进度，他上次能考三百多分，也是连蒙带猜的。

丁雪润一边给他补习，一边参加了两科竞赛的初赛。

楼琙忙着搜集报考表演专业的资料，原本他没这个打算，因为他对电影学院啊当明星啊什么的，没有丝毫兴趣。

可他查了一下，发现人大和国家电影学院都在北三环旁边，两所学校距离只有三公里，他骑摩托车十分钟内就能到。

这时候楼琙就觉得，读哪所大学不是读呢，他就是为了离丁雪润更近一点，而国家电影学院正好符合他的要求。

八月一到，丁雪润就说自己要回老家了，他特意提前几天打听了一下，找到了四季桂，摘了一玻璃罐的桂花，给楼琙做了糖桂花，走之前放在了冰箱里，说："我八月二十号再回来。"

他想要收拾东西，楼琙不许，两只手压在他的行李袋上，"你不是要给我补课吗？你走了我怎么办？我不要离开你。"

"楼琙，我要回家看我妈。"

"你妈妈不是跟你爸爸在桂市吗？有你爸爸陪她啊，你别走，你得陪我。"

丁雪润抬头看了他一眼，沉声道："过几天是我妈的忌日。"

楼琙愣住了，无措地松开压着他行李袋的手，"对不起啊润润……我不知道……"

丁雪润有时候会提起他妈妈，每次听着，楼琙都觉得那肯定是个温柔漂亮的女人，但丁雪润从来没说过他妈妈已经去世了。

他看着丁雪润柔软又坚定的侧脸，心里一酸。

丁雪润反过来安慰道：“不要紧的楼珹，是我没有告诉你，不用道歉。”

“那……那我跟你一起走吧。”楼珹抓了抓头。

“不用了楼珹，”丁雪润笑了，“我自己回去就行了，我不在的时候你不要放松学习知道吗？英语单词该背的得背，我给你布置的作业你也要做，我回来要检查的。”

楼珹不知道该说什么，茫然地应了一声，然后一个没忍住，忽然倾身去拥抱他，动作强硬地把他的头往自己的胸口按，“润润啊，哥哥不知道怎么安慰你，如果你愿意，你也可以拿我当……妈。”他说完，面上一红，赶紧道，“当我没说、当我没说。”

丁雪润被他按在胸口上，听见他的话心里觉得又好笑又感动，也只有楼珹才会说出这种话来。

他搂着丁雪润哑声道：“你回老家可以，但是我要给你买机票，你说你接广告也有点零花钱吧，怎么老坐火车？时间不比钱重要？”

丁雪润顿了一下道：“你说得对。”

楼珹头一次说出这么有哲理的话，又反复品味了几遍“时间不比钱重要”这句话后，一双黑眼睛深邃地注视着丁雪润，轻声说：“允许你回老家，让你休息一下。”

丁雪润笑了笑，交代道：“过两天，糖桂花的颜色变成蜜糖色，就可以吃了，到时候你再开罐。”

丁雪润的飞机落地时是晚上八点。楼珹是各大航空公司的白金会员，不是因为他坐飞机坐得多，而是因为他爸投资了几家民航公司，是各家民航公司的座上宾。

他爸是国内最早一批赶时髦买私人飞机的大老板，以前他爸讲究排场，走到哪里都要坐他的私人飞机，现在低调了，想走随时买张机票就行了。

楼珹自然也有这种待遇，当天买机票更便宜，如果正好有头等舱的话，只需要出燃油费和机场建设费。

丁兆文来机场接丁雪润，回到家后，丁兆文收好他的录取通知书，说：“润润，明天跟爸爸回一趟老家看看你奶奶，她前阵子摔了一跤，现在腿脚不利索了。”

看望丁雪润的奶奶，只是原因之一。

外面怎么说他儿子的，丁兆文不是不知道。他说丁雪润每个月给自己转几千块钱，比他工资还多，都没人信他。谣言越传越离谱，说他儿子在南方当民工，还是最危险的那种，一个月挣一两万，都是拿命换来的。

他说儿子保送人民大学，老家人也没几个人信，还以为他吹牛。现在录取通知书有了，他拍张照片回去，还有网上的新闻报道，证据十足，老家人不信也得信。这么优秀的儿子谁见了不羡慕？

丁雪润没有说什么，他这次回来就是为了看妈妈的。丁兆文把妻子的牌位和骨灰放在自己的房间里，每天都要摸一摸，擦拭一番，对着说一会儿话。

妻子刚去世那段时间，丁兆文好像入魔了，眼里没有儿子，只有去世的妻子，桌上连碗筷都要多摆一副，还让丁雪润去叫妈妈吃饭，说：“润润，你妈妈听不见，你要走到她面前去唤她。”

那时候丁雪润觉得丁兆文很不正常，劝他去医院看看，可丁兆文就是不愿醒来。丁雪润压力太大了，一到晚上就打开窗户抽烟，听见丁兆文在隔壁房间里压低了声音哭泣，他就用烟头烫一下自己。

他转学这件事，也不是偶然的。他不想在家里待下去，才故意生事，让丁兆文同意他转学。

他走的时候，丁兆文已经比最初好了一些，到现在快一年了，丁兆文仿佛已经走出了阴影。

丁雪润见他恢复了，心情也好了点。

晚上十一点，丁雪润接到了楼珹的视频电话。

教职工宿舍小，而且隔音不好，丁雪润压低了声音：“楼珹？”

楼珹当即哭诉道：“我不该让你一个人走的，我现在就要来找你，你把你家地址发给我，要具体一点的。”

“楼珹……”丁雪润叹气道，“我二十号就会回去的。”

“我等不了那么久，我就想立刻看见你！”楼城耍无赖，在视频那头横眉竖目，“我不管！”

“那你来了住哪里？”

“跟你睡一张床啊。”

丁雪润拿着手机展示了一下自己的床有多小，“这张床我从幼儿园睡到现在，你睡不下的。”楼城要是来了，他还要跟丁兆文解释同学为什么会来，为什么要跟他睡一张床。

“你这张床看起来跟学校宿舍里的差不多大……”而且房间小，好在有扇绿意常在的窗户。

楼城执拗地说：“你给我发个定位过来，我明天早上去买点东西，中午应该就能到你们桂市市了。”

“好好待在家里不行吗？”

“不行，我已经跟我妈说了，我要去桂市旅游。”

“你明天别来，我明天要回老家一趟。”

“你老家是不是就是那个山里？那正好啊，我就想去看看桂市山水呢。”

“楼城……”

“你放心，我一定会讨你家里人开心的。”

丁雪润没办法，只能答应道：“别带太多东西过来，麻烦。”

“好好好。”

丁兆文大概是听见他在讲电话，敲门提醒道：“在讲电话？睡了。”

丁雪润应了一声，然后对楼城说：“我爸让我睡了。”

“别啊……我还想跟你说话呢……”楼城一脸委屈，“那不聊视频，发消息总可以吧？或者你把摄像头开着，我说话你发消息，我就想看着你。”

丁雪润“嗯”了一声，跟楼城聊着聊着就睡着了，视频还开着。楼城的脸压着手机也睡着了，屏幕上面全是他的口水。

楼城要过来，肯定不能住丁雪润家，他的床压根就睡不下两个人不说，房子隔音那么差，说话都会被隔壁的丁兆文听见。

丁兆文是老师，现在放暑假了，他没什么社交，也不爱出门。

第二天一早，丁雪润就收到楼城发来的航班信息，大概是下午两点到机场。楼城说：“我查了一下，从机场出来到你们家那里，开车还要一个半小时？”

“对，很远。我跟我爸来接你吧。”

楼城忙说道：“我打个出租吧，第一次来就麻烦你爸，怪不好意思的。”

“你到了先找个地方安顿，我今天回老家看我奶奶，如果不吃晚饭，我就早点来找你。”

从丁兆文的教职工宿舍开车回老家也要一些时间。在车上，丁雪润一直在想要怎么安顿楼城，如果他只住一天两天还好说，找个酒店就行了，但楼城显然是赖着不走的意思。

回家后，丁兆文从车尾箱提了一箱核桃奶和两瓶白酒出来，丁雪润瞥见车里还有好多箱核桃奶。

父子俩先去的三叔家——奶奶就住在这里。

三叔一家人看他们带礼物来，特别意外，今天又不是什么节日。

“二哥你说你，人来就来，带什么礼。”

“都是一家人，这不，你家姑娘马上也要高三了，喝点核桃奶。”丁兆文客套几句，然后话锋一转，“我呢，过几天想办个酒席，请几个亲戚朋友。”

三叔更诧异，以为他是要二婚，“办酒席？”

“是啊，是我们润润的升学宴，他啊，被人民大学提前录取了！”丁兆文满脸喜色，掏出一张请柬来。

“真的假的？不是骗人的吧？”

“这种事哪里能骗人呢？录取通知书都寄到了，不信你们上网搜搜，今年国家队参加国际数学竞赛获得了冠军，我们润润就是国家队的成员。升学宴就定在八月十五，你们一定来啊，请柬上写了酒楼地址。”

丁雪润忍不住看了扬眉吐气的丁兆文一眼，在心里笑。

随后，丁兆文又蹲在腿脚不便、耳朵也不好的奶奶旁边，大声告诉他这个喜讯。

三叔一家拿着请柬，脸色一言难尽。他们搜了新闻后，发现是真的，内心更是复杂，三叔跟自家姑娘说：“丹丹，多跟哥哥学习。”

走了这一家还不算完，还有下一家。上车后，丁雪润看见丁兆文在打印的表格上打钩，他认真一看，看见那张表格上面列着每家每户的名字，一长串。

丁兆文也有点不好意思，说道：“这是好事情，得庆祝一下。”

一下子宴请这么多人，得花不少钱，但平日的工资丁兆文都是攒着的，丁雪润从来不问他要钱，还反过来给丁兆文钱花。

他提着礼品挨家挨户上门发请柬。

下午两点还不到，丁雪润就接到了楼珹的电话，说：“润润我下飞机了，我打车到你家附近的酒店先住下吧。”

楼珹推着两个箱子出了机场。

丁兆文问他：“同学？”

丁雪润“嗯”了一声说：“是同学，他来桂市旅游，来找我玩。”

丁兆文很高兴，顿了一下，又问：“你同学，有没有什么……呃，障碍？”

不怪他这么问。

因为丁雪润转学前，在学校里根本不交朋友，有些孤僻，反倒跟特殊班的同学关系很好。特殊班的同学要么是智力有缺陷，要么是聋哑人——丁雪润却能跟他们做好朋友。

而丁雪润之所以会跟人打架，一是因为那个学生是他班上的，对他有意见；二是因为那个学生是学校里最坏的，总是欺负特殊班的同学。

丁雪润以前没有正常的朋友，现在突然说自己有同学要来桂市，不怪丁兆文会多想。

“他没有障碍，是正常人，男生。”丁雪润说这话时意味深长地扭头看了丁兆文一眼。

因为楼珹来了，丁雪润今天想早点回去，丁兆文没有反对，说：“你同学过来玩，今天就让他来咱们家吃一顿。”他犹豫了一下，“爸爸睡你房间，你跟你同学一起睡我的主卧，行不行？”

丁雪润摇头道：“不用，他订了酒店。”

楼珹住他的房间还好说，可要楼珹睡其他人的房间，估计楼珹会睡不着。

“你同学来这边玩多少天？”

“我也不知道。”车窗外掠过连绵的青山，丁雪润忽然想到了什么，问道，“爸，山上的老房子，还有人住吗？”

“你说那边？”丁兆文知道他说的是哪个。老房子年代久远，丁雪润的爷爷以前在山上有片果林，租了一个山头，后面租期到了，果树全部卖掉了。

但当时建造的木屋还在，很旧了，七八年前修缮过一次。

丁雪润点头道：“我初中有一年夏天去住过，很凉快。”

“你想带你同学去那里？他是城里来的吧？会不会不习惯？”

不习惯是肯定的。

丁雪润依稀记得，那里风景非常好，青山绿水环绕。

“如果他住不下去，我们就下山住酒店。”他说。

丁兆文扭头道：“你跟你同学两个人一起住山上？那里信号可不太好，而且很久没有住人了，脏。”

“没关系，我明天早上去打扫。”信号不太好没事，只要能打电话就行了，反正他们去也是学习。

回到家，丁雪润用丁兆文的打印机打印了一些给楼城补课的资料就出去找他了。

楼城不认路，丁雪润怕他乱跑又找不到人，只好跑去酒店找他。楼城订酒店有一套自己的方法，先搜索目标，在目标附近找最贵的。

这儿虽然是十八线城市，但也有五星级酒店。

楼城订了个很大的套房，丁雪润找过去时，看见起居室堆着很多礼品，他什么都没问，楼城就开口说起话来：“润润啊，你说你爸要喝酒，我就带了几瓶，还有茶叶、保健品……这是护肝的，这是护心的，这是延缓衰老的……”

丁雪润看着他细数，说：“不是让你不要带？”

“第一次见你爸，有点紧张，多送点东西他会喜欢我的吧？”

“我爸邀请你来我们家吃晚饭……”

丁雪润一句话没说完，楼城就高兴地打断道：“好啊好啊！”

丁雪润跟楼城说了带他上山去住的事，楼城并不抗拒，反而很兴奋，眼睛发亮，“那种木屋吗？一张床？是不是还要砍柴生火？然后捉兔子烤来吃？”

“不是那种……有电也有炉灶的，下山走路才半小时，捉什么兔子……”

“那就是……只有我俩？”

丁雪润应了一声，“很安静，很适合学习。不过信号不太好，条件也不太好，我们会吃苦，但风景很美。”

“跟你在一起，我怕什么吃苦啊。”

丁兆文打电话过来，说饭菜马上做好了，两人打了个车过去。楼城提着大包小包，分外紧张，“我管你爸叫叔还是叫伯父？”

“都行。”

丁兆文听见敲门声，打开门看见快有他家门高的男孩子，很俊朗。

楼城礼貌地说：“叔叔您好，第一次见面，我叫楼珹，高楼大厦的楼，王字旁的珹，意思是美玉！”丁兆文是语文老师，楼珹的自我介绍都是打过草稿的。

他草稿打得不错，所以丁兆文对他的第一印象很好，赶紧请他进来，看见他带了这么多礼物，丁兆文赶紧推拒，说不能要。

“没事儿，您是润润的爸爸，就是我恩人。”楼珹解释道，“您不知道，我以前成绩很差，多亏有润润给我补习！”

丁雪润也说：“爸您就收下吧，他大老远带过来，总不能再带回去。”

一顿晚饭下来，楼珹跟丁兆文聊得很好，丁兆文问他多高，他说一米八九。

前段时间他才量过身高，又长高了一厘米，穿上球鞋，就是一米九几。

第二天一早，丁兆文开车把两人送到山上，但山路不通，得下车走，楼珹提着两个箱子，一个箱子装的是给丁兆文带的礼物，他还帮丁雪润抱床垫。

丁雪润说那里很久没有住过人了，很多灰尘，床也是木板的，所以得带床垫去。

到了木屋一看，果然很多灰尘，三个人一起打扫。楼珹本来从来不干打扫的活，也抢着来，他想让丁兆文看看自己有多勤快，力气还大。

丁兆文偷偷问丁雪润：“你这个同学很好啊，你补课收人家钱没有？”

丁雪润说“没有”。丁兆文道：“没收就好。”

木屋比楼城想象中的那种要大一些，收拾过后撑开窗户，干净整洁，窗明几净。屋子打扫干净后，丁兆文就下山了。

丁雪润铺床，楼城整理自己的行李，收拾好床铺后，丁雪润过来帮他，疑惑道：“怎么带了这么多双球鞋？”

“酷啊。”

丁雪润不置可否。

夜里，丁雪润本来要给楼城上课，哪知忽然停电了，应该是电路出了点问题。

丁雪润打开电路箱，让楼城在旁边拿着手电筒照着，自己捏着一把钳子就上了手。

楼城看得好慌，生怕他触电，“润润，没电就没电吧，没电咱就做点别的，出去看星星也可以，不是非要有灯的，明天再去找个电工修吧……”

他看着线路密密麻麻像迷宫一样的电路板，感觉头都大了。

丁雪润特别认真地检查，很专注，睫毛浓密地卷翘上去，轻描淡写地说道：“能修好的。”

楼城压根就不信，不过保持着耐心，“行，你试试，不行就……”他一句话还没说完，屋里的电灯就闪了两下，最后亮了起来。

丁雪润放下钳子，说：“好了。”

“你还学过电工？”楼城难以置信，还有什么是丁雪润不会的？

“你没做过电路故障分析的物理题吗？其实原理是很简单的，搞懂这个原理就能维修电路，维修电视机，维修……”总之家电的问题，他都能解决。

楼城做过那种题，迷茫地问道：“就是 S1、S2、L1、L2 那个？”

丁雪润点头道：“原理都差不多，只是这个看起来复杂一点……”他见楼城一脸茫然，抽过纸笔，给他画了一张简易的电路图，“L 表示火线，N 表示零线，sb1 代表停止按钮，sb2 是启动按钮，km 是交流接触器……看得懂吗？”

“你在讲些什么？”他完全无法将实践和图纸联系起来，更别提丁雪润画的这张图纸，简直要戳瞎他的眼睛，看起来就令他头大。

丁雪润知道他看不懂，又给他讲了几道相关例题，说道：“高考很容易考到的。”

再次通电后，楼珹不用学习的美梦破碎，丁雪润抽出一本练习册来，“这是我初中用的，今天讲英语吧，你想听什么？”语法的问题，他已经给楼珹讲了很多次，但楼珹就是搞不清楚，楼珹说自己宁愿背单词也不想背语法。

楼珹什么都不想听，但嘴上说：“我都听你的。”

丁雪润翻开一页作文专题，“那就讲英语作文吧。”

“不要啊……”楼珹差点哭了，“又要给李华写信？”

“不给李华写信了，”丁雪润检查了一下作文专题里的题目，把 LIHUA 全部划掉，换成 LILEI，“给李雷写吧。”

这里虽然没有空调，又是最热的八月，但大概是绿树成荫的缘故，一点都不热，反而很凉快。

只是不时有蚊子在周围飞舞，楼珹写几个单词就放下笔去打蚊子，安静的木屋里时不时响起一道巴掌声。

没过多久，他身上就被咬出了几个蚊子包。他好不容易写完一篇错字连篇的作文，写不下去了，说蚊子好烦。他痛苦地弯腰在自己的腿上挠啊挠。他从小到大虽然磕碰不断，但没有受过蚊子的罪。

“忘记买蚊香了。”丁雪润找到自己平日提神用的醒脑棒，蹲下来道，“咬哪儿了？我给你看看。”

“这里、这里，还有这里……”楼珹指给他看，丁雪润一一涂上清凉膏。

楼珹低头看着他，不好意思地说：“润润，我自己来，你别弄……”

“老实待着，别动。”

“哦。”

痒很快被清凉的感觉替代，楼珹身上大大小小的蚊子包都被处理了一遍，还是难受。丁雪润看他实在可怜，就放过他了，“算了，不要写了，明天再写。明天我们下山去买蚊帐和蚊香。”

楼珹又说自己想洗澡。

“你怎么这么多事？”丁雪润正在收拾书桌。

“你烦我了是不是？”楼珹立刻掀开自己的短袖汗衫，浑身是汗地往他身上蹭，“这下好了，你也得洗澡，你也全身汗。”

“楼珹，幼不幼稚？”丁雪润连推开他的心思都没有。

“你粉丝说我是小学生嘛。”楼珹笑意盈盈。

房子是木质结构的外加砖石地基，洗澡间当初根本没有设计在内，也没有花洒、热水器等设备。夏天天热，丁雪润烧了点热水，混合冷水装满了一个木桶，让楼珹站在外面，幕天席地的用瓢冲着洗。

楼珹哪里这样洗过澡，条件也太艰苦了吧。

丁雪润说：“等你洗完我再洗。”

“不然我们一起洗？节约用水从我做起。”

丁雪润没有同意。

楼珹洗完了，用自己带来的毛巾擦干身上的水就进屋了。

丁雪润目光避开了他，站起来说：“你先睡，我也去洗澡了。”

白天劳动，刚刚楼珹又往他身上蹭了满身的汗，不洗也不行了。

洗完澡后，丁雪润穿着短袖和短裤的套装睡衣，露出白皙的细胳膊长腿。楼珹觉得他瘦，可单看他的腿，是线条匀称的，只是没有自己身上那种发达的肌肉。

过几天就是丁雪润妈妈的忌日，楼珹能明显感觉到他的笑容变少了，楼珹不敢提起有关他妈妈的话题。丁雪润去上坟那天，楼珹忍不住说：“润润，要不要我陪你去啊？”

丁雪润顿了一下，摇摇头道：“我自己去吧。”

“那我送你过去，我在外面等你就是了。”

丁兆文把骨灰留在身边，但买了一块墓地，墓中葬了两枚婚戒。

每年的这一天，他都会在墓前从日出站到日落。他的妻子不会说话也听不见人说话，所以他从来不在她的墓前说话，只是站着，像一棵永恒的树。

丁雪润也是，中途他给楼珹发消息，让楼珹先回去，楼珹不肯，说要等他。

一等就是十个小时。

日薄西山，丁兆文带着丁雪润出去，看到楼珹在墓园外面坐着，感到特别内疚，叮嘱丁雪润道：“这么好的同学，你得好好珍惜。”

丁兆文怕两个孩子住得不顺心，三天两头开车上山，给他们买菜做饭。他看到两人果真是在认真学习，丁雪润很专心地为同学补课，他感到欣慰——为丁雪润在远方交到了好朋友而欣慰。

丁雪润的升学宴十五号举行，十四号他和楼珹一起下了山。丁兆文不仅邀请了亲戚朋友，还请了学校的同事。大家带着家眷一起来，坐了七八桌。楼珹还临时去烟酒超市买了好烟好酒，一桌一条中华烟、两瓶五粮液。

丁兆文是挨家挨户送的请柬，有些距离太远无法上门送请柬的，他也在微信上发了信息，并且解释：“他不是高二参加了高考，而是参加数学竞赛，代表国家在国际上拿了奖，所以被提前录取的。”

这些都是在网上能查到的，所以大家都知道丁兆文没有骗人，他儿子是真的被录取了，也真的有这么优秀，和传言中的不一样。一顿饭大家吃得还算平和。

因为丁兆文是老师的，所以在场众多家长让他传授教育孩子的经验，问他怎么才能把孩子教得这么好。

楼珹听见了，压低声音说：“那当然是智商问题，别人家的孩子换你爸教，也教不成你这样啊。”

丁兆文盛情难却，便站了起来，开口第一句就是：“其实我不会教孩子，是孩子他妈妈教得好。”

他的亲戚朋友大多知道他妻子又聋又哑，很难想象一个正常人会娶这样的人回家。既然又聋又哑，就需要别人的照顾，她怎么还能教育好孩子呢？

“她不会说话，但她有一颗包容一切的善心，也教会孩子善良，教会他对这个世界温柔以待。她也听不见，但……”

楼珹听了一会儿，才听出问题所在。

他非常吃惊，心里疼了一下，压低声音唤道：“润润……”

此时很多人看向丁兆文，扭头看丁雪润的人也不少，丁雪润安静地低着头，在桌子底下拉住楼珹的手。

丁兆文把很多人说哭了，那些曾经对他有误解，对他的家庭有质疑的亲戚，此刻也为自己的猜忌而感到羞愧不已，恨不得钻进地缝里。

来参加升学宴的有几位是教过丁雪润的老师，丁兆文还感谢了这几位同事："在此，要特别感谢邱老师、赵老师……对我儿的悉心栽培……"

升学宴接近尾声，楼城看丁雪润状态不佳，意识到他不喜欢这种被同情的眼光包围的场面，便说道："我吃多了，我们出去走走好吗？"

丁雪润应了。两个人一前一后从酒楼出去。

这里远离市区，靠近大山，所以生活节奏很慢。不远处就是青山，路上连汽车都很稀少，街道不宽，巷子也很多。

楼城这个时候嘴笨，他怕自己说错话，憋了半天才憋出一句："你爸爸口才真好。"

丁雪润笑了笑，看着他说："我那天没让你跟我一起去我妈的墓前，是因为我爸在。

"其实我妈是个很宽容的人，她很容易接受一些常人难以接受的事，大概是因为老天爷剥夺了她一些东西，所以她总是不舍得为难别人。"

丁雪润拿出手机，给楼城看手机里的旧照片，说："你不是一直想看吗？"

从照片上看，丁雪润和母亲长得有几分相似，都皮肤雪白、眼睛又黑又大。

楼城由衷地夸他妈妈漂亮，丁雪润又道："如果她知道你，肯定会喜欢你的。"

丁雪润没有刻意避开这个话题，表现得很轻松，往他以前学校的方向走，因为楼城想去看看他生活过的痕迹。

他们还没走到学校，忽然出现了一辆汽车和几辆摩托车，在他们旁边停下来。汽车窗户摇下来，副驾驶座探出一个脑袋来，"同学，问一下，某某路怎么走？"

楼城敏锐地嗅到了来者不善的气息，下意识把丁雪润往自己身后一推，说道："你们不会开导航？"

"不会那玩意儿。"

丁雪润盯着对方看了几秒，悄悄掏出手机，接着低声对楼城说："你先走。直走，第四个路口转右，再……”

楼城听见他让自己“走”，愣了一下。

“好复杂，听不懂。”摩托车上下来两个人，作势要挟持丁雪润，“你直接跟我们上车，带路吧！不会亏待你的。”

楼城已经意识到了有问题，问都没问就一拳狠狠打到左边人的脸上，他低头看了一眼指关节上沾染的鼻血，嫌弃地在旁边树干上蹭了一下，而后一记扫腿，把右边的人踢倒在地。

对方没想到他会忽然动手，愣了好几秒，其中一人咒骂一声，大声道：“还愣着干吗？快点上啊！”

楼城摆出防御的姿态，单手横在丁雪润面前，保护着他，压低声音问：“你认识他们不？”

丁雪润点了点头，盯着车窗紧闭的汽车后座，里面露出一个人影来。他飞快打了报警电话，喊道：“楼城，不要和他们打，你先走，他们要找的是我。”

楼城根本来不及回答，因为有一个人已经朝他扑了过来，他大喊一声，朝来者挥出一拳。楼城不仅自己要躲，还要拉着丁雪润躲，他动作很快，另一边有人紧跟着就补上一拳，他一个转身、低头，又避开了一拳，飞快地低声道：“别报警，给我爸打电话，我手机上有定位。”

他们人多，还有几个长得高壮，楼城不免挨了几下打，他不敢把丁雪润推远了，怕自己护不住丁雪润，束手束脚。

丁雪润拨通电话，见到一个拳头过来，背过身去帮楼城挡了一下，忽然又被人踢中腹部。丁雪润没有叫，只是脸色一白。他知道自己身体不行，跑不过摩托车，不想拖楼城后腿。

“润润！”楼城心一下揪了起来，眼睛赤红地盯准刚才动手打丁雪润的人，雨点似的拳头招呼下去，每一拳都用了全力，把对方打得毫无还手之力。接着楼城收起拳头，脚顺势踏在后面的墙上，飞身而起，一个惊人的回旋踢踹上那人的脑门，把人踢飞老远。

“他们为什么来找你麻烦？”楼城甚至有时间问丁雪润。

“我去年转学……”

楼城忽然想起来，那时候丁雪润刚转学，满身都是伤。他意识到了什么，脸瞬间黑下来，怒道：“就是他们欺负你？”

几人愣住了，大概有几秒时间没敢动作，而楼珹抓准这个时机，猛然一个侧身，大喝一声，扫腿与侧踢轮番上阵，一气呵成，一口气快速打倒四人。那四人个个捂着脸躺在地上。

只剩下三个残兵败将，楼珹双目冒着火，作势要打，几个小混混被他吓得往后一跳，差点跪下求饶。

楼珹擦了擦嘴角的一丝血迹，牢牢把丁雪润护在身后，眉眼凶戾，冷声道：“车上还有人？一起上？”

几人对视一眼，似乎在犹豫要不要现在跑。

就在这时，汽车后座上下来一个男生，看着年纪不大，寸头，目光阴狠地盯着丁雪润。

丁雪润看见他也瞳孔一缩，他没想到这个人这么快就出来了。他拿了一把小臂长的刀，楼珹瞬间全神戒备，紧绷着身体，死死护住丁雪润。

而丁雪润却抓住他的肩膀，把他往旁边推，低声道：“他只有一把刀，旁边的摩托车还没有熄火，你骑上就跑。”

楼珹没有动，目光牢牢放在那把刀上，语气却很轻松：“不就是一把西瓜刀吗？润润你待会儿躲着点。”

附近有行人，也有店面，但是发生斗殴的时候，居然没有一个人敢上来——因为这看起来不像是普通的学生打架了。

有人帮忙报了警。

“这是我的事。”丁雪润毫不迟疑地把楼珹推开，对着寸头说：“你吃了牢饭出来还不长记性？还想进去？你拿西瓜刀做什么？上次的教训还不够吗？上次给了我一刀你进去了十个月，现在你拿把西瓜刀对着我，是想在监狱里度过下半生吗？”

楼珹闻言，立刻想到他腰上的那个伤疤。

丁雪润看起来十分冷静，一字一句都在套对方的话：“你是不是一出来，就谋划着要弄死我？”

寸头果然被他激怒，手里的刀挥舞起来，隔着一米多远指着丁雪润，大叫道：“你毁了我，我今天要送你上西天！”

楼瑊眯着眼估算了距离，又看了一眼那把刀。

旁边站着的那几个以为只是来打架的青年，一看居然都拿刀子了，不像是吓人，是真要杀人啊！于是他们不管身上疼不疼，骑上车就开溜了。

不是说好把人绑到钢铁厂那边，饿个三天三夜再殴打一顿的吗？怎么突然变成了要杀人？！

对方的情绪越来越激动，丁雪润反而越来越镇静，语气平静地说：“想想你父母，你不过十个月就出来了，要是又进去，他们该多难过？”他兜里的手机除了拨号，还开着录音。

寸头看他像是怕了，凶狠地喊着：“我捅死你，再捅死我自己，一了百了！”

说时迟那时快，寸头一声大喊，一把西瓜刀直直刺了过来。丁雪润的第一反应是把旁边的楼瑊推远点，可楼瑊的反应比他还快，抬手在他的肩膀上借力来了个回旋踢，“土豪”球鞋狠踹向对方的手腕，西瓜刀高高飞起，哐啷一声脆响，落在地上，差点扎到围观路人的脚！

楼瑊毫不犹豫，飞起右脚踹向寸头的腹部、膝盖，接着一阵猛捶，把寸头捶倒在地，最后一巴掌扇过去，怒骂道：“身手这么菜，西瓜都切不动还想捅人！你配吗？！”

寸头的脸被扇得肿了起来，瞪红了双眼，同时左手悄悄在裤兜里摸索。

楼瑊没有注意到。

丁雪润眼明手快，一脚踩在他的手腕上，怒道：“还想拿水果刀？”

围观的人里有刚从酒楼出来，打算回家的丁家亲戚，一看附近闹事，本来想远远看个热闹的，结果看到当事人居然就是方才那顿升学宴的主角！

警察来了，问发生了什么事，丁家亲戚争抢着上去帮着解释：“我是目击证人！我亲眼看见，是孩子被欺负了，那个人好吓人的还拿刀对着我家孩子。”

警察问道：“这是你家孩子？”

“可不是嘛！我是他表舅。警察同志可千万要给我家孩子做主，他是为国争光的世界级选手！刚被人民大学录取的三好学生！”

Chapter 12

雪满坡

丁雪润压根不记得他有这么个表舅，对方或许只是他诸多远房亲戚中的一员。

他当着亲戚的面，对警察解释道：“拿刀的那个是蓄意报复。我以前和他一所高中，他在学校是校霸，是我爸爸班上最不服管教的学生——我爸是学校老师。他经常恃强凌弱，欺负弱学生。去年九月，我因为目睹他欺负人，跟他发生争执，他用刀扎了我，所以被判了刑。我也因此被迫转学。

“这是他的案底。”

旁边亲戚听得一愣一愣，原来转学原因竟然是这个！老家都在传他打架被开除，不得不去外地，谁能想到理由居然这么高尚呢……这是多好的孩子啊！想到有那么多人误会他，亲戚都心疼了起来。

丁雪润继续说道：“刚才有几个人想掳我上车，绑架我，我朋友才出手，是正当防卫。”

他们去警局做了笔录，原本楼珹因为打架至少要七十二小时才能出来，不知道是什么原因，两个小时他就出来了，那时天刚黑下来。

丁兆文的车停在外面，他焦急地站在警局门口等。旁边跟他一样在等的，是一个看上去好不气派的大老板，身后跟着几个黑衣保镖不说，旁边还停着小地方难得一见的豪车。

楼珹和丁雪润一出来，楼宏业就高兴地喊道：“儿子，这里。”

丁雪润走过去喊了“楼叔叔”，又喊了一声“爸”。

“你这孩子，”楼宏业听见他的称呼，眼睛都笑没了，“哎呀，受伤了没有？爸爸听说你们俩被人揍了，吓坏了，立刻就飞过来了。”他听说了整件事，也知道是楼珹全方面碾压，把对面揍得鬼哭狼嚎。

但他还是用的“被揍”这个词，因为他们是被欺负的，而不是去欺负人的。

丁兆文听得有点不对劲，先问丁雪润好不好，再秉持着友好，跟对方打招呼：“您好，您是楼城的父亲？我是丁雪润的父亲。”

楼城赶紧叫了一声“丁叔叔”，他死死拽着楼宏业的手臂，笑眯眯对着丁兆文喊道：“我们都还没有吃晚饭，丁叔叔您跟我们一起去吃晚饭吧。”

“你脸上这些伤，不要紧？”丁兆文有些担心，也很感动，听说楼城救了他儿子一命。

楼城说不要紧。他脸上是有一点伤，毕竟人多势众，难免挨了几下，但比起被他打得不能动弹的人，他这点小伤不足挂齿。

丁兆文坚持道：“还是先去医院看看吧，要不是你，今天就……太感谢你了楼城。”

楼城赶紧说没事，应该的。他不想去医院，是因为想丁雪润来给他上药，可他想到丁雪润腹部也被人踹了几脚，便同意了。

从医院出来，再去吃晚餐，丁兆文一喝酒，很快就被楼宏业的热情灌得有些晕乎了。

楼宏业说：“您是教书的，太厉害了，我就佩服有文化的人，宰相肚子里能撑船。”

楼城提醒道：“这是语文老师，求求您不要显摆成语了，很丢脸。”

饭后，丁雪润和楼城回了酒店，他们住的是间双卧室套房。

丁雪润拿了个从餐厅带出来的水煮蛋，在楼城的眼圈周围揉。楼城一只眼睛睁着，一只眼睛闭着，先开口道：“润润，我爸要在这边待两天，他说要把麻烦解决好了再走，你都被录取了，肯定不能留下案底，你还跟人结了仇，等你走了，我怕他会报复你爸爸。”

丁雪润顿了一下，郑重地说：“楼城，谢谢你。”

“这有什么好谢的，应该的！”他睁着的那只眼睛，真挚地望着丁雪润说，“而且……我很久没有打架了，今天揍人揍得真爽。”

丁雪润笑了笑，又道：“让你骑摩托车跑，你为什么不跑？”

“我可能丢下你跑？”

“你可以载着我。”

“我以为你让我一个人跑呢，那怎么能行？我就是死也得挡你前面啊！再说了，那摩托车也太‘挫’了，谁想骑那玩意儿。”

丁雪润本意是让楼城一个人跑，不过事情过去了，就可以换个说法了。

楼城让他坐下，夺过他手里的鸡蛋，说道：“行了行了差不多了，你肚子也青了，我给你揉一下。”

去医院的时候楼城不放心，还让他去照了个片，不过确实只是皮外伤。

医院开了点跌打损伤的药，丁雪润方才在医院就上了一遍药。

楼城把他的上衣撩开一点，手上挤了点正红花油，正准备上手，又看见丁雪润腰上有一块伤疤。

“你骗我说是手术切口？”

“对不起楼城，我不知道怎么说，所以才骗你的。”他抿着唇道，“以后再也不会了。”

“算了算了。”楼城甘心被他骗，能怎么办呢？他轻轻用手碰了一下，心疼地问：“痛不痛啊？”

“都过去很久了，没有感觉了。”

“那这里呢？”楼城又指了指他腹部的淤青。

“还好，不是很痛。”

“说好的再也不骗我呢？”楼城不高兴，因为丁雪润皮肤白，瘀青一块煞是明显，看得楼城心脏紧缩。

“你不是也跟我说自己不痛吗？”

“我那是……这不一样！”楼城心疼地说，“我是铜皮铁骨，你是细皮嫩肉。”

丁雪润只好无奈地说：“嗯，是有点痛。”

楼城这才满意，给他揉药，一边揉一边哄道：“痛痛飞走了。”

丁雪润问他：“你怎么不上药？”

“我就没必要了。”

“不痛吗？”

楼城刚想说不痛就被丁雪润瞪了一眼，只好小声说：“只有一点点啦……”

丁雪润笑了起来，忽然低下头，吹了口气，柔声道：“呼呼，痛痛就飞走了哦。”

楼瑊一只手轻轻抚摸上丁雪润的手腕，触摸到了冰冷的表盘。丁雪润把这块石英表保护得很好，很少摘下来，不让他人看见表盘下隐藏的秘密。

“润润……你能跟我说说，你的手……”他抿着唇，换了一种说法，“你为什么要这样对待自己？”

楼瑊很久以前就想这么问了。

丁雪润陷入沉默之中，楼瑊不安地摩挲着冰冷光滑的表盘，似乎能感觉到秒针在缓慢地走着。

“如果你不想说……”楼瑊感觉这应该难以启齿。

“没什么不能说的。”丁雪润一个人压抑太久，从未对人倾诉过，觉得没有必要，说出来也没法排解。他叹了口气，手掌搭在楼瑊的后背上，“手表是我妈妈的。”

石英表哪怕是女款的，男生戴着也不会难看。

“我妈妈是聋哑人，你知道的吧？”

楼瑊轻轻地应道：“嗯，知道。”

“我出生的时候，他们就特别怕我也是聋哑人，所幸我避开了那四分之一的可能性。我妈妈在生活上有很多的困难，我们叫她，她如果没有看见，就永远也不会理。

“但我爸爸从来都对她很有耐心，花了很多心思，除了工作，剩下的精力都放在了她身上。

“没有人管我。”他也没有办法跟妈妈倾诉或是抱怨。

因为太聪明了，他跟其他孩子的想法也不一样。

他以平静的口吻又说了一些事，楼瑊听着心底涌出难以言说的悲伤，抱着丁雪润低声说：“以后我管你呀，我让你高兴让你快乐，你把这个坏习惯丢掉。”

丁雪润没告诉楼瑊，其实他是有焦虑症的。

但是和楼瑊在一起相处的这段时间，他的确没有焦虑过。

因为丁雪润还有竞赛要参加，所以他二十号还是走了。物理和化学竞赛初赛都在八月底。

楼城也没有闲着，他找了一个专门针对国家电影学院的表演培训班，培训班老师一看他出类拔萃的外形，就知道他是有很大希望的。

“你身高太高，可能会因为这个被刷下来，还有你的普通话……”

“不标准吗？”楼城脸都黑了，“我妹有东北口鹰（我没有东北口音）。”

老师斩钉截铁道：“你有。”

“妹有（没有）！”

老师打量着他，问道：“你有什么特长吗？”

楼城沉默了，心想自己啥也不会。

他憋了半天憋出一句：“我会骑摩托，骑得还行，拿过全国奖的，以后我还要当世界车王。”

“你想在考试时表演骑摩托？”

“如果考场够大，也不是不行……给考官整个弯道飘移，他们就会录取我了。”

老师嘴角抽搐，“算了，先练好普通话吧。”

丁雪润去参加竞赛，楼城去培训班练习普通话、学习考试内容，就这么到了开学的日子。

一般开学那天，楼城是不会去学校的，因为他的生日正好是九月一号，他每年都任性地翘课，第二天才去上课。

但在丁雪润的督促下，他压根就不敢翘课。他没有说过生日这件事，但丁雪润细心，看过他的身份证，早上拿到附近酒店送来的外卖，又忙活了二十分钟给楼城下了一碗长寿面。

楼城开开心心地吃完，说道：“我妈中午要过来，喊我们俩吃饭。”

楼城的爸爸经常不在本地，但楼城的妈妈是本市的企业家，除了出差，其他时间都在公司。

丁雪润见过他们几次，觉得他们都是很好的人，并不排斥。出门去上课，楼城正要换鞋，突然在鞋架上看见一双显眼的新鞋。

他的一大堆鞋几乎都是全新的，但这一双看起来很陌生。楼城想不起来是不是自己买的了，他的鞋实在是太多了。他忽然想到了什么，转头去看在旁边整理校服的丁雪润，丁雪润看见他换鞋，连多余的表情都没有，好像完全不认识这双鞋一样。

楼城也不好问，万一不是丁雪润买的，他这么一问不就显得他很想要礼物吗？！

两人踩着铃声进了学校，楼城低头看了一眼干净的白色球鞋，问丁雪润："我今天有哪里看起来特别不一样吗？"

丁雪润说："你的普通话好像比之前好点了。"

"不是，是外形！你看我。"

丁雪润摇头道："还是很帅。"

楼城心想，新鞋难道真的不是丁雪润送的？他没有答案。

体育课打篮球的时候，他问队友："我今天穿的这双鞋，你们之前看见过没有？"

有人说见过，有人说没见过，搞得楼城更加茫然了。

楼城一直憋到了晚上，才提起这件事。

他低头注视着丁雪润的眼睛，说："润润，我想要个礼物，你都没有送我礼物——除了那碗面。"

"新鞋你都穿一天了，还埋怨我没送。"

楼城哭笑不得。

丁雪润忽然笑了，阅读灯的金色光芒落在他黑色的眼睛里，像一颗颗星星，"你还想要什么？"

楼城不好意思地说："我很喜欢那双鞋，你送都送了，别的我就不要了。"

从九月到十一月，丁雪润有各种各样的竞赛。若是一般的学生，早就受不了压力，他倒很轻松，一下子拿了好几个省一等奖。或许是知道他拿过IMO大奖，物化生三科的省竞赛委员会，都向上面推荐他参加决赛。

还有一科信息竞赛，是计算机编程类的竞赛，丁雪润没有钻研这方面，拿到省级奖项过后就没再继续了。

丁雪润进了省队，又得飞外地去参加比赛。他人一走，楼城的学习和生活就都变得索然无味。丁雪润走之前给他布置了作业，说回来会检查。

楼城认真听了一会儿课后趴在桌上对着旁边空空的座位发呆，讲台上老师叫了他几次他都没听见。

沙沙的笔在纸上摩擦的声音是教室里唯一的音乐，黑板右侧进门处的公告栏上贴着高考倒计时天数牌，每天晚上放学，学习委员就上去撕掉一页。

楼城看着倒计时天数：230 天。

他拿起校服外套走了出去，在教室里待着他觉得枯燥又压抑，不得已出去透透气，透着透着，他就走到了围墙边，手臂一撑就爬了上去。

他正准备翻过去，就看见树后面躲着一个鬼鬼祟祟的人。

楼城抄起一块碎石子砸过去，喊道："出来。"

陈治邦被砸到了肩膀，灰溜溜地从树后出现。

楼城一见他就皱眉，不耐烦地说道："怎么是你？你跟踪我？"

陈治邦鼓起勇气道："你不要逃课，高三是最重要的，之前你不是还每天来上课、来学习的吗？上次考试你考了三百九……"

"闭嘴！"楼城又是一块石子砸过去，居高临下地道，"我逃课怎么的，你要告状？让我知道你告诉老师，我明天就揍你。"

楼城本来没想逃课，他打算翻墙回家吃点东西就回教室，没想到让他"神烦"的陈治邦突然出现了，心情更糟糕了。偏偏他不能联系丁雪润，因为决赛很严格，参赛学生的手机都被没收了，两百个学生住在一起，一考就是三天。

他联系了自己的车队队友，准备去赛车场，没想到他的几个队友正在KTV 唱歌，他们问楼城："队长来唱歌吗？"

楼城无聊坏了，想也不想就同意了。他回家骑了辆雅马哈，犹豫了一下，又提上了书包。

十分钟后，楼城出现在了 KTV 楼下，他摘下头盔进去，找到包间。

他的车队队友大部分年龄比他大，有一个与他年龄相仿，是大二学生，还有一个刚升高一，就在六中。

楼城进去，看见他的高一学弟安文诺居然也在里面，还带着女朋友，在唱情歌。楼城怒道："臭小子，这个时间你居然跑出来唱歌？你跟我保证的坚决不逃课呢？！"

安文诺喜欢摩托，他才初二的时候，就在一场摩托车赛中崭露头角。

十四岁的他在众多车手中显得尤为稚嫩，非常引人注目。

楼瑊当时拿了金奖，看见旁边的银奖得主安文诺居然才十四岁，觉得这场比赛太垃圾，奖杯都不想要了，顺手送给了安文诺。

后来安文诺加入了他的车队。

安文诺的父母还来找过楼瑊，说过关于安文诺学业的事。

楼瑊跟他的父母保证道："我现在跟安文诺一所学校，肯定会监督他的，我们学校不是那么好逃课的。"

"你怎么跑出来的？请假？装病？"

"不是。"安文诺在歌词后面跟了句，"翻墙。"

"你从哪里翻的？"

"我看你翻过。"安文诺面不改色，丢掉话筒，"还看见你在那里谈恋爱。"

楼瑊瞬间无语，跑到点歌机上摁了一下，把安文诺的歌切掉了，然后把他拽过来，拉开书包拿了一本习题出来，说："把这个做了。"

队里另一个人问："队长，你逃课还背书包呀？小诺都不背。"

楼瑊挑眉道："废话，我跟他能一样吗？我是好学生。"

安文诺翻开他的练习册，疑惑道："学长，你怎么还在做高一的题？"

楼瑊刚学到高一的内容。

他一巴掌拍在安文诺的后脑勺上，辩解道："复习，高三第一轮复习你懂不懂？怎么跟队长说话的？队规忘记了？"

楼瑊正好抓了一个免费苦力做了两道题，跟队友打扑克去了。

手机响起来的时候，楼瑊都没发觉，他在学校开静音模式习惯了。

扑克打得差不多了，他才拿出手机看了一眼，看见丁雪润的未接来电，丁雪润应该是考试结束后给他打过来的，楼瑊怕他还在忙，没敢打电话，就发了条消息过去："润润，哥哥刚才上课呢，没看见你电话。"

"你在上课？"

"对啊。"楼瑊回复道。

丁雪润的电话很快回过来，楼瑊慌了，马上暂停音乐伴奏，叮嘱众人道："都别说话。"

"下课了？"

“嗯，我下课才敢玩手机呀。”

“刚刚上的什么课？”

楼珹早就记下了课表，镇定地答道：“语文。”

那边沉默了几秒，“楼珹，你逃课回家了还是出去玩了？”

楼珹愣住了，“我……你怎么知道的啊？”

“猜的。”

楼珹愣了愣，这才反应过来自己被诈了，委屈地说：“你又骗我……”

“你先骗我的。”实际上是陈治邦忽然给他发了条消息，他才知道的。

楼珹道：“我好好学习了，但教室里太闷了我学不下去，我就出去学，我书包都背着的，你别生气啊润润……”

他窝在角落说话的语气跟小媳妇似的，搞得好久没有见他的队友面面相觑，向安文诺打听道：“你刚刚说队长跟人谈恋爱，他女朋友是不是很漂亮、很强势那种？”

小诺摇头道：“没看清。”

楼珹怕丁雪润生气，连忙说：“我现在就回教室哦。”

“不用赶回去了。”丁雪润轻声说，“我不生气，但是我布置的作业你得写。学得累了就回家睡一觉，这没什么，你现在累不累？”

丁雪润给他布置的作业不多，而且他让楼珹量力而行，写不完也没事。

楼珹听丁雪润讲课总是很轻松，这才是导致他听不下去老师讲课的原因，因为两者的讲课方式差别太大了。

楼珹不自觉地摇了摇头，说：“我不累……那……你什么时候回来？”

“后天考完就回来。”

到目前为止，除了刚考完的化学，另外两科的决赛结果都尘埃落定了，国际物理奥林匹克竞赛国家集训队已经邀请了他，所以他十二月还要去集训，如果通过选拔，要代表国家队去参加国际物理奥林匹克竞赛。

楼珹高兴极了，脑袋贴着墙，旁若无人般和丁雪润说了好半天话，挂了电话后，他来了精神，拿起试题就做。

第三天，丁雪润果然回来了，他和学校里其他被选入省队的学生，由老师带领着回到学校。

很快，竞赛结果出来了，丁雪润化学成绩不算特别好，但也拿了实验第一、总成绩第三的好成绩，国际化学奥林匹克竞赛国家集训队邀请他参加集训。

时间正好和物理集训时间错开。

没人能想到他参加这么多科的竞赛，还能拿这么多的一等奖。他的威名不仅在校内传播开来，全省各个高中就没有学生不知道这么一号人物的。

“他应该去学核物理啊什么的，以后进中科院。”

楼城知道丁雪润十二月又要走，他十二月也有考试——他要去首都电影学院考表演。

老师让他多面试几所学校，考试集中在十二月。

周四晚上有语文模拟考试。语文老师是个眼里揉不得沙子的，丁雪润拿一等奖甚至领了录取通知书也不管用，她依然说：“你上课可以不来，考试必须参加。”

丁雪润老早就答应过窦老师，自然不会反对。楼城语文成绩不太好，因为他记性不行，背书不是他的强项，他不想考也得耐着性子留在教室里考试。

试卷发下来，他刚做到阅读题，教室里忽然变黑，灯灭掉了。

正在认真答题的学生骤然沸腾起来，纷纷嚷道：“怎么了？停电了？”

楼城正苦恼地对着一道题发呆，一停电，他立刻丢掉笔站起来朝窗外张望。

他透过窗户往外望去，果真停电了，因为其他教学楼也一片漆黑。

语文老师说道：“大家安静等一等，很快就来电了，先停笔，来电了再写。”

楼城开心地嚷道：“跳闸了哈哈哈哈，要是一直不来电，是不是可以放学回家了？”

丁雪润把手机打开，调到最低亮度，递给他，说：“趁着停电，你把这道题刷一下，这样就比别人多做两道题了。”

楼城一看手机就“瞎”了，是“猿题库”！

“怎么还做题啊润润……”楼城侧头看了他一眼，舔了舔嘴唇。

楼城把手机关了，塞进抽屉里。深秋季节的教室漆黑一片，同学们都很兴奋，停电的校园，总有别样的魅力。

楼城撒娇道："不写了行吗？"

白旗一般的窗帘被风吹起，时而飘荡时而降落。

他能看见班上同学的身影就在眼前，有的站着有的坐着，不时传来浅浅的低语声，像一个缓慢的电影长镜头。

丁雪润出发去首都集训，楼城去各地考试，他报的几所学校不全在首都，还有在其他省市的。楼城的父母都忙，把他送到后，给他安排妥当，待不了几天就走了。

过了一周，丁雪润那边传来捷报，他通过了国家集训队的选拔，要去国外参加国际物理奥林匹克竞赛。

楼城比他这个当事人还要高兴。

他之前查相关信息的时候，看到有高中生一年时间拿到了五科竞赛的国家一等奖，三个科目的国家集训队给他发出邀请，不过他只有一个科目入选了国家集训队，国际比赛中只拿了一块银牌。

对比起来，丁雪润比那些天才都要厉害。

丁雪润回国，楼城也到达首都，在国家电影学院附近的酒店住下。生活上，岳筠把家里阿姨派了过去，给他做饭，学习上，岳筠也给他请了指导老师。

一位表演系的教授给楼城作了简单却非常有用的指导。

"我不是考官，我也不知道今年出什么题，每年就只招那么多个，要想在那么多人里面脱颖而出，就必须给考官留下深刻的印象。你形象好，是你的优势，但我们专业一直都有一个前提，'不以培养明星为终极目标'，所以'漂亮'固然是一种美好的特质，但不是选才标准。

"考试分为初试、复试和三试，难度依次递增。这些你应该都知道。

"我不点名，就浅谈一下我遇到过的，让我至今印象深刻的学生吧……"

这番浅谈对楼城帮助很大。

教授问到他为什么学表演，他很诚实地说是因为最好的朋友去了旁边人大，想离他近一点，然后补充道："可我分数不够，成绩不好。"

"考试被问到时，这只是可回答的原因之一。你对表演的热爱也很重要，你要是不热爱这个行业，我们怎么会录取你呢？几分钟的时间，你要想让老师记住你，就要抓住一切条件和时机来展现你的表演天赋。"

教授又说，有一部分来考表演的学生，实际上根本没有接触过表演，没有任何经验，在考场上出了丑，他们仍旧被录取了。

十二月底，楼珹又要考试了，他在国内很关注国际物理奥林匹克竞赛，但今年国家队只拿了一块银牌，不过也是很优异的成绩了，丁雪润算是凯旋。

丁雪润从首都机场出来，他原本是要转机回学校的，但考虑到楼珹面临一场很重要的考试，就提着行李袋从首都机场出去了。他如今在学校是有"特权"的，老师校长都不会为难他这样的学生，反而是他有要求就尽量满足。

楼珹已经过了初试。丁雪润上网查了一下，看见国家电影学院的复试安排在今天和明天。他不知道自己忽然出现会不会影响到楼珹，所以没有说自己在首都。

楼珹跟他打电话，问他是不是回学校了，他没有回答，问道："楼珹，你明天几点考完？"

"中午吧，我抽签抽得挺好。我肯定能过，没问题的！"

专业上要是过了，文化分也就低了，按照往年的录取标准，是根据专业分数来取权重的。也就是说楼珹专业成绩越好，文化要求便越低，他当然是铆足劲去考试的。

"那你考完试后第一时间记得开机，给我打电话。"

第二天上午，丁雪润打车去了考场，司机以为他也是来考试的，问道："想做明星啊？"

丁雪润摇头道："来等朋友考试。"

他去得很早，这会儿还没开始考试，外面全是艺考生，帅哥美女如云。国家电影学院的复试自然吸引了不少媒体。附近有很多记者，逮着长得好看的就去采访，还让别人表演。

丁雪润不知道楼珹在哪儿，站在街对面，远远地等待。

没一会儿，他就接到了微信消息，楼珹说："我刚看见了一个人，特别像你。”

楼珹以为丁雪润已经回学校了，毕竟按照丁雪润的性格，一定不会翘课。

要不是排着队，他差点就追出去看了。“真的好像啊！连穿的衣服都跟你走那天差不多。”

“是吗？”

“不会真的是你吧？”楼珹越想越不对劲，然而他马上就要进考场了，手机也不能用，楼珹不等丁雪润回答，一个电话打了过去，“润润，你是不是在考场这里？”

丁雪润顿了一下，然后应了一声。

楼珹这几天压力稍微有点大，担心自己考不上，毕竟长得帅、家境富裕的又不止他一个……

这会儿听见丁雪润真的来了，他顿时雀跃沸腾起来，高兴得嘴角都翘了起来，压都压不下去，一边张望一边说：“你真的来了啊？在哪里？我怎么没看见你？”

“你别管我了，先进去考试，好好考。楼珹，我买好奶茶在考场外面等你。”

“我好开心，怎么办？万一我考试的时候抽到一个悲情角色，忍不住笑场怎么办？”

“我马上上课了，不跟你说了。”

楼珹瞬间蒙了，问道：“你到底是在学校，还是在考场？”

“在学校，你好好考试，别笑场。”

楼珹有些不信，刚刚他明明看见了丁雪润，他不会认错的。

前面已经在催促关机了，楼珹飞快地说：“我一定不笑场，奶茶我要喝热的，要加布丁、红豆和奥利奥——我要进去候考了，得关机了，拜拜不说了。”

奶茶店生意火爆，丁雪润排队排了很久，不过他有时间，所以耐着性子等。

楼珹考完试快中午了，他刚从考场出来就被一个记者逮住，话筒上贴着某日报的标志。记者问道：“同学，看你笑得这么开心，你是不是考得很好？”

“我也不知道好不好，”楼珹看见摄像头对准他，也不露怯，弯着眼睛笑了笑，“我赶时间，别让我现场表演了。”

丁雪润站在雪地里，手里提着奶茶，正在找楼珹，就让人从背后抱住了。

“不许动，”他声音低沉，吹出一口热气，“你被劫持了。”

丁雪润无奈道：“楼珹……”

楼珹肆无忌惮地笑着说：“我今天的小品演了一个劫匪，演得贼好，简直感动上天，等放榜就知道结果了。如果过了，我两个月后就能来参加三试了。”

当天下午，休整了片刻，两人就回家了。楼珹大概累了，躺床上就睡，睡醒就找丁雪润，像孩子找不到妈妈了，在床上大喊着。但是没有人回答他，似乎这座房子里除了他就没有其他人了。

丁雪润回学校了，老窦自然要看见他才能放心。

但他很快就从学校出来了，一进门就看见穿一身毛茸茸睡衣的楼珹光着脚，手比出一个“八”字，一边配着音——砰……咻……，一边神情冷漠地对着空气说：“你，手抱头，站那边去。”

睡衣是他妈给他买的，帽子耷拉着两条长长的灰色耳朵。

丁雪润一边坐下换鞋，一边问道：“你在干什么？演戏？”

楼珹看见他，眼睛发出光亮来，跑向他时帽子上的耳朵晃啊晃。楼珹手臂勒住他的腰，紧紧贴着他，说道：“举起手来。”

丁雪润差点被他压垮，楼珹问道：“怎么不戴手套？”他摸到丁雪润的手，一片冰凉。

“出门太急，忘了。”丁雪润歪过头去，黑眼睛注视他，绕过了这个话题，“你上午怎么考试的？考的什么？”

“复试考语言、声乐、形体，还有表演。今天上午表演小品，我演的是劫匪，珠宝劫匪！”

楼珹说起考试来眉飞色舞，显然发挥得很好。

“考试题目是《拍卖会》，我们几个人不认识的分到一组，一群考生连思考时间都没有就开始表演。几个考生争先恐后竞价，一个考生站到前面去大声道‘成交’，当拍卖会主持人。他会抢戏吧？我比他更厉害，我假装举着一把 AK-47 说‘抢劫’，就把他们的戏还有钱抢光了哈哈哈……”

几个考官的确被他吸引了注意力。

丁雪润虽然不是学表演的，但是听他说的时候，能感觉到他有这方面的天赋，是天生吃这碗饭的。

楼城又说："还没放榜，不过我得到消息，我的复试已经通过了，就等两个月后去参加三试。"他认真看着丁雪润的眼睛，觉得自己离他越来越近了。

虽然楼城看丁雪润时，总是要低头，但他觉得自己是在仰望丁雪润。

丁雪润优秀得就像一尊冰冷高大的雕塑，所有人都站在他脚下，包括楼城。

丁雪润听着，发自内心地为楼城高兴。因为他知道这所学校这个专业有多牛，万众瞩目，每年上万考生只录取十几个，说是万里挑一也不为过。"楼城，你以后要去演戏吗？当演员？"

楼城说："不去。我有洁癖，我不演吻戏，哪个导演愿意请我这么大牌的演员？"就算真要演，也得他来定，他自己花钱当制片人，坚决不拍暧昧戏，更不拍吻戏！

丁雪润知道楼城志不在此，楼城做梦都想当车王，所以不会因为考上了表演系就去当演员。

但人的想法是会慢慢改变的，就像丁雪润以前想创业，后来又想当律师。

没几天，放榜了，楼城复试通过了。

接下来他就等三试了。

老窦自然也知道了这个好消息。楼城请那么久的假去考试，他当然很关心这个学生的考试情况，"虽然过了复试，但别掉以轻心，学习还是要抓紧，不然等你以后红了，做了大明星，记者来采访我，问我你的学习情况，我难道说你高考考了三百分？还是说你的高考成绩被野狗叼走了？"

楼城嘴角抽搐，心说班主任想得也太远了，都想到他红了以后的事了。殊不知教师办公室里针对他展开过激烈讨论。

一月，大雪笼罩了整座校园，站在教学楼处往外望去，白茫茫一片。学校的各个区域都安排了学生去清扫积雪，每个班每天派两个学生负责一小片区域。高三学生也要扫雪，不过他们的任务比高一高二的学生要轻一点。

校门、大操场和小操场是重点清扫区域，正好这天轮到丁雪润和楼珹扫操场。

操场紧挨着一片山坡，山坡背后不远就是废弃的男生宿舍，丁雪润平日里就是个勤快的人，干起活来很快，楼珹虽说很少做这些，但也毫不逊色，生怕丁雪润累着了，所以动作很快。

扫得差不多了，还剩下点时间。

楼珹指着山坡道："上课了，咱们从这儿走吧。"

从山坡爬过去，路程可以缩短三百米。

虽说山坡上堆满了雪，但隐约能看见台阶和路。

丁雪润点了点头，楼珹便拉着他的手爬坡。他每一步都走得很稳，但踩在雪上每一步都会往下滑几厘米，爬得有些艰难。

两人手拉着手，快要爬上去时，丁雪润忽然踩到了一块冰。

他的脚猝不及防地打滑，向前扑去，楼珹眼疾手快地拉住他，可他们站在山坡上，原本一个人打滑，这下变成两个人摔倒。

楼珹的第一反应就是护着丁雪润的后脑勺，两人快速顺着雪坡滚下去。丁雪润没料到会发生这样的事，一切都太快了，来不及反应，几秒时间，两人就滚到了底。

丁雪润心脏剧烈地跳动着，他有些眩晕，"楼珹……"他叫了一声，眼睛睁开，抬头便是楼珹双目紧闭、眼睫毛深深垂着的安静模样。

丁雪润心里一慌，推了楼珹一下，喊道："楼珹，你别吓我。"

楼珹还是毫无反应，他的眉眼和头发上都沾了雪，呼吸变得很浅，几乎静止。丁雪润真的吓坏了，以为楼珹摔下来时撞到了脑袋。他脸色煞白，立刻去摸手机，大声呼救："有人吗！有——"

"嘘……""晕倒"的楼珹忽然睁开眼睛，满眼笑意地低声道，"喊那么大声做什么？你要让全校都来围观吗？"

Chapter 13

专业“第一”

丁雪润惊魂未定，听见楼珹的声音先是松口气，而后生气，怒骂道：“楼珹，你开玩笑也有个限度！幼稚死了，你差点把我吓得……”

楼珹见他真的生气，连忙露出吃痛的表情来卖惨，“哎哟，我脑袋好疼，肯定是撞到了！”

“哪里疼？”丁雪润手足无措地要打电话叫救护车，楼珹抓住他的手腕，神情可怜，“别打了，就是后脑勺撞了一下，滚下来的时候碾到了小石子。”

丁雪润不知道楼珹说的是真话还是假话，但是一想到是因为他踩滑，楼珹为了保护他才会滚下雪坡受伤，心里就又是无奈又是感动。

丁雪润盯着他的眼睛问：“真的没事？”他忘了自己还躺在雪地里，或许是楼珹身上太暖和了，像个大火炉，丁雪润一面躺在雪上，一面靠着他，也不觉得冷。

丁雪润心里惦记着上课，接着两人都站了起来，楼珹伸手拍了拍丁雪润身上、头发上的雪，又摸了摸他的手，说：“你的手也太冷了吧。”说着，楼珹把他的手揣到自己的衣兜里。就在这时，山坡上忽然传来一个声音：“你们俩是哪个班的？在干什么？！”

楼珹吃了一惊，下意识把丁雪润推着背对山坡上的老师。而丁雪润飞快地把手从楼珹的衣兜里抽了出来，听出那是教导主任。

教导主任显然认出了楼珹，但丁雪润是背过身的，看不见模样，狐疑地喊道：“那位同学，你转过身来。”

楼珹正在想要不要把校服罩在丁雪润头上，拉着他跑掉，就听见教导主任喊道：“楼珹，你们俩是不是偷偷在这儿抽烟？”教导主任刚好路过，听见有人喊叫，这才爬上来看一眼。

楼城自然赶紧认下，但是他戏很多，大声而慌张地否认：“我没有抽烟！”

教导主任早已看破他，冷哼道：“还说没有！不然你们在这儿干什么？”

他说话的时候，丁雪润已经转过身来了。

教导主任一下子就认出来了，这不是他们学校的骄傲——丁雪润同学吗？！

他一点也没有怀疑丁雪润，问道：“你是不是看见他抽烟，过来抓他，还大声叫老师过来？”

楼城哭笑不得。

他们第一次知道老师“脑洞”这么大。丁雪润扭头看了教导主任一眼，正要说其实是自己抽烟而不是楼城，就听楼城抢白道：“是，是我错了，我抽烟了，他过来让我不要抽，我才不听他的。”楼城露出沉痛的神情，说：“我现在反思，对内心深处发出拷问！我抽烟是不对的！我认错，我一定洗心革面，好好做人，以后再也不抽烟，抽一次我就扇自己一耳刮子！”

教导主任看他这样诚恳地认错，还发了毒誓，一时间不好叫他写检讨了，只道：“快回去上课，以后不许在学校里抽烟，让我抓到就记过！”

闻言，楼城赶紧拉着丁雪润跑了。

“好险，差点就被发现了。”

两人跑得气喘吁吁，捡回了扫把，再跑向教室。一边跑，丁雪润一边说：“谢谢你楼城，下次不要这样帮我背锅了。”

他一边跑一边喘气，楼城顺手把他的手拉到自己的校服兜里，说：“我就喜欢给你背锅。”丁雪润跟他不一样，丁雪润是好学生，抽烟这种事哪怕不会受到责罚，也会破坏他在老师心目中的好形象。

楼城干脆就认下了。

他抓着丁雪润的手，心疼地说：“你的手怎么这么冷？怎么捂都是冷的。”

丁雪润说：“我一直都是这样的。”他感觉到楼城手心里的汗。

他坚持要带楼城去医院检查一下，一回到教室，他就去找老窦请假，说楼城摔倒磕到了头。老窦没有细问就同意了，可见他是多么信任丁雪润。

到医院检查，医生看了片子，说没什么事。

但丁雪润伸手一摸就能摸到楼城后脑勺肿了一块，楼城说有一点点疼。

医生说："过几天就消肿了，下一个。"

期末考试过后，学校便放了寒假。丁雪润要回老家，楼珹过了年也要去参加三试，他舍不得让丁雪润走。

丁雪润回家又带了礼物，等他到了"新家"才知道，丁兆文已经当上副校长了。

半年内他被提拔了两次，二十年都纹丝不动的铁饭碗变成了"银"的，连他自己都不敢相信。

分配的新房子在离学校很近的小区，精装修，拎包入住。

高三的寒假也就十天左右。丁雪润初四那天就坐飞机回学校了，楼珹开车去机场接他。春节刚过，冬雪还未消融。

楼珹接到丁雪润后，问他今天要去哪里，他说要去向日葵家园。

他基本每周去做一次义工，如无要事，从不间断。他问楼珹："你想去一次吗？"

他记得楼珹之前问过他，他拒绝了，说那些孩子特别抵触生人，而且楼珹不像是会去陪老人小孩的那种人。

楼珹看了他一眼，说："好啊"。

下午时分，楼珹换了一身西装。眉眼难掩青春的英俊，一身挺拔的藏蓝色单排扣西装把他的身材勾勒得很好，上好的布料裹着他的一双长腿，结实的手臂肌肉紧绷着。

楼珹本来还想打条领带，但他不会打领带。

丁雪润坐在沙发上，忽然看见他盛装下楼，意外得说不出话，只直直地盯着他道："你怎么这么穿？"

"帅不帅？酷不酷？"楼珹走到他旁边来，露出手腕上价值不菲的手表，"你就说像不像成功人士！"

"像。你别说话就像。"

丁雪润不明白他忽然这么穿是为什么，楼珹也没有解释。

等到了向日葵家园，陈园长看见楼珹后露出热情的笑容，紧接着热情地喊道："楼总！"

丁雪润忽然懂了。

陈园长把丁雪润拉过去，说道："丁同学，真是太谢谢你了，你叔叔给我们家园捐了很大一笔资金，解决了我们的大麻烦。"

"叔叔？"

"是啊，楼总上次来的时候，说他是你的叔叔，听你说了我们这儿的情况，他就让秘书调查了一下，给家园捐赠了钱和很多东西。太谢谢他了，真是个大好人。

"你叔叔长得可真年轻，又年轻又英俊。"

丁雪润应了一声，瞥向楼珹。楼珹不明所以，还对他挑眉。

他俩离开时已是傍晚，街道上的路灯都亮了。丁雪润坐上车，楼珹侧过身去帮他系上安全带，就听见他冷不丁来了一句："楼珹，叔叔？"

"这个……我可以解释。"楼珹把丁雪润的安全带系好，抬头看着他眨了眨眼，"我要装成你的家长，不然随便去个学生搞捐赠，一点说服力都没有。"

"你也知道没有说服力？"

楼珹委屈地说："我明明演得很好，那个园长深信不疑，而且我这是做好事，你还凶我……"

"谁凶你了啊？"丁雪润上手掐了一下他的脸蛋，旋即摸了摸他的头，认真地说，"你做得很好，孩子们都很感激你，说你是好叔叔。"

向日葵家园里大多是小孩和老人，他们生理或心理上有些缺陷，整个家园里正式员工没几个，没有经济来源，濒临倒闭。

楼珹摇身一变成了楼老板，捐赠了一笔钱，无疑是雪中送炭。

被丁雪润摸头，楼珹有些不好意思，他忍不住埋首，声音低低地道："润润，你就要十九岁了，生日想要什么礼物？"

丁雪润摇了摇头。

"给你办个派对？"楼珹估摸着时间，应该正好是他去参加三试的那几天。

丁雪润伸手轻轻把他的脑袋推了回去，轻声道："去拿个专业第一送给我，就是最好的礼物。"

“我如果真的拿到了第一怎么说？”楼城有内部消息，听说那几位考官，对他印象深刻，认为他是一块璞玉，可以雕琢。以至于他现在信心满满，膨胀起来了。

“等你拿到第一……”丁雪润顿了一下，“我都听你的。”

得到丁雪润的回应之后，楼城整个人振奋起来，握拳道：“我肯定会拿第一的！”

第二天就是开学日。上学期期末考试成绩贴在最显眼的地方，丁雪润又是理科第一名，班上同学都见怪不怪了。

楼城的分数一如既往地垫底。除了他，四班同学的分数都是五六百分，丁雪润给他补习，也很难令他在这么短的时间里摆脱垫底的命运。

楼城去考试，丁雪润没办法跟着去，因为他已经报考了文科高考，自然得留时间复习，而且没理由去跟班主任请假了。

楼城考前很紧张，考试前一天晚上给丁雪润打电话说自己看见某个童星也来考试了——电视上经常出现的某个童星，十八岁，已经出演过几部电影了。

“完了，我的专业第一要凉了。润润，咱降低一点要求吧，第一名忒不现实了……”

丁雪润安慰了他几句，又鼓励了两句：“拿不到第一没关系，只要尽力，能被录取就行了。”退一万步，楼城哪怕没被录取，以他的条件，未来也不用愁。

“那……拿不到第一，我们的约定还作数吗？”

丁雪润冷血无情地说：“当然不作数。”

楼城心灰意冷，过了一会儿重新振作，说自己一定要拿第一。

四月底，专业成绩出来了。楼城晚上查了分，专业分还不错，看起来挺高的，应该能被录取，但是查分系统上暂时是看不见排名的。丁雪润不清楚这个分数如何，只是看着觉得很高，问楼城：“第一吗？”

楼城肯定地说：“第一。”

“你怎么知道是第一？排名还没出来呢。”

“我有线人啊！等会儿啊，我给那教授打个电话问问。”楼城说着便掏出手机，不由分说给那位曾经给他指点迷津的表演系教授打了电话。

楼瑊没敢开免提，道：“杜教授，我分数出来了。”

教授说：“看见了，考得不错。”

“什么？我第一啊！这是真的吗？”楼瑊露出惊喜之色。

教授疑惑地问道：“什么第一？第一不是你。”别说第一，第二、第三、第四……全都不是楼瑊。

楼瑊一边对丁雪润竖大拇指、做口型，一边感动道：“太谢谢您了教授，没想到我居然能拿第一，我家里人都不敢信，说我跟某个童星一起考试我怎么可能拿第一呢……”

教授纠正道：“某个童星就是第一。”

楼瑊满脸惭愧地道：“他第二啊？唉，我也是运气好，真没想到我能勇夺第一……”

教授发觉他在演戏，没说什么，安静地等着他演完。

楼瑊打完电话，把通话记录发给丁雪润，得意地道：“我内部线人杜教授说了，我就是专业第一。”

丁雪润虽然有些不信，但楼瑊演得很真实，他又的确是在跟教授通话，电话刚接通的时候，丁雪润还听见了声音。

丁雪润觉得楼瑊这个第一着实不太真实，可心里是信任他的，所以展颜一笑，说：“恭喜你了楼瑊，你考上大学了。”

丁雪润不太担心楼瑊的文化分。楼瑊自己心里也有数，不会在这种时候掉链子的。

因为有童星入学，三试自然引起不小的关注，成绩和排名出炉后就上了热搜。

头条给丁雪润推送了一条消息，标题是那个童星夺得专业第一。

丁雪润点了进去，把新闻从头到尾看了一遍，然后把这则新闻分享了出去。

他伸腿踹了一下旁边的楼瑊，说道：“看消息。”

楼瑊打开手机，看见新闻，冷汗就下来了。

“假新闻！”他斩钉截铁地说。

“假新闻？”

“头条全是假新闻！假鸡蛋就是他们报道的你不知道？”

丁雪润平静地说：“楼珹，你是不是骗我？”

楼珹支吾了几句没说出个所以然来，只好把锅推给教授，“教授说我第一名啊，我怎么知道我不是？哼，教授都说我演得比他好、比他牛，要不是因为他是童星有名气，哼，第一就是我了，哼。”

“你好好解释，别学猪叫。”

楼珹低头认错道：“我不该骗你……”

丁雪润问道：“那你考了第几名？第二？”

“不是第二……”楼珹垂下头去。

“第三？”

楼珹又摇了摇头，这次头埋得更深了。

“多少名？”

楼珹声音微不可察，夹杂着失落：“十一……”

丁雪润“嗯”了一声，抬手在楼珹深深埋着的头顶摸了摸，柔声安慰道：“考得很不错。”全国排名第十一，自然是很不错的成绩。丁雪润之前看过录取率，他虽然是信任楼珹的，可考第一的可能性太小了。

楼珹整个人僵了一秒，继而身体放松下来，垂着头，耳尖微红地道：“一般般啦。”

丁雪润按照往年的录取分，帮他算出分数区间，并拟了备考策略。

“一般情况下，只要能上三本线，就一定能被录取。假设今年考题难度很大，你要考三百六；难度小，你要考四百四。要想求稳，那肯定是越高越好。接下来的日子，我会抽出时间帮你检查试卷，帮你把错题记录下来，一个问题一个问题逐一击破……”

考试前，四班要照毕业照，女生站前排，男生站后排，按身高分布。

原本论身高丁雪润应该在男生前排，楼珹这种高个子在后面。可楼珹非要挨着丁雪润站，老窦喊道：“楼珹是要胡搅蛮缠不？非要挨一起，你站他后面不就好了？你是巨婴？拍个毕业照还要当同桌。”

楼城只好站在丁雪润后面，两人都站在靠边的位置，楼城稍微蹲下来一些，看起来好像把脑袋搁在丁雪润肩膀上。

毕业照一拍完，同学们各自掏出手机、拍立得等，在教学楼下合影。

楼城被一些同学缠住，他们说："你以后就去做明星了，到时候认不认我们还不好说，先合个影，以后我们好出去吹跟大明星做过同学。"

也有很多女生跟丁雪润合影，楼城注意到，有女生给丁雪润塞了个很小的信封。

他火冒三丈，拉着丁雪润就走。

他们拍毕业照留了一节课的时间，现在还剩下半节课。

楼城的手伸进丁雪润的衣兜，把那封小小的信掏了出来，冷哼一声道："不介意我看吧？"

丁雪润说："你看吧。"

楼城拆开信后，发现信纸也是巴掌大的，里面只有一句话，却把他气得胸闷。

信上写着——"我的志愿是人大，你愿意等我吗？"

楼城爆了句粗，骂道："这些个女同学怎么回事？！"他压制住把这封信撕碎的冲动，接着说，"这封信，我等下就还给她，考什么人大？清华北大不好吗？非得跟你读一个学校。"

丁雪润把信拿了回来，放进校服兜里，说："等高考后再还给她吧，还有不到一个月。"

"为什么要等那么久？"楼城气鼓鼓地说。

"高考志愿是考试后填的，你现在还给她，影响她高考了，她岂不是要记恨我一辈子？"

一晃就到了六月。

丁雪润为了保证楼城有充足的休息时间，从五月起，晚上就只给他补习到十一点。丁雪润让楼城去睡觉，自己还在书房看书。

他今年高考考文科，要背的内容很多，就算他聪明、记性好，也需要认真背知识点。

楼城不贪睡，勤勤恳恳地坐在旁边背公式，不去闹丁雪润，晚上睡觉更是老实，他也想在考试前让丁雪润多睡一会儿，休息好。

岳筠有时过来看他们，每次看见的都是两个孩子一个坐在书桌前，另一个坐在落地灯下，都在学习。

本市的高考安排了三个考点，六中是考点之一。然而文科考场和理科考场是分开的，也就是说，丁雪润和楼城在不同考点。

离他们最近的文科考场在三中，从六中开车过去要一个小时。

考试期间，岳筠的司机负责接送丁雪润。

六中校门口，窦老师等待学生，他手里拿着一摞准考证，还提着一小袋中性笔和 2B 铅笔。

“每年都有学生到了考场才发现准考证没有带，笔也没有带。每一科考试结束，我都在这里等你们把准考证交还给我。考试前提早到，我就在这里等着。”

有同学发现丁雪润没来，觉得奇怪，窦老师才说丁雪润高考报考的是文科。他有些担心丁雪润，因为丁雪润是他们班上唯一一个考文科的学生，还在其他学校考试，他不能盯着丁雪润进考场，心里不踏实，所以每考一科前，他都发消息问一句，考完又打电话问一句。

中午，丁雪润就在三中附近的酒店休息，岳筠的司机很尽责，给他打包好饭菜送到房间，丁雪润一边吃，一边跟楼城视频。

文科和理科考的语文试卷是一样的，但楼城没有找丁雪润对答案，反而关心他，担心他在接近四十度的高温下热坏，“考场有空调吗？”

“有的。”三中硬件设施非常好。

楼城“吐槽”说：“考试的时候我前面坐的是陈治邦，他还敢问我你为什么不考理科，凭他的脑子，他能懂你为什么不考理科吗？”

高考一共四科，考两天，很快就结束了。

丁雪润帮楼城估分，四百分左右，但成绩没出来之前不能下定论。

楼城认真学习了这么久，考完后整个大脑都清空了，从来没有这么放松过。他买了两张机票，和丁雪润一起飞去三亚度假。

之所以去三亚，是因为他爸爸在三亚有海边别墅。楼城对吃穿住都高要求，丁雪润的消费观跟他是不一样的。

譬如机票，楼城买了之后丁雪润总是要给他钱。

楼城也没有办法，若不是知道丁雪润搞直播可以接广告挣钱，他无论如何也不会要丁雪润的钱。

别墅就在海边，出门就是沙滩。

楼城整天抱着冲浪板下海，一玩就是一下午。丁雪润游泳技术不太好，便在树下架了张吊床，抱着一本司法书看。他一直觉得冲浪是很危险的运动，所以很不放心楼城，时不时抬头去看。

太阳正当空，一晃眼，他就看不见楼城了。

丁雪润赶紧从吊床上下来，跑向海浪。

他朝海上张望，很快，他就看见楼城趴在冲浪板上，被海浪冲回沙滩上。

楼城脸压在冲浪板上，眼睛闭着一动不动，像一条死鱼。

丁雪润上过他的当，不敢轻易相信他，探了一下他的鼻息，发觉他真是装的，走开了。

楼城皮肤上的水渐渐蒸发，他发觉丁雪润没有动静，心里纳闷，侧着头硬生生咳了点海水出来，还不小心吃了点沙子。

他睁开眼，发现丁雪润真的走了，不管他了。

楼城一个翻身，抱着冲浪板站起来，难以置信地对着丁雪润的背影喊道："你真的不管我吗？"

丁雪润在沙滩上站定，回头道："狼来了的故事你听说过吗？"

楼城跑向他，忽然"哎哟"一声，像是摔倒了，"地上怎么有玻璃啊？扎死我了！"

他叫声凄惨，搞得丁雪润犹疑不定，只好回头跑向他，问道："真被扎了？"

"假的。"地上躺着"痛苦"的楼城忽然把丁雪润的脚踝抓住，丁雪润无奈道："你又来。"

两人在沙滩上弄得一身沙，沙子进了衣服里。

查成绩那天，丁兆文蹲守在学校电脑前，校网比家里的网络更快，所以丁雪润这边网页还在加载，丁兆文那边已经查到了分数。

看见分数的第一眼，丁兆文几乎就能确定了，他立刻打电话给丁雪润，告知了这个喜讯——“七百三！”

总分七百五，七百三可以吊打前几任文科状元了。

而丁雪润这边，服务器已经崩溃了，楼珹没有上网查，他也去打电话了。

丁雪润不关心自己的成绩，他查的是楼珹的分数，刷新了几次也没出来。没一会儿，楼珹接到了岳筠的电话，“珹珹，你考了四百四十一。”她激动地道，“雪润是省文科状元！”

楼珹跳了起来，对着空气打出一拳，兴奋地喊道：“真的啊？状元！我就知道！”

“今年高考难度一般，本科线还没出来。我打电话去教育局咨询了一下，大概就是四百三的样子。”岳筠又道，“你们先回来填志愿，填完了你们俩去一趟首都看看房子，有什么要添的就告诉我一声。”

六中对学生填志愿这件事很严格，学生要在学校填写表格，由老师指导和做参谋。

丁雪润是保送生，他不需要填志愿，去学校是因为校长通知他有记者来采访今年的状元。

今年除了文科状元，还有个理科的探花，都在他们六中。六中早早就拉上了横幅，学生回校填志愿的那天，有五六家媒体前来采访。

丁雪润和理科全省第三的孙浩良一起被差遣去接受采访。记者问丁雪润：“同学，你语文考了高分一百四十八分，你平时是不是很喜欢读书？你是不是很喜欢写作？你是不是做了很多题？”

丁雪润回道：“我的确做了很多题，但语文从来都是一个有关素养而无关应试的学科。”

记者问他学习方法，丁雪润也直说：“我做了非常多的题，市面上的练习册，大部分我做过。”

记者又问：“平时考试你也都是市里第一名吗？”

丁雪润摇头道：“我从来没有考过文科第一。”

在旁边接受采访和拍照的孙浩良忍不住插嘴道：“他是理科生。”

记者显然没料到这种情况，迟疑了一下又问：“既然你是理科班的学生，怎么想到去考文科呢？是分科的时候选错了，还是你更喜欢文科？”

孙浩良又忍不住道：“其实他是我们六中的理科第一，三次理科模拟都是第一名，不仅是全校第一，也是全市第一。”

记者哭笑不得。

孙浩良：“去年的国际奥林匹克数学竞赛国家队拿了世界冠军，他就是其中一员。

“国际物理竞赛的银牌，也是他所在的国家队拿到的。

“他还进了化学竞赛的国家集训队。”

不过因为临近高考，加上丁雪润的化学不如物理和数学成绩那么出色，最后他没有进国家队。

这个记者并没有提前做好功课，以为照往年套路采访就行了，完全没想到一个普通的文科状元，居然隐藏着这么多光环。

孙浩良又说：“对了，他还被保送了人大。”

丁雪润侧头看了一眼这个自从他转学后，就一直被他压在第二名的同学。这是个看起来普普通通，没有他高的小男生。

他跟孙浩良从未有过正面接触，丁雪润没想到对方对他这么了解。

见他看过来，孙浩良摸了摸脑袋，低头露出了有些羞涩的笑容——就好像是他的“迷弟”。

一般人参加竞赛就没有精力学习了，但丁雪润不一样，他智商超群，记忆力非凡，只要是学习上的事，他就比一般人在行许多。仅仅是聪明这一点，就足够让许多人敬畏他了。

他的魅力，不在于外表，他的内在更让人动容，令人难以忽视。

这一天，丁雪润在学校收了十几封情书，送信人不乏高一高二的学妹。

楼珹气得跳脚，连晚上班上的聚餐都不想让丁雪润去了。谁知道去了以后，又会有几个女生跟他告白呢？

几个班百来个人一起吃自助餐，几乎是包场状态。一晚上的时间，楼珹都在防备着女生靠近丁雪润，连他上厕所都要寸步不离地跟着进去，以保证没有女生可以接近他，像个小跟班。他目光锐利又凶悍，弄得没有人敢接近他，更不敢靠近丁雪润。

丁雪润倒没有觉得困扰。

聚餐后他们接着去了KTV。

从KTV出来，两人坐上了岳筠派来接他们的车后，丁雪润才问道："楼城，你在提防什么？"

楼城理所当然地说："提防其他女生跟你告白啊，你看看今天你都收多少情书了，真看不出来啊……"

"看不出来什么？"丁雪润只喝了一点点酒，他靠在座椅上，侧头看着楼城，身上有淡淡的酒气。

"看不出来她们平日都是一副清高的学霸样，眼里只有学习，怎么一个个都喜欢上你了！还有那个孙什么……干吗问你要电话号码死变态……"

丁雪润轻笑道："不是也有很多人喜欢你吗？"

车窗玻璃摇开一个缝隙，夜风扑面而来。微弱的光线温柔地照着丁雪润的白皙面庞。

番外 01

//////////////

小团圆

丁雪润大学毕业后的第一场官司，是替他的老同学辩护。

那是他转学到六中之前的同学，特殊班的聋哑人。因为母亲，丁雪润对这个群体保持最大的善意，他会手语，还能读唇语，更不会瞧不起他们，所以他才能跟这个群体做朋友。

丁雪润毕业后通过司法考试，再实习一年进了红圈所，严格意义上来讲，是个菜鸟律师。

这件事说来也是阴差阳错。丁雪润是回老家过年的时候，听见亲戚说起许大山因为抢劫被抓，才忽然记起这个同学来。

“他抢了一千块钱现金，还有一部手机，然后把手机卖了。”

“他一个聋哑人抢了钱要干吗？”

“不知道啊，他又聋又哑的，谁也不知道他抢了钱用来干什么。他家里也没几个人了，不过听说他已经认罪了，过了上诉期就要判刑了，两年多呢。”

在他的记忆里，许大山憨厚老实，因为身体缺陷很自卑，上高中还是因为他们学校办了这个免学费的特殊班级。丁雪润刚上高一的时候就认识许大山了，那时候许大山已经二十岁了。

许大山高中读了没多久就辍学了。

亲戚又叹气道：“平时看着挺老实的一个人，怎么会去抢劫呢？”

“就是这种平时看起来老实的，干起坏事来才吓人！他不是聋哑人吗？指不定想报复社会呢……”

听见这种言论，丁兆文的表情有点难看，他对“聋哑”二字很敏感，问道：“认罪了吗？”

“认了啊！”

“他不会说话，又听不懂话，怎么认罪的呢？请了会手语的人吗？”他给特殊班上过课，是因为他会手语，另外一个懂手语的老师是学校专门请来给特殊班上课的。

“这就不清楚了。”

另一个亲戚住得离许大山家里比较近，一个乡里的，多多少少有些接触，他说：“他抢劫那天戴了口罩墨镜，骑一辆车红色电瓶车，抢劫的时候拿着一把刀，话也不说，拿着一张纸写着‘钱包拿出来’几个字，抢了钱和手机就骑车跑了。

“警察后来去他家搜，搜到了这些罪证。电瓶车是他家的，墨镜口罩都在家里，还有字条，他外甥说是许大山让他写的。

“证据确凿！不是他还能是谁？”

丁雪润立刻发现了疑点，脱口而出：“许大山为什么要让他外甥写那几个字？”

几个正在聊八卦的亲戚一愣，面面相觑，“他不识字吧。”

“他识字。”丁雪润记得，对方是认识一些字的。

亲戚都知道丁雪润是人大法学系毕业的，很厉害，哪怕他年轻，也不敢看轻他，对他说话客客气气：“不管他识不识字，他都认罪了。如果不是他，他能认罪？”

丁雪润又问：“他外甥多大年纪？”

“十七八岁吧，在职高读书。”

初二那天，丁兆文买了点礼品，专门开车载着丁雪润去了许大山家里。

许大山父母都不在了，只有一个姐姐，姐姐家的儿子十七岁了，在职高读高二。

他们把礼物提到许大山的姐姐家里，许大山的姐姐认识丁兆文，知道他是高中校长，当初儿子读高中，他们一家还去送过礼，但是被拒了。

丁兆文说明来意，问了许大山的事，说：“大山是我的学生，这件事让我很痛心。”

丁雪润并不言语，坐在一旁观察这个家里的每一个人。

许大山的姐姐一听丁兆文的话就哭诉道：“谁知道他会去抢劫呢？就为了几千块钱把自己弄进监狱！”

“他为什么要去抢劫呢？”

他姐姐抹了把泪，说：“没钱结婚，想讨媳妇。”

这时，丁雪润听见楼上传来骂脏话的声音：“抢什么人头啊！”

许大山的外甥在打游戏。

丁兆文继续跟许大山的姐姐说话，而丁雪润自顾自上了楼。

许大山的外甥正埋头用手机打游戏，没有发觉有人上来了。丁雪润走近了一些，对方才注意到他，但是只看了一眼就别过头去，继续低头打游戏。

丁雪润硬是站在旁边，一声不吭地等着。

对方打完一局后，回头打量丁雪润，目光显然在说——你谁啊？干什么的？

丁雪润说：“我也玩这个游戏。”

许大山的外甥冷淡回应道：“哦？你玩哪个英雄？”

丁雪润随口应道：“孙尚香。”然后两人聊了起来。

丁雪润其实不玩这个游戏，但了解一点，所以表现出一个新手的模样向对方讨教了一会儿，熟稔了些之后，丁雪润才装作不经意地问：“你家里没电脑，你平时爱去网吧还是网咖？”

“去网咖啊。”

“网咖上网很贵吧。”

“十块钱一个小时咯。”

丁雪润盯着他的眼睛，忽然做了一连串手势。

对方奇怪地看了他一眼，但是什么都没有问，好像看不懂。

丁雪润忽然又道：“你跟你叔叔关系一定很好，他抢劫都要提前知会你一声，让你帮他写几个字。”

说到这个，许大山的外甥露出了不耐烦表情，说：“一般啦。早知道他是去抢劫，我肯定就不写了。”

丁雪润继续问：“你们平时怎么交流？”

“他用手语，反正就瞎比画吧，能懂一点。你问那么多做什么？”

“没什么，就是好奇怎么跟聋哑人交流。他抢劫前让你帮忙写那几个字，也是用的手语？”

对方脸色一变，站了起来，“你问那么多，什么意思？”

丁雪润笑着说：“没什么意思，我就是好奇。”

回去的路上，丁兆文一边开车一边说：“我说你是法学系毕业的，过了司法考试，可以替人辩护了，问他们需不需要给许大山请辩护律师，不收费，没想到许大山的姐姐说不用，说许大山已经认罪了，不想再折腾了。”

“我也觉得奇怪。”丁雪润说道。

晚上，丁雪润跟楼城聊视频的时候，说起了这件事。楼城想也不想就说：“废话，那肯定是他外甥干的！”

丁雪润来了兴致，“你猜测跟我一样，你怎么想的？”

楼城说：“听你描述就感觉他外甥不是个好人！还敢对你骂脏话！跟爷比比，脏不死他。”

“楼城，认真点，说说你的依据。”

“既然你说那个大山不像是那种人，那肯定是其他人干的。那谁会栽赃他呢？肯定他家里人呗。我看过法制节目，这种案件一般都是这样的，不是那小鳖孙干的，就是鳖孙他爹干的。”

“为什么不猜鳖……”丁雪润差点被他带偏，“为什么不猜是他姐姐干的？”

楼城思考了几秒，说：“也不是没有可能呀！他不会说话，还听不懂，一家人就故意让他顶罪。”

丁雪润点点头道：“你说得很对。”

楼城在视频里笑得一脸灿烂，得意地说：“我是不是帮你破了个大案子？”

丁雪润其实心里早有定论，他打算明天就去拘留所找许大山，为他辩护。

丁雪润还是点了头，说：“对，你的分析很有道理。”

楼城双眼一弯，正想要个奖励，忽然想到一件事，急吼吼地说：“润润你不会是想帮那个啥山辩论吧？”

“是辩护。”丁雪润纠正道，“你又猜对了——他极有可能是被冤枉的，他是聋哑人，只有我能帮助他。”

“那不行，你得等我了……算了算了，我马上买机票，我马上就去桂市。”楼城拿着手机直接站了起来，满脸焦急。

“你这么急做什么？”楼城是说过要来桂市，不过说的是大年初五再过来。

楼城理直气壮地说：“当然是保护你啊。那一家子肯定是坏蛋。你给他们陷害的对象辩论，他们不得找你麻烦？万一打起来，我一根手指头撂翻他们全家！”

丁雪润耐心地纠正道：“是辩护，不是辩论。”

丁雪润做的第一件事，就是推翻许大山的“认罪”，他向检察院提出嫌疑人的阐述和笔录内容是有出入的。

在他的帮助下，许大山被无罪释放，真正的犯罪者被告上了法庭。

实施抢劫的正是许大山的外甥。他沉迷网络游戏，经常在网咖通宵。抢劫发生的那天晚上，他身上的钱花光了，没钱上网，家里人不给他钱，只在电话里让他赶紧回家，后来就发生了持刀抢劫事件。

他之所以蒙面、不说话，是因为不想被人认出来，而他家中的电瓶车就停在不远处，实施抢劫后，他便骑着车逃之夭夭。

警察顺藤摸瓜很快就查到了他家。

他们一家声称许大山那天晚上不在家，说他那天夜里慌里慌张地骑着车回来，没人知道他去过哪里。

根据这家人的指认，警察就把聋哑人许大山带走了。

许大山很难解释自己没有犯罪，那天晚上他在睡觉，根本没有出门。

许大山脱罪后，他的外甥认罪服法。

许大山的姐姐在法庭上痛哭流涕，大声咒骂自己的亲弟弟。许大山听不见她在说些什么，比画手语问丁雪润：“她在说什么？”

丁雪润犹豫了一下，翻译给他看。

从法院出去，还没下楼梯，许大山的姐夫就扑上来打许大山，骂道："你这个白眼狼！那是你外甥啊！他才十七岁！"丁雪润正巧在他旁边，下意识去阻挡，刚旁听出来的丁兆文冲了过来，然而他们反应都没有另一人快。

楼城从来不打老人，更不打女人，但是看见有人要打丁雪润，双目冒火地冲上去，用力把人推开，凶神恶煞地喊道："想打架？"

男人跌坐在地上，女人急眼了上去推了楼城一把，没想到不仅没推动，楼城碰都没有碰到她，她自己就反弹退步，跟着躺在地上，大声叫嚷道："打人啦，有人打人啦！"

到底是法院门口，楼城不敢打人，只是用自己的身高体格压制着这对中年夫妇，他咬着牙说："你们要是碰瓷，我就真的打人了。"说着，他的拳头捏得咯咯作响。

楼城没有看见丁兆文就在附近，他没有进去，而是在门口等待丁雪润出来。

他把撒泼的夫妇威胁得不敢说话后，回身去抱丁雪润，焦急地说："润润，他们打你哪儿了？"

"我没事，就推了一下，没什么大碍。"丁雪润抬头，看见了不远处的丁兆文。

丁雪润没有提有关楼城的事，两人开车去了公墓，在墓碑前站了一天一夜。日落后，丁兆文才开口说道："明年清明，你带你朋友来这里，让你妈看一眼。"

丁雪润眼睛倏地一亮。

次日清晨，丁兆文打开门出去倒垃圾，门前赫然站着两个人。

两个人他都认识，一个是楼城，一个是前些年见过一次的楼城他爸，那个阔绰的、出门带保镖的大老板。

门前堆着大量礼品：烟、酒、茶和保健品，应有尽有。

"你们……"

主人家没有邀请，两人不好意思直接闯进去，楼城他爸提起两盒茶叶，笑眯眯地道："我来给您……拜个早年。"

丁兆文提着垃圾，出去也不是，退后也不是。

楼城往屋里张望了一下，没看见丁雪润，便眼疾手快抢过丁兆文手里的垃圾袋，说："我去倒我去倒！"

他下楼去把垃圾倒了，一抬头，便看见楼上花团锦簇的露台栏杆上，正趴着一个穿白衬衣的少年，低头对他温暖地笑。

楼城仰着头，用力挥了挥手。

番外 02

//////////////

岁月间

楼瑊的电话火急火燎地打过来，喊道：“出大事儿了润润！”

“怎么了？”丁雪润刚下课。

“我妈把孩子丢给我，这俩狗崽子正哭着呢，我哄不了，你快回来快回来……”电话那头，隐约夹杂着婴儿的号啕声。丁雪润快步走下楼，问道：“你妈怎么把孩子丢给你？”

“我爸妈没时间管，保姆回老家了。我爸妈真诚地认为双胞胎可怜，他俩琢磨着我也要放假了，所以让我帮忙带一段时间，让他们感受一下兄长爱。我爸还说你智商高，兄弟俩让你带一段时间智商可能就达标了……别吵吵了再吵我要打人了！”说着，楼瑊忽然怒吼，接着又说，“没吼你啊润润，我吼楼瑧呢，他吵死人了，我爹妈是不是见不得我过得好，非得让双胞胎来祸害我……”

双胞胎是楼瑊的弟弟，楼瑧是哥哥，楼肆是弟弟，刚满一岁。

隔着电话，丁雪润都能感受到楼瑊崩溃，问道：“他一直哭，是不是饿了？”

“有可能，那我给他们喂点奶粉？你别挂电话，我得听着你的声音，不然我得疯。”楼瑊夹着电话，去给楼瑧冲奶粉。

“你会冲奶粉吗？”丁雪润拦了辆出租车。

“那必须的。今天保姆把双胞胎送过来的时候给了我一份说明书，详细介绍了如何喂孩子、哄孩子睡觉，破事儿真多……”楼瑊一边说，一边把奶粉兑好了，他晃了晃奶瓶，看了一眼奶瓶上显示的温度，又滴了一滴在手腕上，确定温度合适才走到婴儿床前。

这张婴儿床比普通的大，双胞胎靠在一起，一个号啕大哭，另一个却安安静静，和楼城如出一辙的漆黑眼睛睁得大大的，望着楼城。

安静的是弟弟楼肆，暴躁的是哥哥楼瑧。

楼城看楼肆很安静，猜测他大概不饿，便硬着头皮伸出手掌轻轻托着楼瑧的后脑勺，把奶嘴凑到他的嘴边。

楼瑧不哭了，转了转眼珠子，白白嫩嫩的两只小手抱着奶瓶吮吸。

楼城松了口气。

他看楼瑧喝得很香的样子，有点好奇味道，但他的洁癖不允许他跟别人抢奶瓶。楼城好奇心太重了，转过身去一边继续讲电话，一边走到厨房，往新奶瓶里兑了一点奶粉。

冲好奶粉摇晃均匀，楼城叼着奶嘴仰头吮了两口，“唔……”他皱眉道，“有点怪怪的。”

“什么怪怪的？”电话一直通着。

楼城说没什么。

“孩子哄好了？”

“那必须的。”

话音刚落，楼城的耳旁就传来一声“呜哇”的哭叫声。楼城额头上的青筋直跳，抓狂地说：“啊……又开始了！”

他扭头一看，原来是弟弟抢走了哥哥的奶瓶，哥哥就哭，想抢回来，结果被弟弟一脚踹开，哥哥毫无反抗能力，眼巴巴地望着奶瓶大哭。

“我的老天，楼瑧智商好低，我怀疑他是不是弱智儿……”

丁雪润：“什么？”

楼城鄙视地说：“被抢了东西就知道哭、就知道哭，还能不能行了？我爸还说楼瑧有歌唱家的天赋，瞧这声音多么嘹亮，啧。”他低头冲哭个不停的小孩扮了个鬼脸，惊异地发现楼瑧像是被吓住了，瞪大眼睛盯着他。

丁雪润无奈道：“楼城，我马上到了，挂了。”公寓是岳筠安排的，两百平米的大平层，就在人大附近，堵车的时候走路比坐车还快。

丁雪润进门的时候，听见屋里传来狗吠声——“汪！汪汪！”

保姆还送了只狗来？

他犹疑着轻轻走过去。

只见楼珹站在婴儿床旁边，“汪汪”吠了几声，又说：“再给你们表演一下猫叫。”

接着，他嘴里“咪咪喵喵”地叫唤起来，非常逼真。

丁雪润没作声，倚靠在门上。

楼珹不知道他已经回来了，两只手比了个“六”，别在头顶，说：“哥哥再给你们学一下牛叫，牛是这样叫的，哞哞——”

婴儿摇篮床里，发出咯咯的笑声。

楼珹也笑了，眼睛一弯，得意地说：“这下不哭了吧？还是哥有本事。”他一转头，猛地瞥见丁雪润斜斜地靠在门口，鼻梁上架着一副轻巧的银边眼镜，嘴角噙着几分笑意。

楼珹看着他，脸红地问：“你什么时候回来的？怎么都不叫我……”

“看你哄孩子呢。”丁雪润走过来，压低身子看了一眼婴儿床里躺着的双胞胎。两个孩子长得几乎一模一样，非常可爱，眉眼和楼珹隐约有一点像，只是双胞胎在性格上有一些差异，一个安静，一个好动。

丁雪润弯着腰仔细看了一会儿，问道：“这个是小瑧，这个是小肆？”

楼珹吃惊地问：“你怎么看出来的？”好动的楼瑧已经被楼珹哄睡着了，弟弟楼肆分外安静，丁雪润把手伸过去，弟弟就伸手去抓他的手指。

“其实不难，他们看起来一模一样，其实有一些区别的。你看，小瑧头顶有个旋，弟弟就没有。”

丁雪润只在双胞胎刚出生的时候见过一次，不过岳筠偶尔会在朋友圈晒娃，久而久之，丁雪润就会分辨了。

楼珹更惊奇了，说：“如果他们都睡着了，我就分不出来了。”都睡着了，他们就都变得安静了。

丁雪润抓着弟弟的手玩了一会儿，看了一眼楼珹，目光扫到他的嘴角，问道：“你妈妈打算把孩子交给你多久？”

“应该就这个寒假吧，再过几天春节了，他们就该把孩子接走了。”楼珹挠了挠头，“我爸的意思，主要还是因为你在，如果你不在，他肯定不敢放心把孩子交给我。”

丁雪润点点头道："带孩子很不容易的，我考完试就放假了，到时候我们轮流带。"丁雪润并不是特别喜欢小孩子，但看见双胞胎和楼珹相似的眉眼，心底多了几分喜欢。

两个孩子睡着后，楼珹轻轻把门关上，看见丁雪润穿着白色毛衣，盘腿坐在沙发上，腿上放着笔记本电脑，正全神贯注、噼里啪啦地敲着字，电脑屏幕上的光反射在他薄薄的镜片上，让他整个人染上几分凌厉的冰雪气息。

楼珹挨着他坐下来，瞥了一眼电脑屏幕，标题是民法什么的，看不懂。楼珹没有打扰他，装模作样地拿了本专业书看了起来。

过了十多分钟，丁雪润论文收尾了，他摘了眼镜，活动了一下腕骨。旁边的楼珹立刻放下书，给他倒了杯热水，殷勤地问："润润饿不饿？吃不吃夜宵？"

丁雪润说"不吃"，盯着他的嘴角，忽然勾了勾手指，说："楼珹，你过来点。"

楼珹一愣，慢慢凑过去，挨得很近，"做什么？"

丁雪润抬手，拇指在他嘴角轻轻擦了一下，动作极尽温柔。

"奶渍。"丁雪润笑了，盯着他，"你嘴角怎么会有奶渍？你是不是偷喝你弟弟的奶粉了？"

"我没有！"楼珹一张脸红透了，"我只不过是帮他们尝尝温度，我怕烫到他们！"

"好不好喝？"

"还可以……"

半夜，睡下后，楼珹忽然被小孩的啼哭声吵醒。

他强忍了几秒，忽然想到什么，一下坐起来。

丁雪润也被吵醒了，迷迷糊糊地睁开眼。

楼珹在黑暗里低声说："润润，你继续睡，我去看看。"

他轻手轻脚地下了床，光着脚走到隔壁房间里，一看哭的那个又是楼琫，气不打一处来，骂道："真是个祖宗！"

"你是饿了还是怎么了？"

“你去冲点奶粉，我给他换尿片。”丁雪润忽然出现，打开灯走过来，把孩子抱了起来。

楼城说：“你去睡觉，听话，我来弄，你明天还要上课呢。”

“没事。”丁雪润把小瑧抱到了卫生间。

给这个换完尿片，丁雪润又给另一个换。解决了吃拉问题的双胞胎显得十分精神，楼城头大如斗，对丁雪润说：“你快去睡觉，我来哄，今晚哄好了，明天我就去找个保姆回来！”

丁雪润没听他的，放了一首勃拉姆斯的《摇篮曲》，轻轻推着摇篮床，大概几分钟，就把双胞胎哄睡着了。

第二天丁雪润要上课，往常楼城每天都会骑摩托送他过去，可家里两个孩子才一岁大，丁雪润不放心，说：“家里必须留一个人看着，我走路过去，十多分钟就到了。”

楼城已经放假了，准确说来，他们班大部分同学出去拍戏了，不拍戏的也去演话剧、音乐剧了，楼城也不例外。

但他和其他人不一样的是，他的同学们为了拿到角色，需要花费很大的努力，而楼城不费吹灰之力就拿下了一部电影的配角，制片人是他爸朋友的朋友，吃了一顿饭，楼城不演男主角，对男二也不屑一顾，他要演男三号，因为男三号戏份少，一周时间就能拍完。楼城有戏可拍，就有正当理由不去上课了。

说他没有上进心呢，倒也不尽然，因为在拍戏的时候他很认真，一丝不苟。

那部电影是现代悬疑刑侦剧，楼城的角色是凶手，虽然戏份不多，但贯穿始终，挺考验演技的。

去年楼城拍戏的时候，丁雪润去探了一次班。楼城拍戏时很正经，科班出身，演技不算生硬，一直 NG 也没有不耐烦。丁雪润第一次知道，楼城除了对摩托车认真以外，还会对其他事情认真。

楼城对丁雪润说：“我专注一点就能很快拍完走人。”他不想当演员，要不是学校有要求，他不会来拍戏的。

下午，丁雪润考完试回家就看见楼城抱着孩子坐在沙发上，身上围着围裙，一本正经地看育儿节目。

丁雪润一边换鞋，一边问："找到保姆没有？"

"今天面试了两个，不过我看她们根本不会带孩子，还不如我，就没要……"

丁雪润看了一眼在婴儿床里睡觉的那个，小瑧睡着的模样酷似楼珹，丁雪润瞧了一会儿，拿手机拍了几张，心想楼珹小的时候大概就是这样的吧。他扭头去看楼珹，问："今天累不累？"

"还成吧，两个小家伙还算听话，而且看久了挺可爱的……"

深夜，被孩子吵醒、半夜爬起来折腾了大半宿的丁雪润有些疲惫了，感叹道："明天一定要找到保姆。"他推开露台门，两条胳膊肘撑在栏杆上，在寒冷彻骨的夜风里用手拢着打火机的火苗，点燃了烟。

夜色很深，但灯光很亮，明明已是凌晨三点，但这座不夜城从来不会关灯。丁雪润在纷纷扬扬的飞雪里，眺望着不远处的二环高架桥。

几分钟后，楼珹黑着一张脸出来，看丁雪润只穿了睡衣就怒了，说："你怎么不多穿一件？别吹风了，进来！"他一边往丁雪润身上披自己的皮草，一边要拉着他进屋去。

丁雪润身上一下暖和了，说："我抽烟呢，不进去。"

"我什么时候嫌弃过你？抽就抽呗。"

丁雪润摇头道："孩子还在里面呢。他们睡着了"

"睡了。"楼珹一脸疲惫，"我爹妈是成心害咱们呢，俩熊孩子。"

丁雪润没说话。楼珹的妈妈岳筠是个女强人，生产前一天还大着肚子在公司工作，紧急送到医院去，差点丢了半条命。双胞胎很健康，楼珹他爸小心翼翼地抱着一个，让楼珹抱另一个，楼珹不敢碰孩子，旁边的护士笑道："你是哥哥，还会摔了弟弟不成？小心点就行了。"

楼珹还是不敢，双胞胎本就比正常的孩子小，仿佛易碎的珍品。

丁雪润也在场，看见楼珹他爸拿着手机搜王字旁的字，给双胞胎挑名字。

挑了半天，丁雪润选了两个寓意好的：瑧和琺。

楼宏业细细一品，眼睛亮了，一拍大腿，说道："这两个字好！雅俗共赏！"他认可丁雪润的文化素养。

旁边的楼城脸一黑，哀求说："二胎都生了，您能不能认真看看成语词典？别乱用成语了，拉低小孩智商！"

楼宏业白了他一眼，说："你行你来带？"

楼城高傲地别过头去，"我不。"

楼宏业瞪着他说："你妈这么辛苦，还不是为了你？"

楼城当时没想到，兜兜转转，这孩子真丢给他来带了，所幸只是在他这里托管一周时间。孩子才带了两天，楼城就感觉自己无端苍老了十岁。

他长长地叹了口气，问道："润润，冷不冷？"

虽然熊皮暖和，但衣服没那么长，腿下面还空着呢。

丁雪润说："还好，烟抽完我们就进去。"

"咱戒烟行不行？"楼城在镜子里盯着丁雪润刷牙的模样，绞尽脑汁想出一个理由，"家里有小孩了，你吸烟，是给他们做了坏榜样！万一以后他们照着学怎么办？而且……味道真的难闻，小孩子的肺会被熏黑的，你的肺也会被熏黑的。"楼城眉头紧蹙道。

丁雪润扭过头去看他，嘴里含着牙膏沫，含糊不清地说："好，我以后不在家里抽。"

"外面也不行！"楼城义正词严，"你回来带着一身烟味，靠近小宝宝甚至亲小宝宝，他们万一被熏到了怎么办？"

丁雪润低头用清水漱了口，头也不抬地说："小宝宝，楼城，你是在暗示你自己吗？"

楼城语塞。

丁雪润揉了揉眼睛，像是有些困了，"我会试着戒烟的。"

楼城一下跳起来，惊喜地说："真的啊？"

"嗯，"丁雪润看了他一眼，抬手捏他的脸，"你也是，戒掉脏话，不要带坏弟弟了。"

"好好好，不说脏话，老……我以后再也不说了！只要你戒烟，让我做什么都成。"他眼睛很亮，"我一定听话。"

丁雪润笑了笑。

卧室里灯光暗了下来，丁雪润很少这么晚睡觉，脑袋一沾枕头就睡了过去。

过完年，孩子被接走了，丁雪润戒了一个月的烟，他很自律，说了要戒烟就一定要做到，烟瘾犯了，就做点别的事来转移注意力。

楼城去年拍的那部电影快上映了，宣发紧锣密鼓地在各大平台上进行。楼城作为配角之一，海报上印了他的脸庞，不过楼城不想当明星，跟制片人说道："我不想红，不想进娱乐圈，更不想风靡万千少女！海报上记得把我印糊一点、小一点。"

楼城这种要求，制片人在这行干了这么多年，还是第一次见。

辛辛苦苦拍了电影，不想火，就为了交个作业？这……

楼城还说："宣传的时候就不要带上我了，我不想上电视！"

制片人盯着他那张英俊非凡，倘若当偶像，哪怕他不会唱不会跳、演技还很一般也能大火的脸，感到十分惋惜。

于是，宣传电影的时候基本没有提到他，他甚至没有出现在预告片里，他对此很满意。

七月，电影趁着暑假上映了，楼城没有去参加首映礼，也没有很着急地买电影票，而是让丁雪润上网去搜影评。

丁雪润看了之后念给他听，当然过滤掉了骂他的评论。

丁雪润又翻了一下"豆瓣"，说："很多影评里提了你，不过骂你的没多少。"他选了一条评论念道："不得不说，这不是一部纯粹的艺术电影。文艺片要去电影院看，才能感受到镜头的细腻、光影的讲究……这部电影里有个角色，不知道是不是导演埋下的彩蛋，如果播预告片的时候这个配角出现了，我肯定毫不犹豫买票。"

丁雪润顿了一下，说："夸你帅呢。"

楼城哼哼两声："演技呢？"

"说你……演技称不上多有深度，但让她印象很深，而且网上找不到你的照片。"

楼城问："这句还是在说我帅？"

“应该是这个意思。”丁雪润没有继续翻评论，他不想被剧透，虽然整部电影的内容他差不多了解了。

丁雪润在附近的电影院买了两张电影票，约楼城晚上去看。

楼城难得有些不好意思，电影拍出后，他自己都没有看过，也不知道怎么样。关于演技，他没有用心去钻研，都是在学校里学的，不过导演说拍得还可以，所以前段时间他自以为天下无敌了。

现在看来，还是有很多批评的声音。

晚上出门的时候，楼城戴了一顶帽子，又大张旗鼓戴了墨镜。他长得帅不怕被人看，可现在他有作品了，不同了。

这种电影属于不叫座的，影厅里稀稀拉拉坐了些人。两个人端着一桶爆米花、两杯可乐，坐在中间靠后的位置。

电影开场，银幕上是昏暗的色调，冷色很舒服。

片头直接进入正题，叼着香烟的警察发现了尸体，拍照取证，透明塑封袋里放着一小张口香糖包装纸。

导演、主演的名字，陆续出现在银幕下方。

丁雪润看见了楼城的名字，快速出现又快速消失，接着银幕上弹出白色的片名。

剧情一开始便很吸引人，丁雪润知道一些剧情，还是看进去了。

这时，唇边突然递过来一颗爆米花，香甜的焦糖味钻入鼻间，丁雪润张嘴吃了楼城喂过来的爆米花，侧头看他时，他又喂了第二颗，丁雪润又吃了。看着他戴帽子墨镜的模样，丁雪润忍不住说：“墨镜不摘下来吗？”

影厅里很安静，丁雪润只能小声说话，楼城好像没有听清楚。丁雪润不得已凑过去，在他耳边说：“墨镜，你怎么不取呀？黑不黑啊？我给你取下来，这里没人看得见你的脸，他们认不出你的。”

丁雪润伸手把他的墨镜摘了下来，挂在他的衣领上，过了几秒，又一颗爆米花喂到嘴边，丁雪润又吃了，说：“别总喂我，你也吃，我不爱吃甜的。”

楼城转而问道：“这么好看吗？”

“好看啊，你什么时候出来？”

“得后面吧……我是凶手呢，得最后才揭晓。”他捏着一颗爆米花送进嘴里，舔舔手指，很甜。

咔嚓咔嚓的声音在昏暗的影厅里，显得不合时宜。

楼城把爆米花吃完了，又跑出去买了一桶，电影放了一个多小时，他终于出场了，打扮落魄，下巴有胡楂儿，眼神冷静又锐利，是个冰冷的“杀人狂魔”。丁雪润听到旁边几个女生的抽气声，似乎是很惊讶这个凶手这么“不普通”，帅得有些过分了。

楼城有些自恋，可是猛地看见自己出现在大银幕上，特别不适应，觉得自己丑，啊这个镜头也太高清了吧……幸好他皮肤好，看不见毛孔。楼城紧张兮兮，看着自己尴尬得说不出话来，怎么这么做作，导演是瞎了吧？就这样还夸他演得不错？这电影铁定“扑街”……

他忐忑地看着丁雪润，发现丁雪润很专注。

“怎么样啊？我演得……”

“嘘，小点声。”丁雪润侧过头去低声说，“很帅。”

“就只有帅啊？”

他刚出场，丁雪润能给出什么评价？

“很男人。”丁雪润想了想说，“演得不错。”

楼城不高兴地贴着他的耳朵说道：“你又骗我，我刚出场两分钟，我演得不错？”

丁雪润笑了笑，把他推开了，“跟你平时差别很大，演戏一定很难。”

楼城谦虚地说：“还好啦、还好啦。”

电影结束，看完彩蛋，两人等影厅里没有人了才敢出去。

楼城鬼鬼祟祟，俨然一副大明星小心翼翼的模样。本来还没什么，他这么紧张反而引人注意，两个刚看完电影出来的小姑娘一直偷看着他俩，低声交谈。

“完了完了，我被认出来了，她们不会上来问我要签名吧？”他赶紧拽着丁雪润，“走走走，我们快跑。”

回到家，丁雪润拿出电脑，说：“我给你写影评吧？好好夸一夸你。”他是个“大V”，还在知乎上有法律专栏，平时不写影评，一写，文采真是……

用楼城的话说，就是惊天地泣鬼神怎么会有人文采这么好！丁雪润写的时候，楼城就在侧躺在沙发上，时不时偷瞄电脑屏幕，还发表意见，“你怎么这么夸男主角？”

“他演得很好。”

“他……”楼城顿了一下，不情不愿地说，“是，他是影帝啊，是该演得好，这个大家都知道，你不需要赘述，主要夸我就行了，对剧情啊、导演啊，不需要费那么多笔墨，浪费你的时间，夸我就完事儿了。”

丁雪润回头看了他一眼，楼城那副侧躺着的模样，好似一只正在休息的懒猫，仿佛有一条尾巴懒洋洋地摇晃，最后尾巴缠到了丁雪润的手腕上，强迫他写下“凶手英俊潇洒、面如冠玉、目如朗星、鼻若悬胆、剑眉星目”……

“楼城。”丁雪润听不下去了，删了影评里楼城修饰自己的形容词，“你适可而止啊，你也不怕别人说我是你请来的水军。”丁雪润说着，在形容词里加了个“未来可期”。

楼城便笑了，笑得蓬勃而耀眼，夏夜的微风吹起白色窗帘，带来温暖的香气。

SWEET AS A SNOW